北朝民歌

譚潤生 著

東大圖書公司 印行

國家圖書館出版品預行編目資料

北朝民歌／譚潤生著.--初版.--臺北
市：東大發行：三民總經銷，民86
面；　公分（滄海叢刊）
ISBN 957-19-2050-9（精裝）
ISBN 957-19-2051-7（平裝）

821

國際網路位址　http://sanmin.com.tw

著作人　譚潤生
發行人　劉仲文
著作財產權人　東大圖書股份有限公司
臺北市復興北路三八六號
發行所　東大圖書股份有限公司
地　址／臺北市復興北路三八六號
郵　撥／〇一〇七一七五——〇號
印刷所　東大圖書股份有限公司
總經銷　三民書局股份有限公司
門市部　復北店／臺北市復興北路三八六號
重南店／臺北市重慶南路一段六十一號
初　版　中華民國八十六年二月
編　號　E 82085
基本定價　伍元肆角
行政院新聞局登記證局版臺業字第〇一九七號

ISBN 957-19-2051-7（平裝）

自序

民歌是大眾的心聲。北朝民歌，代表了北朝社會現實的具體寫照，也是當時人民的思想感情、生活願望，以及社會脈動的反映。

西晉末年，八王之亂，導致北方進入五胡十六國離亂的時期，黃河流域開始處於各少數民族統治下，與南朝約三百年之久的對峙，一直到隋朝取代北周，才統一中國。在這近三百年間（西元三〇四～五八一年），北方文人詩歌，荒涼冷寂。而民間樂府，卻頗為鮮明，蕭滌非曾云：「北朝一代，實無所謂文學，如曰有之，則厥為樂府。」北朝民歌，正是當時北方的各民族流動的心聲，記錄下優秀的詩篇，在中國文學史上有其不可磨滅的地位。

魏晉南北朝是我國古代史上，第二次民族大遷徙、大融合的時代，與春秋戰國時期相比，是更高層次民族大同化與文化的大融合，如同遠姻結合的婚配，所產生的新生代，必然有驚人的智慧和新生命的開拓。詩歌足以反映時代，表現人生，是人類活動真實的寫生。

在七十九首的北歌中，就以數量而言，實在是非常有限，無法和南朝民歌的〈吳歌〉、〈西曲〉

相比，〈吳歌〉有三百六十多首，〈西曲〉也有一百六十多首，合計有五百多首，這些詩歌還不包括文人仿作的樂府在內。但它的題材多樣，內容豐富，除戀歌之外，尚有戰歌、牧歌、感懷、思鄉曲之類的歌謠，以及反映人民疾苦流離之痛的雜曲歌謠，充分表現出北方人民生活的千姿百態和特殊風情。而南朝的〈吳歌〉、〈西曲〉則百分之九十都是情歌，與北歌的黃土高腔異趣。李曰剛在《中國詩歌流變史》中說：「北歌不僅風格與南歌相反，即題材範圍亦較廣泛，……在文學史上應給予比南朝樂府更高之評價。……它反映北朝兩百多年間之社會狀況與時代特徵。」北朝民歌為我們的文化史、文學史憑添了光輝的一頁。研究北朝民歌，必然也牽涉到南朝民歌，因此，以〈吳歌〉、〈西曲〉為主的南朝民歌，遂成為本書之輔佐資料。

回顧從事教學研究的歷程，倏忽已二十餘載。〈學記〉云：「學然後知不足，教然後知困」，與我心有戚戚焉。乃於民國八十二年秋，赴香港珠海書院中文研究所進修，適逢邱師燮友同年應聘於該書院客座教授，遂有幸拜師於門下，而本文亦於當時開始規畫，訂定研究範圍，在撰寫的過程中，舉凡大綱之擬訂、資料的蒐集，均承蒙邱師悉心指導。然筆者才疏學淺，雖盡力以赴，亦僅能以此面貌和成果，展現在讀者的面前，而一得之愚，只在取捨之間，尚祈方家不吝指正。

譚潤生　序於國立彰化師範大學

一九九六年十二月

北朝民歌 目次

第一章 緒論

第一節 北歌的涵義

一、何謂北歌

「北歌」一詞，是魏晉南北朝時的民歌，南朝民歌屬「清商曲辭」❶，而北朝民歌，是梁樂工所採集者，其名稱為「梁鼓角橫吹曲」❷，時人以發生之地域稱之，簡稱為「北歌」，也就是「北朝民歌」的簡稱。「北歌」起源於北朝，與六朝時南朝之〈吳聲歌〉、〈西曲歌〉相呼應，最早見於《舊唐書‧卷二九‧音樂志》云：

> 魏樂府始有北歌。

又說：

> 梁有〈鉅鹿公主歌辭〉，似是姚萇時歌，其辭華音，與北歌不同。

---

❶ 宋‧郭茂倩：《樂府詩集》，卷四四～四九，里仁書局，民國七十年版，頁六三八～七二五。

❷ 同❶，卷二五，頁三六三。

顯然，北朝樂歌歷史上曾有「北歌」一名，但最初所謂「北歌」是指北方的歌謠。

北方雖然長期兵荒馬亂，但魏道武帝（西元三九八～四〇九年在位）時已設立樂府，「兼奏燕、趙、秦、吳之音，五方殊俗之曲」❸。北魏統一北方後，又擴大了樂府的規模。今存北朝樂歌大都是民間歌辭，說明當時樂府還是廣採各地風謠的。

北朝是少數民族的政權，其地域胡漢雜居，其語言胡漢並用，樂府自然也兼有用胡語或漢語歌唱的歌辭。大致說來，樂府多用胡語演唱，自北魏孝文帝（四七一～四九九年在位）崇尚華風，民間歌謠，亦有用華語來歌唱，後來孝文帝大力推行拓跋魏族和漢族同化的政策，甚至下詔「不得以北俗之語言於朝廷」❹，違抗者給以免職處分，從此樂府便胡華間用，而擴大了樂府語言和內容的領域。

本書「北朝民歌」，主要是涵蓋北朝樂府民歌。

二、樂府、樂府詩和民歌的關係

「樂府」，顧名思義，當指音樂的官府，為西漢時朝廷所設置的官署名稱。《漢書・禮樂志二》

---

❸《魏書・樂志》，卷一〇九，臺北鼎文書局，民國七十九年，頁二八二八。

❹同上。

云：

高祖樂楚聲，故〈房中樂〉楚聲也。孝惠二年，使樂府令夏侯寬備其簫管，更名〈安世樂〉。

由此可知，最早使用「樂府」這個名稱的，是漢惠帝二年（西元前一九三年），當時設有「樂府令」這項官職，樂府令，就是樂府長，由夏侯寬擔任，是漢朝朝廷中音樂官府的最高長官，其主要職掌，是配合朝廷祭祀或典禮所用的樂曲。

到漢武帝時（西元前一四〇～前八七年），由於配合郊祀之禮，更擴大樂府機構的編制。據《漢書．禮樂志二》記載：

至武帝定郊祀之禮，祠太一於甘泉，就乾位也；祭后土於汾陰，澤中方丘也，乃立樂府，采詩夜誦，有趙、代、秦、楚之謳。以李延年為協律都尉，多舉司馬相如等數十人造為詩賦，略論律呂，以合八音之調，作〈十九章之歌〉。

顏師古於「乃立樂府」下註❺云：

始置之也，樂府之名，蓋起於此，哀帝時罷之。

由上引資料可知，樂府原是官署的名稱，始置於惠帝，至武帝時更擴大編制，當時樂府除制作樂章、訓練樂工而外，還廣泛搜集民間歌謠配樂演唱。誠如邱燮友所云：

在樂府官署職掌中，最具意義性的是採集各地的民歌。因此，「樂府」便成民歌的代稱。❻

---

❺《漢書．禮樂志二》，唐人，顏師古注。

這說明了「樂府」與民歌的關係。從此凡是合樂可唱的詩，都可稱為樂府。

樂府原是音樂官署的名稱，它負責「采詩夜誦」和「造為詩賦，以合八音之調」兩項主要的工作，一是收集民間歌謠，是俗樂的部分，一是樂工文人所作的歌曲，用於郊廟祭祀的雅樂。這個官署所習唱保存的歌辭稱為「樂府歌辭」，然而由於時代變遷，漢樂府所習唱保存的樂府歌辭，其音樂性的曲調逐漸失傳，只留下無法演唱的文學性的歌辭部分，後世即通稱之為「樂府詩」。

據《漢書・禮樂志》所載，樂府詩歌之成分約兩種：一為民間樂府，二為文人樂府。凡由樂府機構制作和採集的歌辭，以及文人以樂府題寫作的詩，後世均稱為「樂府詩」或簡稱「樂府」。邱燮友亦云：

> 樂府詩，簡稱為「樂府」，但最初卻是兩個既互關聯又不相同的概念。樂府是漢代朝廷音樂的官府；樂府詩，漢代稱它為「歌詩」，即可以歌唱的詩，原是指樂府所採集並演唱的歌曲。因此，樂府的本義是音樂的官府，它的借代義是民歌或合樂的詩歌。❼

近代研究者重視其中採自民間的歌辭和文人創作的區別，就產生了「樂府民歌」這樣一個概念，通常民歌總是樂府詩中最生動的部分，對文人詩的發展有著重大影響。

所謂民歌，依照周作人所說的，便是生於民間，為民間用以抒情或敘事的歌，它的特質「並

❻ 邱燮友、周何、田博元等：《國學導讀》，臺北三民書局，民國八十二年，頁四〇二。

❼ 同上。

不偏重在精彩的技巧與思想，只要能真實表現民間的心情，便是純粹的民歌」❽，而胡懷琛則給民歌下了十分貼切的定義，他說：

流傳在平民口上的詩歌，純是歌詠平民生活，沒雜著貴族的色彩，全是天籟，沒經過雕琢的工夫，謂之民歌。❾

由此可知，民歌最大的特質，就在真實反映了民間生活和群眾的心理意識。同時，民歌也是民間文學的一種，與文人仿製的民歌異趣，文人樂府，有時都只能列入通俗文學中，而與民間文學尚有些差異。

綜上所言，說明了樂府、樂府詩與民歌的密切關係。也給「北朝民歌」作了充分的題解。

❽ 周作人：〈中國民歌的價值〉，（見鍾敬文編《歌謠論集》，上海文藝出版社，一九八九年），頁八一～八二。

❾ 胡懷琛：《中國民歌研究》，香港百靈出版社，一九七六年，頁二。

第二節　北朝民歌研討的範圍

一、一代北歌的風華

西晉末年，八王之亂導致北方進入五胡十六國時期，黃河流域開始處於各少數民族統治下，與南朝對峙，約三百年之久，一直到隋朝取代北周，統一中國。在這近三百年間（三〇四～五八一年），北方文人詩歌，蕭條冷寂，名家罕見。而民間樂府，則大放異彩，光照千古，為豐富和充實我國多民族的文學寶庫，作出了卓越貢獻。蕭滌非說得十分具體：

《北史．文苑傳序》云：「中州板蕩，戎狄交侵，替偽相屬，生靈塗炭，故文章黜焉。其能潛思於戰爭之間，揮翰於鋒鏑之下，亦有時而間出矣。然皆迫於倉卒，牽於戰陣，章奏符檄，則粲然可觀，體物緣情，則寂寥於世。非才有優劣，時運然也。」故北朝一代，實無所謂文學，如曰有之，則厥為樂府。[10]

[10] 蕭滌非：《漢魏六朝樂府文學史》，臺北長安出版社，頁二四九。

陳進波也認為，北歌在中國文學史上有相當重要的地位，他說：

> 十六國及北朝時期（西元三〇三～五八一年），北方各游牧族軍事集團在中原的紛爭、掠奪，使北中國長期陷入大分裂、大動亂的局面。北方的經濟和文化遭到了嚴重的破壞。文苑荒蕪，詩壇冷落。特別在北魏統一黃河流域以前，北方很少有文人作品產生。北朝後期，南方文化回灌北方，衰落已久的文學才在士人中活動、振起，並且出現了「凌雲健筆意縱橫」的庾信，這樣有成就的詩人。但是，在詩歌方面，文人的創作成就還遠不及當時民歌的高度。⓫

民歌代表了大眾的心聲。北朝民歌，正是北朝社會現實的具體寫照，是當時人民的思想感情、生活願望、社會理想的生動反映。邱燮友云：

> 好的文學，多半來自民間，然後擴大影響到整個時代，整個文壇。其實一些民間的、大眾的作品，最純真、最活潑、最自然，也最能代表時代性和民族性。⓬

北朝民歌則正充分表現了純真、自然、時代性、民族性。

陳進波引高爾基之言：

⓫ 陳進波：〈論北朝樂府民歌〉，《蘭州大學學報（社會科學版）》，一九八一年第二期，頁七七。

⓬ 邱燮友：〈吳歌西曲與梁鼓角橫吹曲的比較〉，《臺灣師範大學國文學報》，創刊號，民國六十一年，頁七九。

> 人民不但是創造一切物質財富的力量，同時也是創造精神財富的唯一無窮的泉源，他在創作的時間、美和天才上，都是第一流的哲學家和詩人，這樣的詩人寫出了人間一切偉大的詩篇和悲劇，也寫出了其中最偉大的一篇世界文化史。

並說，北朝民歌，正是當時北方的各族人民所創造的優秀詩篇⓭。的確，魏晉南北朝是我國古代史上第二次民族大融合時期，與春秋戰國時期相比，是更高層次上的同化和融合。《尚書．舜典》有云：

> 詩言志，歌永言，聲依永，律和聲。

詩歌為政之所繫，尤足以反映時代、表現人生。北朝民歌中屬於平民文學的這部分珍貴資料，為我們的文化史增進了光輝的一頁。雖然保存下來的數量不多，但它題材多樣，內容豐富，而不能與南朝民歌純道情的「艷曲」相比，它卻能反映北方人民的生活和遭遇，所以北歌是當時詩壇上能獨樹一幟，為歷代民歌中最美好的花朵，放射著民族智慧的奇光異彩。

然歷來治中國文學史和文學批評之學者，較重視有作者具名的文人詩，對民間詩人的作品，似乎認為沒有多大鑑賞價值。因此，對北朝詩歌中屬於民間文學的這部分，所作的相關研究數量有限，而在有限的研究篇章中，亦僅止於小型的單篇論文，或與南朝民歌合併比較討論，鮮有專對北歌做深入的分析和探討。事實上，民間文學是特殊的文學，它和文化人類學、民族學、民俗

⓭ 同⓫。

學、社會學、語言學，甚至心理學等學科的研究有密切的關係。

民間文學具有人民普遍的特性。它的創作是一種群眾性的活動，它所反映的內容，又是直接來自於民俗內容。《詩經》是我國第一部詩歌總集，其中的十五〈國風〉和〈小雅〉中的一部分作品來自民間。如果當時民間沒有表達人民心志的歌唱風俗，就不會有《詩經》的誕生。《詩經》的問世，正體現出當時不僅民間詩歌的創作很盛行，而且采詩之風也很盛行。古代典籍中常常見到有關的記載。《禮記・王制》：

> 歲二月，東巡守，至於岱宗，柴而望祀山川，覲諸侯，問百年者就見之。命太師陳詩，以觀民風。

《白虎通義・巡狩》引《尚書大傳》云：

> 見諸侯，問百年，太師陳詩，以觀民風俗。

漢魏六朝時期，在周代采詩的基礎上，政府還設立了樂府機關，專門採集民歌，這也說明當時政府對民間語言傳承民俗的重視。從詩中，可體會北朝民族性的豪邁與爽朗，奔放與熱情，處處感受到北歌的風華，民族智慧的特質。其後，宋・郭茂倩輯有《樂府詩集》，收錄先秦歌謠、漢樂府和唐五代民歌，明・楊慎的《古今風謠》、《古今諺》，馮夢龍的《山歌》，清・李調元的《粵風》，杜文瀾的《古謠諺》，范寅的《越諺》等，都是集歷代民歌之大成的著作。民間文學無論在創作、流傳，甚至表現形式、作品所反映的內容等方面，均與文人作品不同。基於此，本書以「北歌」

為討論的對象，於是始有《北朝民歌》之作。

二、民歌的美與歷史同在

文學作品是時代的產物，作家生活的反映。北朝正是我中華民族歷史上壯麗的民族融合、文化同化的時代。在這樣的大時代背景下，探究北朝民歌，在縱的方面，北歌是繼《詩經》、漢樂府之後的民歌，其與南朝民歌有顯著的差異。在橫的方面，嘗試以北歌為緯，去尋繹其蘊涵於內的民俗風情、文化精神。誠如陳進波引高爾基之言：

> 如果不知道人民的口頭創作，那就不能懂得勞動人民真正的歷史。⓮

這段話雖然是唯物史觀的論點，但勞者自歌，歌謠便是人們生活真實的寫照。所以研究「北歌」，除了深入了解北朝的民間歌謠外，更可深入瞭解我中華民族的這一優秀文化遺產，並對北朝歷史、社會民俗有深一層之認識。

西哲亞里斯多德的啟智哲學，啟開了西方美學的根源，在中國歷代詩話中，對詩詞文賦的批評，便是中國美學的所在。民歌的美與歷史同在，是東西方所共認，而我在本書中，應用美學的理論，來探討北朝民歌，也有一得之愚，願與讀者分享。

⓮ 同上。

三、討論的範圍

本書所討論的範圍，以時間而言，起自晉惠帝永興元年（三〇四年），匈奴劉淵稱王起，而終於北周靜帝，為外戚漢人楊堅所篡（五八一年）止，凡二百七十七年。前一百三十五年（三〇四～四三九年）為五胡十六國之混戰時期，後一百四十二年（四三九～五八一年）為北魏、北齊、北周之統一與分治期間⓯。年代的設限，乃依據楊生枝之說：

> 雖然在許多文學史著作中，人們常常把《樂府詩集》中的〈梁鼓角橫吹曲〉叫作「北朝樂府民歌」，但事實上現存的歌辭中，有不少係十六國時代的作品，有些樂曲可能在晉代就有演唱，而北魏、北周的樂歌並不很多，有些不一定在北朝音樂機關演唱過。⓰

⓯ 本書討論範圍時間之界定，乃係鑒於「永嘉之禍」後，晉室南渡，北方成了胡族活動的大舞臺。若依李延壽《北史》而言，則起於北魏道武帝登國元年，即東晉太武帝太元十五年（西元三九〇年），終於隋恭帝義寧二年，即唐高祖武德元年（西元六一八年）。而李延壽在《南史》裡將南朝開始的時間，定於劉宋武帝永初元年（西元四二〇年），而結束於陳後主禎明三年（西元五八九年），如此一來，南朝與北朝兩者開始與結束的時間並不一致。

⓰ 楊生枝：《樂府詩史》，青海人民出版社，一九八五年一月，頁三八六。

因此，本書討論之時間，亦起自五胡十六國之混戰時期。

以探討對象而言，則遍及五胡十六國及北朝時期北中國居住及活動其間之胡人、漢人。

就討論內容而言，北歌以宋代郭茂倩《樂府詩集》第二五卷所載〈梁鼓角橫吹曲〉六十六首為主、連同〈木蘭詩〉、以及個別屬於雜曲歌辭中之〈楊白花〉、〈于闐採花〉、〈阿那瓌〉和雜歌謠辭中之〈隴上歌〉、〈北軍歌〉、〈咸陽王歌〉、〈鄭公歌〉、〈裴公歌〉、〈長白山歌〉、〈苻堅時長安歌〉以及〈敕勒歌〉，再加上《樂府詩集》未收錄的〈李波小妹歌〉等共七十九首。由於五胡強盛時，生靈塗炭，衣冠南渡，留在北方的百姓大多安土重遷，因此北歌，是最能代表北方民族氣質的貞剛，北方生活的冰堅土厚，故歌謠中流露勤奮淳樸之情，因為這些歌辭多數來自民間，早期的自不必說，後期胡漢密切接觸，雖然社會漢化較深，民間歌謠的作者，也不像六朝門第豪門追求摹擬南朝的巧構形似之言或華美詩風，所以在這些作品裡，最容易見出北方詩歌的原始風貌，是為本書主要討論材料。然討論北朝民歌，必然也牽涉到南朝民歌，因此，以吳聲歌曲（簡稱吳歌）和西曲歌（簡稱西曲）為主的南朝民歌，遂成為研究之輔佐材料。

四、方法的運用

本書討論方法之運用，除一般所謂的科學方法如歸納法、演繹法、比較法之外，更大量使用主題學、民俗學、民族學、心理學、歌謠套語之研究等新方法，使北歌的內容和成就，更有具體的顯現和結論。惟有新方法的使用，使沈淪已久的北歌，又賦予新的生命。因為方法的使用，實在很複雜而不勝枚舉，在此僅略舉一二端為例，至於方法的運用，可在本書中時時呈現，今就以歌謠套語為例，如：

〈折楊柳枝歌〉：

敕敕何力力，女子臨窗織。不聞機杼聲，只聞女歎息。
問女何所思，問女何所憶。阿婆許嫁女，今年無消息。

與〈木蘭詩〉的開端：

唧唧復唧唧，木蘭當戶織。不聞機杼聲，唯聞女歎息。問女何所思，問女何所憶，……

上述〈折楊柳枝歌〉與〈木蘭詩〉的發端，使用開端套語是很明顯的，因此〈折楊柳枝歌〉與〈木蘭詩〉，在歌謠的流傳上，有血緣的關係，是不可否認的真實。而〈折楊柳枝歌〉便成為〈木蘭詩〉的母題，而後起的〈木蘭詩〉便是〈折楊柳枝歌〉的子題了。

再以民俗學方法為例，北方有小丈夫的民俗，至今尚留存於北方，今以〈紫騮馬歌辭〉為例：

燒火燒野田，野鴨飛上天。童男娶寡婦，壯女笑殺人。

北朝連年爭戰，男人們身赴沙場，客死他鄉。家中只留下了孤兒寡婦，北俗為了解決寡婦的社會安全與生產，遂產生婚配的亂象，而有小丈夫的民俗，從民歌中便可窺知一二。

第二章　北歌產生的時代背景

基於文學作品是時代的反映，本著民族文化都是歷史現象，它是各個歷史階段社會現實的藝術形象概括的基本觀點，因此，探討北朝樂府民歌，歷史知識是必不可少的，否則，沒有事實根據的論點容易架空。

本書討論之年代設限，已於第一章討論的範圍中言及，乃起自五胡十六國時期❶，終於北周靜帝，為外戚楊堅所篡為止。混戰時期北方各民族以自己之語言詠唱，歌辭史志無記載。樂府之盛，當在北魏太武帝統一北中國以後，北方各民族接受漢族文化已深，始能用漢語記錄歌辭。其中自然亦有不少漢族人民之心聲。在南北對峙時期，北中國以戰亂頻仍，生產力遭嚴重損害，異族統治，剝削壓迫又極殘酷，人民生活困苦不堪，生命更無保障，所謂「男兒可憐蟲，出門懷死憂。」、「兄在城中弟在外，弓無弦，箭無括。」、「十五從軍征，八十始得歸。」、「雨雪霏霏，雀勞利。長嘴飽滿，短嘴飢。」、「朝發欣城，暮宿隴頭。」、「燒火燒野田，野鴨飛上天。」、「公死姥更嫁，孤兒甚可憐。」、「遙看是君家，松柏冢纍纍。」……等北歌，（在本書第五章中將詳加分析論述其內容題材。）充分反映時代特徵。加以民族混雜，習俗氣質各異，原野蒼茫，風土情調特殊，諸如北歌中之「我是虜家兒，不解漢兒歌。」、「腹中愁不樂，願作郎馬鞭。」、「老女不嫁，蹋地喚天。」、「無錢但共飲，畫地作交賒。」、「天蒼蒼、野茫茫，風吹草低見牛羊。」、「寒不能語，舌卷入喉。」……等北歌，亦充分反映了當時的社會百態。因此北歌之風格、題材範圍

❶ 楊生枝：前引書，頁三八六。

均異於南方，實因緣於其時空社會背景，今分五胡十六國的混戰時期與北朝政權的變遷、南北對峙的情勢三大階段來探討北歌產生之時代背景。

第一節　五胡十六國混戰期

一、邊族內徙與五胡亂華

晉惠帝末年，胡族開始大舉叛亂，史家稱之為「五胡亂華」。所謂五胡，是指匈奴、鮮卑、羯、氐、羌，也就是當時胡族的主要種類。他們是從西漢中葉起，經東漢至魏晉，不斷內遷，或移居塞內，或遷至腹地，時日既久，蕃衍遂盛，至西晉初葉，中原人口，除漢族外，則以五胡最多，邊族大量內徙之情形，由《晉書．匈奴傳》可得明證：

前漢末，匈奴大亂，五單于爭立，而呼韓邪單于失其國，攜率部落，入臣於漢，漢嘉其意，割并州北界以安之。於是匈奴五千餘落入車朔方諸郡，與漢人雜處。呼韓邪感漢恩來朝，漢因留之，賜其邸舍，猶因本號，聽稱單于，歲給綿絹錢穀，有如列侯。子孫傳襲，歷代不絕。其部落隨所居郡縣，使宰牧之，與編戶大同，而不輸貢賦，多歷年所，戶口漸滋，彌漫北朔，轉難禁制。後漢末，天下騷動，群臣競言胡人猥多，懼必為寇，宜先為其防。建安中，魏武帝始分其眾為五部，部立其中貴者為帥，選漢人為司馬以監督之。魏末，復改帥為都尉，其左部都尉所統可萬餘落，居於太原故茲氏縣，右部都尉可六千餘落，居祁縣，南部督尉可三千餘落，居蒲子縣，北部都尉可四千餘落，居新興縣，中部都尉可六千餘落，居大陵縣。武帝踐阼後，塞外匈奴大水，塞泥黑難等二萬餘落歸化，帝復納之，使居河西故宜陽城下，後復與晉人雜居，由是平陽西河太原新興上黨樂平諸部靡不有焉。……至太康五年，復有匈奴胡太阿厚率其部落二萬九千三百人歸化。七年，又有匈奴胡都大博及姜莎胡等各率種類大小凡十萬餘口，詣雍州刺史扶風王駿降附。明年，匈奴都督大豆得一育鞠等復率種落大小萬一千五百口……來降，并貢其方物，帝并撫納之，北狄以部落為類。其入居塞者，有屠各種、鮮支種、寇頭種、烏譚種、赤勤種、捍蛭種、黑狼種、赤沙種、鬱鞞種、姜莎種、禿童種、勃蔑種、羌渠種、賀賴種、大樓種、雍屈種、真樹種、力羯種，凡十九種。皆有部落，不相雜居。❷

匈奴自西漢宣帝受呼韓邪單于之降，處其部落於五原、朔方等郡，開始與漢人雜居。東漢初年，南匈奴單于投降，又置其部於西河郡，其後南單于徙其庭於離石左國城（今山西離石縣東

❷《晉書・匈奴傳》，卷九七，臺北鼎文書局，民國七十九年，頁二五四八。

北）。南匈奴入長城後，在名義上仍然維持其傳統的部落組織，實行自治，並受漢官吏的監督。但匈奴貴族已不再能獲得封土，而且漢化日深，故其部族結構在實質上已趨於崩解。靈帝末，匈奴曾發兵助漢討黃巾。董卓亂起，匈奴屯聚於洛陽北面的河內郡，種族日盛。至獻帝時，曹操平定河北，分其部眾為左、右、南、北、中五部，凡三萬餘落，仍然實行自治。這時的匈奴深染華風，民眾頗多從事農耕，部族領袖紛紛改從漢姓，喜好漢族古典文學。晉武帝時，塞外匈奴殘眾陸續降附，晉悉納之於內地。於是整個并州（大致當今山西省地）幾乎無地無匈奴寄居，聲勢極為壯大。由此可知南匈奴雖已漢化至深，惟其本性難移，漢末以後，中原動亂，入居塞內「胡」人有機可乘，相繼建立國家，致成五胡亂華之局。

羯為匈奴別支，隨同匈奴遷入中國，散居於上黨郡的羯室（在今山西遼縣境），號稱「羯胡」。他們仍過著游牧生活。

鮮卑在五胡中種落最繁，這是因為匈奴南遷，他們據有匈奴故地恣意發展的結果。東漢桓帝時，鮮卑民族英雄檀石槐曾統一諸部，發展成大帝國，為中國的大患。劉義棠云：

> 後漢桓帝時，鮮卑有勇武領袖檀石槐。檀石槐年十四、五，勇健有智略，異部大人來搶掠牛羊，檀石槐單騎追擊，所向無敵，將所失完全奪還，由是部落畏服。乃施法禁，平曲直，無敢犯者，遂被推為大人。於是檀石槐立王庭於高柳北彈汗山（今察哈爾張北縣附近）上，兵馬甚盛，東西部大人皆來歸服。因此南抄緣邊，北拒丁令，東卻夫餘（今朝鮮境），西

> 擊烏孫，盡據匈奴故地，東西萬四千餘里，網羅山川水澤鹽池。此後，連年不斷犯邊，朝廷積患而不能制，遂遣使持印綬封檀石槐為王，且欲和親。檀石槐不肯受，而抄掠之事更甚。旋自分其地為三部：從右北平以東至遼東，接夫餘濊貊二十餘邑為東部；從右北平以西至上谷十餘邑為中部；從上谷以西至敦煌烏孫二十餘邑為西部；各置大人主領，皆歸檀石槐統轄。漢靈帝立，鮮卑仍屢寇邊。帝曾遣夏育出高柳；田晏出雲中；匈奴中郎將臧旻率南單于兵出雁門，各將萬騎，三道出塞二千餘里。檀石槐命三部大人各率眾迎戰，漢師大敗。❸

魏初，鮮卑大人軻比能積極招納許多避難流亡的漢人，有再統諸部的野心，然於明帝青龍三年（二三五年），被魏幽州官吏暗殺，功敗垂成。《中國邊疆民族史》曾言及此一史實：

> 光和四年（西元一八一年），檀石槐死，子和連立。和連才力不及其父而且貪淫，斷法不平，眾多叛離。後出攻北地，為北地善弩者所射殺。子騫曼年小，兄子魁頭立。後騫曼長大，與魁頭爭國，眾遂散。魁頭死，弟步度根立，眾稍衰弱。步度根兄扶羅韓亦別擁眾數萬為大人。建安（獻帝年號，一九六～二二〇年）中，步度根、軻比能與扶羅韓等，相互怨結。蜀漢後主二年（西元二二四年），軻比能於盟會之上殺扶羅韓，併其部眾。繼之建興十一年（西元二三三年），步度根亦為軻比能所殺。於是，軻比能又復統轄各部落，從

❸ 劉義棠：《中國邊疆民族史》，臺灣中華書局印行，民國八十一年四月三版，頁七三。

雲中，五原以東，抵遼水，皆為鮮卑所有。軻比能本鮮卑小部，以勇健，斷法平端，不貪財物，被眾推為大人。部落近塞。自袁紹據河北，中國人多亡於鮮卑，因此鮮卑制作，頗多仿擬中國。延康初（漢獻帝建安二十五年改元），軻比能遣使獻馬，魏文帝亦於是年立比能為附義王。蜀漢後主建興十三年，魏明帝青龍三年（西元二三五年），幽州刺史王雄，使勇士韓龍刺殺軻比能。❹

其後鮮卑諸部分立，互不統屬，但親魏頗力，曾助魏征服據守遼東的公孫氏。明帝景初二年，詔許其部族內徙，於是這些鮮卑部落，偏佈於北邊，從遼東直到河西，其重要的部落以慕容、拓跋為最強。

氐於漢時屬西南夷，其中以白馬氐與鍾離氐最盛。東漢末，曹操曾徙武都氐數萬落於西北的京兆、扶風、天水等郡界內，以禦劉備。蜀漢後主時，也曾徙武都氐四百餘戶於廣都（今四川華陽縣東南），因此氐人益入內地。晉時，氐人的主要分佈區為武都（治所在今甘肅成縣西），略陽（治所在今甘肅秦客縣東南）二郡。

羌在東漢時，入居於今甘肅省東部及陝西省北部一帶，分東西兩部。但因羌人於靈帝時遭受段熲的重創，而勢力大衰，在五胡中，它可以說是最弱的一支。氐和羌的人數，遠較匈奴，鮮卑為少。

---

❹ 同上。

五胡內徙，魏晉以來，北起今遼東半島、內蒙古及甘肅省，南至今河北省東北部、山西省中南部、陝西省北、西南部和四川省北部，都是胡族的殖民地，對於晉帝國的中心地區，形成半包圍形勢。北方的重要戰略地帶，大都在胡人的勢力範圍之中。晉室的首都，更處於胡人勢力的直接威脅之下，隨時有發生巨禍的可能。這些胡族到魏晉以後，已漸漸成為漢人管轄下的編戶，有租調和傜役的負擔，而且時受官吏欺淩、漢人歧視。他們的族人也常被掠為奴隸或成為豪強的佃戶，因此怨憤情緒日漸高漲。從晉武帝即位以後，就不斷有叛亂事件發生，有識之士，早引以為憂。

晉武帝與惠帝時，傅玄、郭欽、江統深知禍起肘腋，為時不遠，建議徙胡於塞外，侍御史郭欽上疏建議武帝云：

> 戎狄強獷，歷古為患。魏初入寡，西北諸郡皆為戎居。今雖服從，若百年之後有風塵之警，胡騎自平陽上黨不三日而至孟津，北地、西河、太原、馮翊、安定、上郡盡為狄庭矣。宜及平吳之威，……漸徙平陽、弘農、魏郡、京兆、上黨雜胡，峻四夷出入之防，明先皇荒服之制，萬世之長策也。❺

郭欽建議徙胡，除把西北各地與漢人雜居的各族徙出塞外，以漢人實邊境，嚴出入之防，並提出主張禁止漢官欺淩治下胡人。江統〈徙戎論〉云：

❺ 同❷。

漢末之亂，關中殘滅。魏興之初，與蜀分隔，疆埸之戎，一彼一此。魏武皇帝令將軍夏侯妙才討叛氐阿貴千萬等，後因拔棄漢中，遂徙武都之種於秦川，欲以若寇強國，扞禦蜀虜，此蓋權宜之計，一時之勢，非所以為萬世之利也。……當今之宜，宜及兵威方盛，眾事未罷，徙馮翊、北地、新平、安定界內諸羌，著先零、罕幵、析支之地。徙扶風、始平、京兆之氐，出還隴右，著陰平、武都之界。廩其道路之糧，令足自致，各附本種，反其舊土，使屬國，撫夷就安集之。❻

然武帝沒有採納郭欽、江統的建議。究其原因，乃江統上〈徙戎論〉時正值西晉八王之亂（二九九～三〇六年）政治軍事皆如火如荼的時候，而更重要的，還是晉惠帝元康六年（二九六年）五月關中馮翊一帶胡人部落發生動亂，晉軍頻遭敗績❼。結果，引致同年八月「秦雍氐羌悉叛」❽，氐帥齊萬年僭號稱帝。亂事延續到元康九年（二九九年）即江統上表的同年正月，才告平定❾。所以，反對徙戎的人，就認為「方今關中之禍，暴兵二載，征戍之勞，老師十萬」。加上水旱荒疾，而剛剛才平定的新附羌氐胡部，還「咸懷危懼」。一旦徙戎，事實是「使疲悴之眾，徙自猜

❻《晉書·江統傳》，卷五六，臺北鼎文書局，民國七十九年，頁一五三一。
❼《晉書·惠帝紀》，卷四，臺北鼎文書局，民國七十九年，頁九四。
❽同❼。
❾同❼。

之寇」。而「羌戎離散，心不可一」，只會「前害未及弭，而後變得横出矣」⑩。事實上，想把三百年來陸續遷入內地的胡族，於短期內遷出，本是件極其艱巨的工作，史載北魏徙胡，即曾引起叛亂。《魏書》記載太武時代（四〇三年）因「敕勒（高車）新民以將吏侵奪，咸出怨言，期牛馬飽草，當赴漠北」，劉絜等因請太武徙之於河西，以防他們北遁，結果：

> 新民驚駭。皆曰：圈我於河西之中？是將殺我也！欲西走涼州。……既而新民數千騎北走，絜追討之，走者絕糧，相枕而死。⑪

又載孝文帝太和末將高平、薄骨律二鎮蠕蠕（柔然）千餘家徙置淮北，防其叛走：

> （楊）椿以為徙之無益。上書曰……今新附者眾，若舊者見徙，新者必不安。不安必思土，思土則走叛。狐死首丘，其害方甚。……進失歸伏之心，退非藩衛之益。……時八座議不從。遂徙於濟州緣河居之。冀州元愉之難，果悉浮河赴賊。所在鈔掠，如椿所策。⑫

所以，江統看見的是「非我族類，其心必異」，將來戎必猾夏，乃「必然之勢」。可是，反對者也擔心一旦徙戎，騷動一起，虜心不可測，極可能災禍即至。況且晉室中央腐朽已深，諸王又忙於

⑩ 同❻。

⑪ 《魏書·劉絜傳》，卷二八，臺北鼎文書局，民國七十九年，頁六八七。《資治通鑑》，卷一二一，宋文帝元嘉七年（西元四三〇年）三月條。

⑫ 《魏書·楊播傳附弟椿傳》，卷五八，臺北鼎文書局，民國七十九年，頁一二八六。

內爭，更無力及此，因此終至造成不可挽救的局面。

二、中原淪陷與十六國紛立

五胡於惠帝末期開始大規模的叛亂。劉淵為匈奴南單于之後。父豹為左賢王，自稱是漢朝外孫，故冒姓劉。豹於曹操時為左部帥，武帝時，淵繼父位，惠帝時，進為五部大都督，統領五部。八王之亂時，成都王穎曾結淵為外援。淵見晉室亂熾，時思獨立。永興元年（三〇四年），穎為王浚等圍攻，軍事不利，遣淵回并州發匈奴部助戰。淵到部後，即叛晉獨立。懷帝永嘉二年（三〇八年），劉淵稱帝，並徙都平陽（今山西臨汾縣西南），國號漢。淵獨立後，擁戴者甚多，其中以石勒、王彌最為雄健。西晉懷帝永嘉五年（三一一年）三月，晉軍十餘萬為石勒追及，圍而射之，將士相殘如山，無一人得免，王公大臣也悉數被俘，晉室主力至此全部淪喪。同年五月，劉聰攻陷洛陽，擄懷帝北去，史稱「永嘉之禍」。

永嘉之禍可謂是中國歷史上的巨大風暴，在此以前，中國本部的空間裡，是以漢民族活動為中心的歷史，但自從懷愍二帝蒙塵之後，晉室南渡，北方就成了胡族活動的大舞臺。從匈奴劉氏以降，五胡並起，展開了連串的建國運動。他們彼此間混戰不休，胡族殘忍好殺的野性，在戰火中強烈的顯現出來。中原人民流離失所，死亡無數。而戰爭的頻年不斷，根本無法進行生產，又造成了人為的饑荒。這樣惡性循環，使開發已千年的中原，竟淪為白骨蔽野、千里無炊的地方。

從惠帝永興元年（三〇四年）匈奴劉淵稱王起，下至南朝宋文帝元嘉十六年（四三九年）北魏拓跋氏統一北方止，在這一百三十六年間，胡族陸續在北方建立了十幾個國家，與南方的漢族傳統政權東晉相對峙。其間漢人也曾在北方先後建立了幾個小國，但他們只是胡族世界中的一種點綴而已。史家把這段時間內，在中國境內漢族傳統政權版圖以外地區建立的國家，統稱為「十六國」。十六國的名稱是匈奴屠各種劉氏建前趙國（三〇四～三二九年）、屠各種赫連氏建大夏國（四〇七～四三一年）⓭、大沮渠氏建北涼國（四〇一～四三九年）；羯族羌渠種石氏建後趙國（三一九～三四九年）；羌族姚氏建後秦國（三八六～四一七年）；氐族李氏建成漢（西元三〇四～三四七年）、符洪建前秦國（三五二～三九四年）、呂光建後涼國（三八七～四〇三年）；鮮卑族慕容氏建前燕國（三三七～三七〇年）、後燕國（三八四～四〇九年）、南燕國（三九八～四一〇年）、禿髮氏建南涼國（三九七～四一四年）、乞伏氏建西秦國（三八五～四三一年）；以及漢人張氏所建的前涼（三〇一～三七六年）、段氏建西涼（四〇〇～四二一年）、馮氏建北燕（四〇九～四三六年）⓮。

十六國中，只有前秦曾一度統一北方，但為時非常短暫，此外始終處於分裂的狀態中。在同

⓭ 林旅芝：《鮮卑史》，香港波文書局，一九七三年六月再版，頁二八。

⓮ 林旅芝：前引書，頁三〇。

一時期，常有兩個以上的國家並立，但從無十六國並立的事。事實上，在此期間興起的國家並不止十六國，例如鮮卑慕容氏所建的西燕（三八五～三九四年）、拓跋氏的代（三〇七～三七六年），氐所建的仇池（三五二～三九四年），漢人所建的冉魏（三五〇～三五二年）等，都不在十六國之列。這是因為十六國據地較廣，國祚較長，並且遺有較多史料的緣故。十六國本身不但分崩離析，交相兼併，其中若干國家並與南方的東晉發生過多次戰爭。其後晉為宋所篡，北方也繼而為鮮卑人的北魏所統一，歷史乃步入南北朝對立的新階段。

第二節　北朝政權的變遷

北方自西晉淪喪，陷於長期紛亂，已成為胡人的天下，及至北魏建立，始歸於統一。北魏是鮮卑拓跋氏所建。它的原居地在今東北的嫩江流域及興安嶺附近。約在桓靈之際，移居到遼河西源。其後又沿陰山山脈發展到綏遠南部。因為他們有剃去部分頭髮，留著髡髮（辮子）的習慣，所以時人稱之為「索頭鮮卑」。三國時代，拓跋部首領力微控弦二十萬，以定襄郡的盛樂（今綏遠和林格爾縣東）為據點，取得周圍鮮卑部落的領導權，初臣服於魏，復稱藩於晉。力微即日後北魏尊稱的始祖，追號神元帝。力微傳子力徵。力徵死後，諸大人爭立，混亂了二十餘年，後由力徵子猗盧恢復統一。猗盧到懷帝永嘉二年（三〇八年）時，已握有控弦騎士四十餘萬，成為塞上一支強大的力量。他於永嘉四年（四一〇年），受晉封為代郡公。永嘉風暴發生後，猗盧曾助劉昆抗敵，愍帝建興三年（三一五年），猗盧進為代王，吸收漢人歸附，開始建制漢代官屬。次年，猗盧遇弒，諸部叛離，隨後被石趙征服。其後猗盧姪孫什翼犍返回故鄉，收集殘部而崛起。他雖無法得志於中原，但在北亞草原上極力擴展，西兼併烏孫各地，東吞勿吉以西，一時擁有千百萬控弦之士。什翼犍曾為「質子」於石趙數十年，受漢文化之薰陶頗深，他於東晉成帝咸和四年（三三八年）即代王位，二年後定都盛樂，建置百官，以漢人為長史、郎中令等重職，制定法律，從此拓跋部由部落形態變成頗具規模的君王專制政體。代國定都之後，又開始發展農業，種植「穄田」（高粱田）三十餘年後（三七六年）前秦苻堅出兵擊代，什翼犍迎戰大敗，部落離散。代滅後，什翼犍之孫拓跋珪流浪於中原內地，俟淝水戰後，苻堅崩潰，珪即逃歸綏遠，糾集舊部，復興代國，他於太元十一年（三八六年）即代王位，同年又改國號為魏，史稱「北魏」。珪為後燕主慕容垂的外甥，故初時頗受垂支持，他遂得以征服周圍的匈奴、氐、羌人，成為塞外的唯一強國。慕容垂見珪勢力日益雄厚，有威脅後魏的可能，乃遣子攻魏，反被拓跋珪所敗。慕容垂大怒，親自率兵攻打，取下平城（今山西省大同縣東）。旋因病班師，然而歸途病死，珪則率主力遁走。

慕容垂死後，後燕衰弛，拓跋珪乘機進兵中原，滅亡後燕，版圖大擴。故於晉安帝隆安二年

（三九八年）稱帝，遷都平城，是為道武帝。他性情殘忍，恣意殺戮，於義熙五年（四〇九年）為其子清河王紹所弒。同年，珪長子嗣誅紹而立，是為明元帝。明元帝精明能戰，他繼續開拓疆土，並屢侵宋河南地。宋武帝永初四年（四二三年），明元帝死，子拓跋燾繼立，是為太武帝。當時北方國家，關西尚有西秦、夏、北涼、仇池，關東則只有北魏和北燕，共計六國，此後北方統一的工作，便由拓跋燾來完成。其滅北燕，降夏與北涼吐谷渾諸國，定江北諸地，於是北方歸一，十六國之時代結束。而晉將劉裕亦於元熙二年（四二〇年）篡晉自立，是曰宋，統治南方，南北朝長期對峙之局面於焉形成，至隋文帝統一南北（五八九年），歷時一百六十九年，史家稱之曰南北朝時代。魏太武帝數傳至孝文帝，遷都洛陽，酷慕華風，推行漢化，自是魏人政教學術，多與華同。然只學中國之皮毛而已，於漢民族弘毅幽深執中重義之精神，則未之有得，故雖文物燦然，而國勢則開始步入衰運。此後數帝，皆以不振，內有胡后之亂，而孝明帝以毒死，外有六鎮之叛，而爾朱榮之禍成，究其原由，則錢穆說得好：

及遷洛陽，政治情勢大變，文治基礎尚未穩固，而武臣出路卻以斷塞。一輩南遷的鮮卑族，盡是錦衣玉食，沈醉在漢化的綺夢中。而留戍北邊的，卻下同奴隸。貴賤遽分，清濁斯判。朝政漸次腐敗，遂激起邊鎮之變亂。[15]

爾氏本駐軍晉陽，至是以清君側為名，進兵洛陽，殺胡太后及王公以下二千餘人，立孝莊帝。孝

---

[15] 錢穆：《國史大綱》，第十七章，〈北方政權之新生命〉。

莊殺榮，而為榮弟兆所弒。高歡等起兵討伐，立孝武帝，遂專擅朝政。孝武畏逼，西奔關中，依附鎮守長安之鮮卑人宇文泰，是為西魏。高歡別立孝靜帝於鄴，是為東魏。東西魏之分，即自此始，時梁武帝大同元年（五三五年）也。北魏自太武帝統一北方以來，至是已九十四年，凡傳九主。

高歡執政十六年，與宇文泰相戰不已，互有勝負。及死，子洋篡位（五五〇年），國號齊，史稱北齊。高洋即齊文宣帝，早年文治武功均有可觀，晚節則荒暴淫佚，國勢日衰，歷武成至後主，穆提婆和士開亂政，國益不國。會西魏已為宇文氏所篡，改號周，至是出師東伐，北齊不支，遂亡。時陳宣帝太建九年（五七七年）北齊立國僅傳五主，歷二十八年而已。

宇文泰通達治理，執政二十三年，規畫頗多，勳猷懋著。子覺受魏禪（五五七年），國號周，史稱北周。宇文覺即北周孝閔帝，傳至武帝，英明果決，大振國政，東滅北齊，北方復合而為一。經宣帝至靜帝，為外戚漢人楊堅所篡，國遂以亡，時陳宣帝太建十三年（五八一年）北周立國凡傳五主，歷時二十五年。茲將北朝政權的變遷，表列於下：

北魏世系表（含東魏西魏）

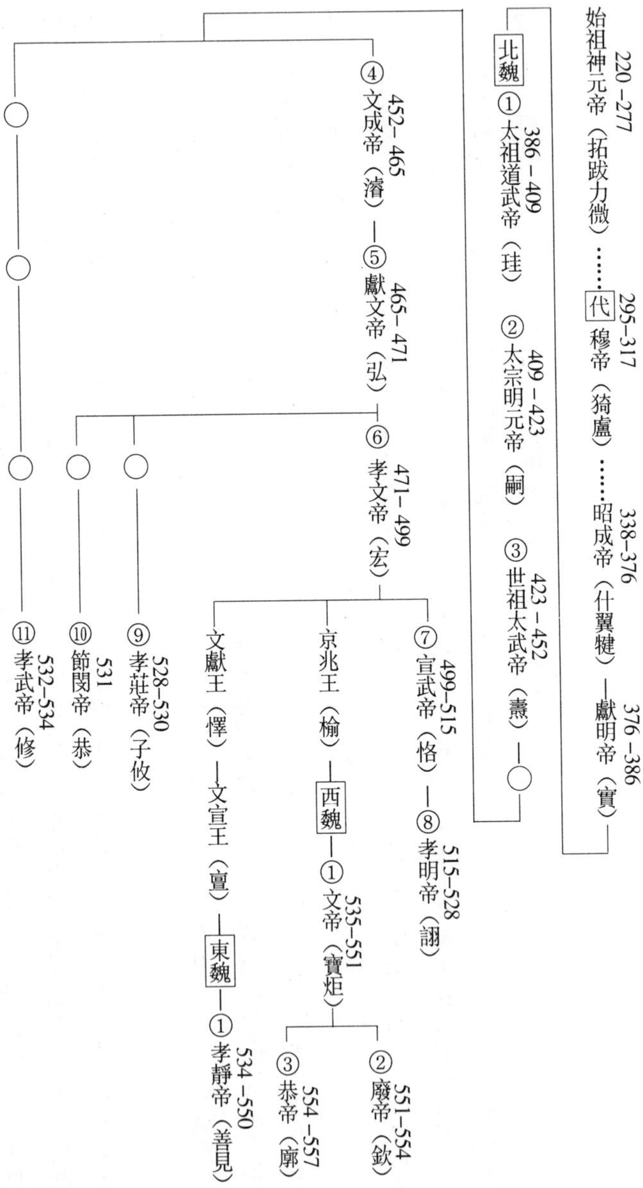
始祖神元帝（拓跋力微）
220－277
代
穆帝（猗盧）
295－317
昭成帝（什翼犍）
338－376
獻明帝（寔）
376－386
北魏
①太祖道武帝（珪）
386－409
②太宗明元帝（嗣）
409－423
③世祖太武帝（燾）
423－452
④文成帝（濬）
452－465
⑤獻文帝（弘）
465－471
⑥孝文帝（宏）
471－499
⑦宣武帝（恪）
499－515
⑧孝明帝（詡）
515－528
京兆王（愉）
西魏
①文帝（寶炬）
535－551
②廢帝（欽）
551－554
③恭帝（廓）
554－557
文獻王（懌）
文宣王（亶）
東魏
①孝靜帝（善見）
534－550
⑨孝莊帝（子攸）
528－530
⑩節閔帝（恭）
531
⑪孝武帝（修）
532－534

北齊世系表

神武帝（高歡）
- ① 文宣帝（洋）550–559 —② 廢帝（殷）559–560
- ③ 孝昭帝（演）560–561
- ④ 武成帝（湛）561–565 —⑤ 後主（緯）565–577 —⑥ 幼主（恒）577

北周世系表

文帝（宇文泰）
- ① 孝愍帝（覺）557–558
- ② 明帝（毓）558–560
- ③ 武帝（邕）560–578 —④ 宣帝（贇）578–579 —⑤ 靜帝（闡）579–581

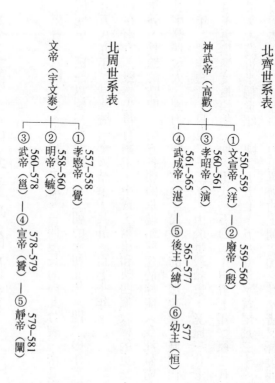

第三節　南北對峙的情勢

東晉十六國之後，中國歷史進入一個漫長的南北分裂、南北對峙的階段，史稱南北朝時期。這段歷史，應該以劉裕代晉建立宋王朝的永初元年（四二〇年）開始算起，到隋文帝楊堅開皇九年（五八九年）滅陳統一全國結束，共計一百七十年。

在南方，雖然先後有劉宋、南齊、蕭梁和陳四個政權的更迭，但這中間除梁元帝以江陵作都三年外，其餘的時間，南方各朝的京城始終建於建康（今江蘇南京）。劉宋（四二〇～四七九年）是其中疆域最大、國力最強、統治年代最長的一個政權，歷四代、八個皇帝。南齊（四七九～五〇二年）國祚短暫，只有二十三年。由於爭殺頻繁，竟歷三代七帝，平均三年一帝，算是中國古代帝王更換速度最快的一期。梁代（五〇二～五五七年）歷三代四帝，其中武帝蕭衍個人享國時間最久，幾近半個世紀。陳（五五七～五八九年）首尾凡三十三年，其三代五主。陳承衰梁之弊，是版圖狹窄、人口孤弱、力量單薄的王朝，加之統治者又極度腐敗，最後終於喪亡於北方強敵之手。歷史上，把宋、齊、梁、陳這南四朝稱之為南朝。

十六國後期，一個最為落後的少數民族拓跋鮮卑逐漸強盛起來。它先是打敗後燕入主中原，在建立北魏政權（三九六～五三四年）之後，又翦滅群雄統一北方，從而結束了這一地區長期混戰的局面。按照史家的習慣，北魏統一北方的太延五年（四三九年）往往被視為北朝的起始之年。北魏前期以平城（今山西大同）為都，孝文帝大舉實行漢化，政治中心也隨之遷徙到中原腹地洛陽。北魏立國一百多年，歷九代十二帝，是對南北朝歷史影響較大的一個王朝。當代學者毛漢光曾云：

> 自永嘉亂後，晉室南遷，東晉保有南方半壁江山，垂百有餘年；在同一時期，北有匈奴、鮮卑、羯、氐、羌諸族人民，如水銀瀉地，混雜在廣大地區的漢族之間，先後出現幾近二十個國家，鐵騎穿梭，離合相繼，大者幾乎統一北方，飲馬長江，小者不及一省，在一百餘年之間，沒有一股勢力能夠成為穩定的重心。在這種複雜的環境之中，鮮卑拓跋氏終於統一了中國，建立一個穩定的政權，與南方對峙垂百年之久，包括草原地帶在內，拓跋魏是當時最大的帝國。[16]

在南北朝的歷史時空裡，北魏扮演重要之角色，北魏傳至孝文帝，孝文帝雖為獻文帝之子，但自幼撫養於文明皇后手中。文明皇后為漢女，孝文帝自幼受其薰陶，而傾心於漢化，且有鑒於北魏以少數民族統治為數眾多的漢族，如欲收長治久安之效，必須依賴漢人為輔，故力求漢化，以消

[16] 毛漢光：〈北魏東魏北齊之核心集團與核心區〉，《中央研究院史語所集刊》，五十七本之二，民國七十五年，頁二四一。

弭胡漢的畛域。就胡漢融合關係而言，孝文帝有絕對的貢獻。但胡漢融合外，也不斷發現衝突的相對存在，孫同勛云：

民族意識起於民族情感，而民族情感則是由共同文字、語言、風俗、習慣與血統等所培育的一種自然情感，這種情感或有程度上的強弱差別，但絕沒有任何一個民族完全沒有這種情感。生存在兩種不同文化與種族之中的人，或多或少都有一種潛在意識，認為「非我族類，其心必異」，這就是民族意識。北魏時期我們固難以看到民族意識的具體與集體表現，但蛛絲馬跡，仍不難發現此種意識的個別存在。⓱

且蕭璠亦云：

在北魏征服華北的過程當中以及統一中原以後，由於鮮卑人與漢人的接觸面不斷地擴大，被統治的漢人越來越多，導致胡漢衝突後果的嚴重性也日益提高。在征服戰爭進行的當中，鮮卑人游牧民族的掠奪習俗表露無遺，因而漢人的生命、財產受到極嚴重的殘害和損失。……在這種情勢下，胡漢關係自然是不會十分和睦的。從鮮卑人的統治方式更可以看出來胡漢之間始終存在著至少是隱伏的敵視的對立。⓲

⓱ 孫同勛：〈北魏初期胡漢關係與崔浩之獄〉，《幼獅學誌》，第三卷第一期，民國五十三年一月，頁四。

⓲ 蕭璠：〈東魏、北齊內部的胡漢問題及其背景〉，《中國史學論文選集》，第三輯，幼獅文化事業公司，民國六十八年，頁三一七。

胡漢接觸的機會增加，相對的導致胡漢衝突後果的嚴重性也日益提高，從北魏和劉宋間的戰爭中可得其中訊息。宋少帝景平元年，北魏「攻破邵陵縣，殘害二千餘家，盡殺其男子，驅略婦女一萬二千口。」[19]在鮮卑人鐵騎的蹂躪之下，《宋書》記曰：

自江、淮至於清、濟，戶口數十萬，自免湖澤者百不一焉，村井空荒，無復鳴雞吠犬。[20]

漢人經常不論是衣冠士族，或是編戶齊民都不免於屠戮，皇甫湜在〈東晉元魏正閏論〉中云：

魏氏恣其暴強，虐此中夏，斬伐之地，雞犬無餘，驅士女為肉籬，委之戕殺，指衣冠為芻狗，逞其屠刈。[21]

在這樣的情勢下，胡漢關係自然是不會十分和睦的。

北朝包括了北魏、北齊、北周和隋平陳的一段時間，從魏太武帝滅北涼（西元四三九年）起，到隋平陳的一年（西元五八九年）止，共一百五十一年。其中北魏與北周為鮮卑人所建，齊隋的皇室則是胡化甚深的漢人。北魏初都平城，後遷都洛陽。北齊都鄴（今河南臨漳縣西）。北周則都長安。

南北朝雙方始終處於敵對狀態，南朝稱北朝為「索虜」，北朝稱南朝為「島夷」，彼此怨仇甚

---

[19]《宋書・索虜傳》，卷九五，臺北鼎文書局，民國七十九年，頁二三三〇。

[20]《宋書・史臣論》，卷九五，臺北鼎文書局，民國七十九年，頁二三五九。

[21]《全唐文》，卷六八六，皇甫湜：〈東晉元魏正閏論〉，臺北匯文書局，一九六一年。

深，並且時生戰爭，所以國界也甚不固定。大體說來，北朝的版圖是北至陰山南北的沙漠，東北至今遼東半島，西至涼州，南與南朝接界。南朝則大致保有三國時的吳蜀二國舊地。南北國界雖時有變化，但大部時間，大致以淮河為界。淮河南北界限地區，雙方各自劃有一段緩衝地帶，約有數百里，任其荒蕪稱為「邊荒」。至於南北國界變化的情形，總括來說是「越變越南」。換言之，南朝武力不敵，版圖常為北方侵略，淪喪萎縮。宋初，南北國界在黃河以南，即今山東、河南等省的中部；西則以秦嶺為界。至齊梁時代，國界退到淮河兩岸及襄陽一帶，即今江蘇、安徽、湖北等省的北部。梁末，陝南、四川、雲貴地區相繼淪喪，到陳朝時只餘下長江以南的地區。

第三章　北歌的創調與流傳

第一節　北歌的創調

一、梁鼓角橫吹曲為北歌辨

今傳北朝民歌，主要保存在宋．郭茂倩《樂府詩集》之〈梁鼓角橫吹曲〉裡。〈梁鼓角橫吹曲〉，本是胡人的牧歌，用胡語、鮮卑語來唱的，經漢人翻譯而收錄，代表了北朝新民族的民歌。後人往往以為〈梁鼓角橫吹曲〉皆北朝樂章，而郭氏誤錄於梁代，其實在「鼓角橫吹曲」上冠以「梁」字，是因為鼓角橫吹曲是北歌，而保存這項民歌的是南朝的梁。這是梁朝樂府署所收集的北歌，所以稱為〈梁鼓角橫吹曲〉。蕭滌非在《漢魏六朝樂府文學史》上說：

> 所謂〈梁鼓角橫吹曲〉者，實皆北歌，非梁歌也。今歌辭中有「我是虜家兒，不解漢兒歌」，及長安，渭水，廣平，鉅鹿，隴頭，東平，孟津諸北方地名，皆可為證。按梁武帝有〈雍臺〉一首，為胡吹舊曲十一亡曲之一，又《隋志》云：陳後主遣宮女習北方簫鼓，謂之代北，酒酣則奏之。是此種北歌，固嘗先後輸入於梁陳，故智匠作樂錄時，因題曰〈梁鼓角

橫吹曲〉耳。歌是北歌，而保存之者則南人也。❶《樂府詩集》便依照《古今樂錄》的稱謂，把〈梁鼓角橫吹曲〉收列在〈漢橫吹曲〉之後，卷二五中。並於卷二一云：

《古今樂錄》有〈梁鼓角橫吹曲〉，多敘慕容垂及姚泓時戰陣之事，其曲有〈企喻〉等歌三十六曲，樂府胡吹舊曲又有〈隔谷〉等歌三十曲，總六十六曲。❷

按慕容垂、姚泓均北地胡虜，前者鮮卑人，後者羌人；據此則〈梁鼓角橫吹曲〉為北歌生活之記敘，又如〈企喻歌辭〉四曲、〈琅琊王歌辭〉八曲、〈鉅鹿公主歌辭〉三曲、〈慕容垂歌辭〉三曲、〈高陽樂人歌〉二曲、〈幽州馬客吟歌辭〉五曲等，皆出自北地，皆〈梁鼓角橫吹曲〉為北歌之證。然〈梁鼓角橫吹曲〉曲目中，亦有出於〈漢橫吹曲〉曲目者，如：

㈠〈紫騮馬歌〉六曲

按《古今樂錄》曰：「『十五從軍征』以下是古詩。」❸據此則〈紫騮馬歌辭〉後四曲為漢辭，而曲目亦出於〈漢橫吹曲〉。《樂府解題》曰：

漢橫吹曲，二十八解，李延年造。魏、晉以來，唯傳十曲：一曰〈黃鵠〉，二曰〈隴頭〉，

---

❶ 蕭滌非：《漢魏六朝樂府文學史》，長安出版社，頁二五二。
❷ 宋・郭茂倩：前引書，頁三〇九～三一〇。
❸ 同上，頁三六五。

三曰〈出關〉，四曰〈入關〉，五曰〈出塞〉，六曰〈入塞〉，七曰〈折楊柳〉，八曰〈黃覃子〉，九曰〈赤之揚〉，十曰〈望行人〉。後又有〈關山月〉〈洛陽道〉〈長安道〉〈梅花落〉〈紫騮馬〉〈驄馬〉〈雨雪〉〈劉生〉八曲，合十八曲。[4]

於是可見此六曲歌乃漢魏舊曲調，而為南北文化相融合之作品。

(二)〈隴頭流水歌辭〉三曲

按《古今樂錄》曰：「樂府有此歌曲，解多於此。」[5]又按〈漢橫吹曲〉二十八解，至魏、晉傳十曲，中有〈隴頭〉曲。據此則此歌三曲亦雜魏晉所傳漢曲而成。

(三)〈東平劉生歌辭〉一曲

按〈漢橫吹曲〉二十八解至魏、晉傳十曲，中有〈劉生〉。又《樂府解題》曰：「劉生不知何代人，齊梁已來為〈劉生〉辭者，皆稱其任俠豪放，周遊五陵三秦之地。或云抱劍專征，為符節官所未詳也。」按《古今樂錄》曰：「〈梁鼓角橫吹曲〉，有〈東平劉生歌〉，疑即此〈劉生〉也。」[6]據此，則此歌亦雜魏晉所傳漢曲而成。

(四)〈折楊柳歌辭〉五曲

---

[4] 同上，頁三一一。

[5] 同上，頁三六八。

[6] 同上，頁三五九。

按〈漢橫吹曲〉二十八解至魏、晉所傳十曲，中有〈折楊柳〉。據此，則此歌亦雜魏晉所傳漢曲而成。

由以上數例可推知〈梁鼓角橫吹曲〉雖皆北歌，然其中參入魏晉所傳〈漢橫吹曲〉，混雜融合而成。《舊唐書・音樂志》云：

北狄樂其可知者，鮮卑、吐谷渾、部落稽三國，皆馬上樂也。鼓吹本軍旅之音，馬上奏之，故自漢以來北狄樂總歸鼓吹署。魏樂府始有北歌，即《魏史》所謂真人代歌是也。代都時命掖庭宮女晨夕歌之。周隋世與西涼樂雜奏，今存者五十三章。其名目可解者六章：〈慕容可汗〉，〈吐谷渾〉，〈部落稽〉，〈鉅鹿公主〉，〈白淨王太子〉，〈企喻〉也。其不可解者，咸多可汗之辭。此即後魏世所謂〈簸邏迴〉者是也，其曲亦多可汗之辭。北虜之俗，呼主為可汗。吐谷渾又慕容別種，知此歌是燕魏之際鮮卑歌。歌音辭虜，竟不可曉。梁有〈鉅鹿公主歌辭〉，似是姚萇時歌，其辭華音，與北歌不同。梁樂府鼓吹又有〈太白淨皇太子〉，〈少白淨皇太子〉，〈企喻〉等曲。隋鼓吹有〈白淨皇太子〉曲，與北歌校之，其音亦異。❼

據此，則《舊唐書》所載可解者有六首，自其章目而觀，悉皆譯音，至於不可解者，悉多可汗之辭。又《唐書》謂北歌全係虜音，梁橫吹曲各歌為華音，與北音異。然就今存梁橫吹曲觀之，其

❼ 後晉・劉昫撰：《舊唐書・音樂志》，卷二九，臺北鼎文書局，民國七十九年，頁一〇七二。

音雖與北歌異，實係北方之作，其中有漢人之作，有鮮卑人用漢語之作，大抵為胡漢民族文化融合之產物，於文化則鮮卑為漢所同化，而漢文化受浸染亦頗具鮮卑氣息，遂形成南北文學之不同。北歌中〈折楊柳歌辭〉云：

遙看孟津河，楊柳鬱婆娑。我是虜家兒，不解漢兒歌。❽

據此，歌唱者自稱「虜家兒」，又不解「漢兒」的歌曲，則當知原作為少數民族語言自不成問題。「虜」是當時漢人對北方少數民族的蔑稱，自然是南朝樂官在譯成漢語時所改❾。郭茂倩據《古今樂錄》，以北歌編入〈梁鼓角橫吹曲〉，此殆北歌傳入南方，齊、梁、陳都演唱過北方少數民族樂歌，而智匠生活在陳代，他所見到的卻只是梁代樂府官署中保存下來的北歌，故在他的《古今樂錄》中名之曰〈梁鼓角橫吹曲〉，《舊唐書》以〈梁樂府橫吹曲〉稱之，郭茂倩沿襲前人，故也冠以「梁」，其實都是指的北歌，內容風格與南朝的〈吳歌〉、〈西曲〉迥然不同。

---

❽ 宋・郭茂倩：前引書，頁三七〇。

❾ 《晉書・苻堅載記》記苻堅在慕容垂起兵時曾說：「吾不用王景略、陽平公之言，使白虜敢至于此。」又載民謠曰：「長鞘馬鞭擊左股，太歲南行當復虜」，並解釋說：「秦人呼鮮卑為白虜」。據此，則「虜家兒」或係鮮卑族。

二、鼓角橫吹

「鼓角橫吹」一語，最早見於《南齊書・東昏侯紀》：

每三四更中，鼓聲四出，幡戟橫路，百姓喧走相隨，士庶莫辯。出不言定所，東西南北，無處不驅人，高障之內，設部伍羽儀，復有數部，皆奏鼓吹羌胡伎，鼓角橫吹，夜出晝返，火光照天。

這裡是用鼓角橫吹來取樂。但也有用於軍樂的，如《南齊書・垣崇祖傳》載，齊高帝蕭道成時：

崇祖聞陳顯達，李安民皆增給軍儀，啟上求「鼓吹」、「橫吹」。上敕曰：韓白（垣崇祖常自比韓信、白起，故云）何可不與眾異，給鼓吹一部。

可見，鼓角橫吹曲也用之「軍儀」。

「鼓角橫吹」是北方興起的一種軍樂形式，故又名「北方鐃歌」，簡稱「橫吹」。還由於「橫吹」是吸收了「北狄樂」（鮮卑樂）而形成的一種軍樂，故又稱為「鮮卑鼓吹」。由於「橫吹」使用的主要樂器是鼙鼓、胡角、簫、笳、橫笛（叉嘴笛）等，故名「鼓角橫吹」，是用於軍隊的一種軍樂。《遼史・樂志》云：

橫吹，亦軍樂，與鼓吹分部而合用，皆屬鼓吹令。❿

《晉書・樂志》云：

> 橫吹有鼓角，又有胡角。⓫

所謂「鼓角」，即鼓和號角，是我國古代之遺。如《衛公兵法》曰：

> 軍城及野營行軍在外，日出沒時撾鼓千槌，三百三十三槌為一通；鼓音止，角音動，吹十二聲為一疊，三角三鼓而昏明畢。⓬

《三國志・吳志・陸遜傳》：

> 遜乃益施牙幢，分布鼓角。

所謂「胡角」則包括「胡笳」、「叉嘴笛」（高麗笛，又名「橫吹」）等胡樂在內。《晉書・樂志》云：

> 胡角者，本以應胡笳之聲，後漸用之橫吹，有雙角即胡樂也。⓭

由於這雙角漸用之於橫吹，所以才有「鼓角橫吹曲」之稱。

漢魏晉南北朝時期干戈不息，一些將官擅於利用和調動軍樂克敵制勝，遂使軍樂得以發展。

⓾ 元・脫脫等撰：《遼史・樂志》，卷五四，臺北鼎文書局，民國七十九年，頁八九五。

⓫ 唐・房玄齡等撰：《晉書・樂志》，卷二三，臺北鼎文書局，民國七十九年，頁七一五。

⓬ 元・馬端臨：《文獻通考・樂考十一》「警角」下引，世界書局，民國七十五年。

⓭ 同⓫。

而當時的班壹、魏武、曹操等都是重視軍樂、提倡軍樂的將領。「鼓角橫吹」就是魏武倡創的⓮。《樂府詩集》中也言及：

橫吹曲，其始亦謂之鼓吹，馬上奏之，蓋軍中之樂也。北狄諸國，皆馬上作樂，故自漢已來，北狄樂總歸鼓吹署。其後分為二部，有簫笳者為鼓吹，用之朝會、道路，亦以給賜。漢武帝時，南越七郡，皆給鼓吹是也。有鼓角者為橫吹，用之軍中，馬上所奏者是也。……其後魏武北征烏丸，越沙漠而軍士思歸，於是減為中鳴，尤更悲矣。⓯

此外，易水〈漢魏六朝的軍樂——鼓吹和橫吹〉一文中也說：

西晉以後，匈奴、鮮卑等少數民族相繼進入中原，在其以騎兵為主力的部隊中，使用的軍樂主要是橫吹。以一九五三年在西安南郊草廠坡發掘的北朝早期墓的出土品為例，墓西側室放一組以牛車為中心的甲騎具裝俑群，伴出的有一組四件騎馬樂俑，其中兩騎吹角，另兩騎擊鼓。吹角者雙手握角，角身長而彎曲，口部上揚，即是所謂「胡角」。這正是配屬於重裝騎兵的軍樂隊——「橫吹」。這類騎在馬上的軍樂隊，在北朝墓裡出土的俑群中經常可以看到。洛陽北魏建義元年（五二八年）葬的元邵墓中，伴同甲騎具裝俑出土的騎馬軍樂隊就是橫吹。樂工著袴褶，乘背鋪赤色障泥的駿馬；擊鼓者所擊的鼓不同於鼓吹樂中

⓮ 柳羽：〈中國古代軍樂〉，《民族民間音樂》，一九八七年六月，第二期，頁一〇。

⓯ 宋・郭茂倩：前引書，頁三〇九。

> 橫懸的建鼓，而是平置的板鼓。一九七五年在河北磁縣東槐樹村發掘了北齊武平七年（五七六年）葬的馮翊王高潤的墳墓，墓中與甲騎具裝俑伴出的騎馬樂隊，也屬橫吹。擊鼓的樂工騎紅馬，雙手執桴，擊板鼓；吹角樂工騎白馬，雙手高擎胡角，作吹奏狀，可惜胡角均已殘失。這一時期內，橫吹樂不僅在北方盛行，在南方同樣盛行，而且除了騎馬的樂隊外，也有徒步的。河南鄧縣彩色畫像磚墓中東壁第二柱上就嵌有一方徒步的橫吹畫像磚，上有樂工四人，戴黑帽，著袴褶，縛袴，前二人吹角，長角上昂，口端繫紅、綠二色的彩幡，隨風飄揚；後二人擊鼓，腰懸紅色板鼓，右手執桴敲擊。除了由角、鼓組成的橫吹樂外，這一時期又出現了不用打擊樂器的橫吹樂，以角為主，增添了笛、簫、笳等吹奏樂器。鄧縣彩色畫像磚墓中也有這樣的畫像磚，畫面中有五個由左向右徒步行進的樂工，從前而後順序吹奏的樂器是橫笛一、排簫一、長角二、笳一。[16]

據此，可知〈鼓角橫吹曲〉是屬於橫吹曲，為漢以來軍中馬上所奏的樂歌。本來是採自北狄胡人騎在馬上所唱的牧歌。漢代設有「鼓吹署」以收北狄胡人的民歌，便稱為橫吹曲。漢時用於朝廷集會，賜樂給番邦的，便用「鼓吹」，用於行軍的軍樂，便以「鼓角橫吹」。後人便以「鼓角橫吹」連用。而〈鼓角橫吹曲〉早期屬於胡人的牧歌，後來樂工們配以角、鼓、笛、簫、笳諸類的樂器來伴奏。

---

[16] 易水：〈漢魏六朝的軍樂——鼓吹和橫吹〉，《文物叢談》，一九八一年，第七期，頁八七～八八。

三、北歌的解題

(一)梁鼓角橫吹曲

流傳至今的北歌，絕大部分保存在〈梁鼓角橫吹曲〉中，《樂府詩集》卷二五云：

> 《古今樂錄》曰：「梁鼓角橫吹曲有〈企喻〉〈瑯琊王〉〈鉅鹿公主〉〈紫騮馬〉〈黃淡思〉〈地驅樂〉〈雀勞利〉〈慕容垂〉〈隴頭流水〉等歌三十六曲。二十五曲有歌有聲，十一曲有歌。是時樂府胡吹舊曲有〈大白淨皇太子〉〈小白淨皇太子〉〈雍臺〉〈擒臺〉〈胡遵〉〈利羝女〉〈淳于王〉〈捉搦〉〈東平劉生〉〈單迪歷〉〈魯爽〉〈半和企喻〉〈比敦〉〈胡度來〉十四曲。三曲有歌，十一曲亡。又有〈隔谷〉〈地驅樂〉〈紫騮馬〉〈折楊柳〉〈幽州馬客吟〉〈慕容家自魯企由谷〉〈隴頭〉〈魏高陽王樂人〉等歌二十七曲，合前三曲，凡三十曲，總六十六曲。⑰

現存於《樂府詩集》中的有〈企喻歌辭〉四曲、〈琅琊王歌辭〉八曲、〈鉅鹿公主歌辭〉三曲、〈紫騮馬歌辭〉六曲、又一曲、〈黃淡思歌辭〉四曲、〈地驅樂歌辭〉四曲、又一曲、〈雀勞利歌辭〉一曲、〈慕容垂歌辭〉三曲、〈隴頭流水歌辭〉三曲、〈隔谷歌〉二曲、〈淳于王歌〉二曲、〈東平

---

⑰ 宋・郭茂倩：前引書，頁三六二。

劉生歌〉一曲、〈捉搦歌〉四曲、〈折楊柳歌辭〉五曲、〈折楊柳枝歌〉四曲、〈幽州馬客吟歌辭〉五曲、〈慕容家自魯企由谷歌〉一曲、〈隴頭歌辭〉三曲、〈高陽樂人歌〉二曲，共計六十七曲。其中〈隴頭流水歌辭〉雖為三曲，然「手攀弱枝、足踰弱泥」一曲，依楊生枝之說：

> 這二句當和第二首合而為一。[18]

這裡所謂「一曲」即一首，如此則〈梁鼓角橫吹曲〉六十六首[19]。

《古今樂錄》將〈梁鼓角橫吹曲〉六十六首分為三組[20]：第一組為〈胡吹舊曲〉：

〈大白淨皇太子〉、〈小白淨皇太子〉、〈雍臺〉、〈擒臺〉、〈胡遵〉、〈利羖女〉、〈淳于王〉、〈捉搦〉、〈東平劉生〉、〈單迪歷〉、〈魯爽〉、〈半和企喻〉、〈比敦〉、〈胡度來〉。

共十四曲，其中〈淳于王〉、〈東平劉生〉、〈捉搦〉三曲有歌外，其餘十一曲均亡，僅存歌七首。這組時代較早，有些歌曲的名稱不僅意思很難推測，就是如何斷句也無從考之。這一組很可能是「歌辭虜音，不可曉解。」[21]所以大都失傳。

第二組為基本曲子，所謂〈梁鼓角橫吹曲〉者是：

[18] 楊生枝：前引書，頁三九一。

[19] 按宋．郭茂倩：《樂府詩集》，目錄第二八頁，亦稱〈梁鼓角橫吹曲〉六十六首。

[20] 楊生枝：前引書，頁三八六。

[21] 宋．郭茂倩：前引書，頁三〇九。

〈企喻〉、〈瑯琊王〉、〈鉅鹿公主〉、〈紫騮馬〉、〈黃淡思〉、〈地驅樂〉、〈雀勞利〉、〈慕容垂〉、〈隴頭流水〉。

《古今樂錄》說這組歌有「三十六曲，二十五曲有歌有聲，十一曲有歌。」實際上只有上述九曲，每曲包含一首至八首不等，共有三十六首。

第三組無名稱：

〈隔谷〉、〈地驅樂〉、〈紫騮馬〉、〈折楊柳〉（又有〈折楊柳枝〉）、〈幽州馬客吟〉、〈慕容家自魯企由谷〉、〈隴頭〉、〈魏高陽王樂人〉。

共八曲，二十三首。這一組為最晚，恐是後加的，作者或為漢人，或為異族，現已不可辨別。

《樂府詩集》〈梁鼓角橫吹曲〉中所錄的這些歌辭，並未分組，而且時代大都無考，在此只好依曲名分別論之：

1.〈企喻歌辭〉

《古今樂錄》曰：

〈企喻歌〉四曲，或云後又有二句「頭毛墮落魄，飛揚百草頭」。最後「男兒可憐蟲」一曲是苻融詩，本云「深山解谷口，把骨無人收」。㉒

〈企喻歌辭〉四曲，《古今樂錄》謂後又有二句「頭毛墮落魄，飛揚百草頭」，今歌辭無此二句。

㉒ 宋．郭茂倩：前引書，頁三六二～三六三。

又謂最後「男兒可憐蟲」一曲是苻融詩，本云「深山解谷口，把骨無人收。」今存歌辭略異。考苻融乃前秦宣昭帝苻堅之弟，晉武帝太元八年攻晉，為謝玄等敗於淝水㉓，則此歌當產生於前秦，四世紀下半（三八三年以前）。可能原出氐族，先由北魏樂官採集，譯為鮮卑語，以後傳入南方。故胡應麟云：

〈企喻歌〉四首，……此則元魏先世風謠也。其辭剛猛激烈，如云「男兒欲作健，結伴不須多」等語，真秦風小戎之遺，其後雄據中華，幾一寓內，即數歌辭可徵。舉六代江左之音，率子夜、前溪之類，了無一語有丈夫風骨，惡能衡抗北人。㉔

蓋〈企喻歌辭〉四首，前三首以描繪北方民族尚武精神為基調，最後一首，則寫出這種尚武精神招致的悲慘結果。前後對照，不難看出這是一組反戰的民歌，表達了北方各族人民對「永嘉之亂」以來統治階級連年發動戰爭的血淚控訴。

2.〈琅琊王歌辭〉

《古今樂錄》曰：

〈琅琊王歌〉八曲，或云「陰涼」下又有二句云：「盛冬十一月，就女覓凍漿。」最後云「誰能騎此馬，唯有廣平公」。㉕

㉓《晉書・苻融傳》，卷一一四，臺北鼎文書局，民國七十九年，頁二九三五。

㉔胡應麟：《詩藪・雜篇卷三・遺逸下》，臺北廣文書局，民國六十二年九月初版。

〈琅琊王歌辭〉八曲，《古今樂錄》謂「陰涼」下又有二句云：「盛冬十一月，就女覓凍漿。」今存歌辭無此二句。考《北齊書》及《北史》謂琅琊王名儼，北齊武成帝高湛第三子，文宣帝天保八年生，後主天統四年封琅琊王，武平二年被殺。至於詩中之廣平公，據《晉書・載記》云：

> 廣平公姚弼，興之子，泓之弟也。

則廣平公乃姚興之子。姚興即後秦王，萇長子，羌人，與北齊琅琊王無涉，故廣平公非姚秦時之姚弼。

而《北齊書》卷一四及《北史》卷五一另有一廣平公，名盛，為「神武從叔祖」，亦即琅琊王之從高叔祖，於東魏孝靜帝天平三年卒，當為歌中所頌者，故其時代可定於五七一年頃。

〈琅琊王歌辭〉八首，或寫北方民族之尚武精神，或寫孤兒與戰爭，或敘遊子思鄉之情，或狀主客相依之心聲，質樸淳厚。

3.〈鉅鹿公主歌辭〉

《唐書・樂志》曰：

> 梁有〈鉅鹿公主歌辭〉，似是姚萇時歌，其辭華音，與北歌不同。

〈鉅鹿公主歌辭〉三首，《樂府詩集》引《唐書・樂志》以為「似是姚萇時歌」。考《晉書》載姚萇為後秦武昭帝，生於晉成帝咸和五年（西元三三〇年），卒於孝武帝太元十八年（西元三九三

㉕ 宋・郭茂倩：前引書，頁三六四。

年），則歌辭當作於西元三九三年頃，且出自羌族。又《唐書．樂志》謂「其辭華音，與北歌不同。」則此歌歌辭本為虜音，當是北歌入南而譯為漢語的，《唐書》作者可能見到原本，因而知道與北歌不同。

4.〈紫騮馬歌辭〉

《古今樂錄》曰：

> 「十五從軍征」以下是古詩。

〈紫騮馬歌辭〉共六首，但從第三首「十五從軍征」以下，是用漢樂府古辭作歌，這說明此曲在演唱時，也采古時歌詩。考今存三、四、五首為漢十五從軍行之辭。《樂府辭題》曰：

> 漢橫吹曲二十八解，李延年造。魏、晉已來，唯傳十曲：一曰〈黃鵠〉，二曰〈隴頭〉，三曰〈出關〉，四曰〈入關〉，五曰〈出塞〉，六曰〈入塞〉，七曰〈折楊柳〉，八曰〈黃覃子〉，九曰〈赤之揚〉，十曰〈望行人〉。後又有〈關山月〉〈洛陽道〉〈長安道〉〈梅花落〉〈紫騮馬〉〈驄馬〉〈雨雪〉〈劉生〉八曲，合十八曲。[26]

其第一首之「童男娶寡婦」句，辭句拙野，據《北史．齊神武紀》，神武請釋芒山俘，配以人間寡婦，可見北人風俗。第二首為懷歸辭，第六首為思遠人辭，淒涼哀怨，直爽感人。

5.〈紫騮馬歌〉

---

[26] 宋．郭茂倩：前引書，頁三一一。

《古今樂錄》曰：「與前曲不同。」則或為梁時之擬作，作者已不可考。這首重見〈紫騮馬歌〉題名的詩：

獨柯不成樹，獨樹不成林。念郎錦裲襠，恒長不忘心。

這是一首女子念郎的情歌，從風格看，與前〈紫騮馬歌辭〉有異。

6.〈黃淡思歌辭〉

《古今樂錄》曰：

思，音相思之思。按李延年造〈橫吹曲〉二十八解，有〈黃覃子〉，不知與此同否？

但崔豹說過，二十八解魏晉以來「不復具存」，而所存的〈黃覃子〉是晉世傳唱的樂歌。《晉書．五行志》中載，桓石民任荊州刺史時，「百姓忽歌〈黃曇子〉」〈黃曇子〉亦作〈黃覃子〉，可見〈黃覃子〉是東晉民間傳唱的歌曲。即便說〈黃淡思歌辭〉和〈黃覃子〉有什麼聯繫，也決非是從〈漢橫吹曲〉來的。

《樂府詩集》所錄的〈黃淡思歌辭〉，風格與南方的吳聲、西曲差別不大，如第二首：

心中不能言，復作車輪旋。與郎相知時，但恐傍人聞。

將女子與「郎」相會時的嬌羞之情，含蓄委婉地表現了出來，有似南歌風調。而最為明顯的是此曲的第三首：

江外何鬱拂，龍洲廣州出。象牙作帆檣，綠絲作幃綍。綠絲何葳蕤，逐郎歸去來。㉗

從歌辭來看，「江外」和「廣州」並不像北人的口吻，而且詞藻艷麗。由此推之，〈黃淡思歌辭〉受南方民歌影響較深，也可能屬南方民歌之混染。

7.〈地驅歌樂辭〉

《古今樂錄》曰：

「側側力力」以下八句，是今歌有此曲。最後云「不可與力」，或云「各自努力」。

〈地驅歌樂辭〉名下有歌四首，《古今樂錄》謂「側側力力」以下八句，是今歌，有此曲。則「側側力力」以下八句，流行於陳，而「青青黃黃」以下八句為梁辭。審其內容格調又自不同，前二首敘兵荒年凶之時，放牧四野，槌殺牛羊，正北地景象。後二首言情之作，直爽率直，旖旎可愛。

8.〈地驅樂歌〉

《古今樂錄》曰：「與前曲不同。」

〈地驅樂歌〉一題，題下有歌一首。《古今樂錄》說：「與前曲不同。」前曲是四言四句，而此曲則是七言二句，互有不同。此歌極質樸，用字又極經濟。

9.〈雀勞利歌辭〉

〈雀勞利歌辭〉一首，時代不可考。這首歌反映了人民的飢寒和貧困。歌詩中並沒作直接的

㉗ 楊生枝：《樂府詩史》謂：「《樂府詩集》將最後二句『綠絲何葳蕤，逐郎歸去來』作另一曲，實際上和第三首當為一曲。」青海人民出版社，一九八五年一月，頁三九二。

揭露，而是用「長嘴」的飽滿和「短嘴」的飢餓作比喻，形象地暴露了腸肥腦滿和餓癟肚皮的社會對立。

10.〈慕容垂歌辭〉

《晉書・載記》曰：

慕容本名鈇，尋以讖記乃去夬，以垂為名。慕容儁僭號，封垂為吳王，徙鎮信都，太元八年自稱燕王。

〈慕容垂歌辭〉三首，本北歌，出自虜中。《唐書・樂志》〈慕容可汗〉一曲，或即為此歌。考《晉書・載記》謂垂為後燕成武帝，晉成帝咸和二年生，孝武帝太元二十一年卒，前燕景昭帝儁之弟。儁於晉穆帝永和八年稱帝，封垂為吳王，歌中言「吳軍無邊岸」，蓋諷垂畏南人，後垂於太元九年自立為帝，前後稱吳王凡三十二年。胡應麟云：

垂與晉桓溫戰於枋頭，大破之。又從苻堅破晉將桓沖，堅潰，垂眾獨全，俱未嘗少創。惟垂攻苻丕，為劉牢之所敗，秦人蓋因此作歌嘲之。則此歌亦出於苻秦也。㉘

蕭滌非也說：

歌詞兩言吳軍，其指為劉牢之所敗事無疑。當係秦人嘲笑之什，因用代言，故致混淆。漢者，謂漢兒也，其時軍中，必有漢人。㉙

㉘ 同㉔。

前燕時，慕容垂敗東晉桓溫於枋頭，威名大振，但由於慕容氏統治集團內部矛盾重重，首尾十年，六易其主，垂懼死而奔苻堅，此歌第三首：

慕容出牆望，吳軍無邊岸。咄我臣諸佐，此事可惋歎。

是慕容垂慨嘆大敵當前，慕容氏內部廝殺，「咄我臣諸佐」，因此他憤嘆惋惜。第一首與第三首意思相近。而第二首寫自己想遠走高飛。

11.〈隴頭流水歌辭〉

《古今樂錄》曰：

樂府有此歌曲，解多於此。

《樂府詩集》作〈隴頭流水歌辭〉三首，將「手攀弱枝，足踰弱泥」另作一首，但依楊生枝之言：這二句當和第二首合而為一。我懷疑〈隴頭歌〉和〈隴頭流水歌〉原為一種，〈隴頭流水歌〉題名可能是從〈隴頭歌〉的「隴頭流水」而來，屬於變曲之類。㉚且魏、晉以來所傳漢橫吹曲有〈隴頭〉，則〈隴頭流水歌辭〉當沿〈隴頭歌辭〉而來。

考隴頭流水一曰隴頭水，一曰隴頭。杜佑《通典》云：

天水郡有大阪，名曰隴坻，亦曰隴山，即漢隴關也。

㉙ 蕭滌非：前引書，頁二五五。

㉚ 同⑱。

《續漢書・郡國志》云：

隰州（今秦州清水縣北）有大阪，名隴坻。

《太平御覽》卷三二引《三秦記》說：

隴謂西關也，其阪九回，不知高幾許。欲上者七日乃越。上有清水四注下，所謂「隴頭水」也。

所謂隴頭，為隴山的山頭，隴山在今陝西省隴縣西北。即今陝西省西北甘肅省東部一帶的山脈，山脈綿亙在陝西隴縣、寶雞及甘肅鎮原、清水、秦安等地。又郭仲產《秦州記》亦云：

隴山東西百八十里，登山嶺，東望秦州四五百里，極目泯然。山東人行役升此而顧瞻者，莫不悲思。故歌曰：隴頭流水，分離四上，念我行役，飄然曠野云云。

所引歌辭亦〈隴頭流水歌辭〉，唯用字稍異耳。

〈隴頭歌辭〉原為魏晉樂府曲名，這篇〈隴頭流水歌辭〉也不同於一般北朝民歌，其風格頗似〈國風〉；南北朝樂府多為五言，也有七言或雜言，而這首歌卻同《詩經》中的詩一樣為四言，在同期的樂府詩中是不多見的。〈隴頭流水歌辭〉在寫作者攀登隴山時的情況和感覺。

12. 〈隔谷歌〉

《古今樂錄》曰：

前云無辭，樂工有辭如此。

〈隔谷歌〉二首，當時北方各族間常起爭端，整個北朝歷史幾乎與戰爭相終始。這曲〈隔谷歌〉所描寫的戰爭慘象和沈痛的呼救，是歷來的戰爭歌詩所少見的。且二首詩在形式上有異，第一首是雜言體，第二首是整齊之七言四句體，且辱、足、粟、贖四字押韻，後者很可能是梁時之擬作，作者不可考。

13.〈淳于王歌〉

〈淳于王歌〉二首。考淳于係複姓，《古今姓氏書辨證》云：

淳于公子孫，以國為姓。

淳于國本夏斟灌國，周武王以封淳于國，後為杞國都，漢置淳于縣，北齊廢，故城在今山東省安丘縣東北。由此可知淳于王歌亦出虜中。這二首〈淳于王歌〉可能是一組歌，前首寫了一個寂然獨坐，思念情郎的女子形象；後首則表現出其真摯心思的情致。

14.〈東平劉生歌〉

《樂府詩集》引《樂府解題》謂：

漢橫吹曲有〈劉生〉一曲。[31]

《古今樂錄》說：〈東平劉生歌〉疑即〈漢橫吹曲〉中的〈劉生〉。但〈劉生〉一曲，所擬者多梁、陳文人，梁元帝、陳後主均有歌辭。梁元帝云：

---

[31] 同[26]。

任俠有劉生，然諾重西京。❸❷

陳・柳莊云：

座驚稱字孟，豪雄道姓劉。❸❸

又〈西曲歌〉〈安東平〉云：

東平劉生，復感人情，與郎相知，當解千齡。❸❹

其中〈劉生〉歌敘述之劉生，任俠重諾，周遊四方；而〈西曲歌〉〈安東平〉之劉生，並無任俠之士。《樂府解題》曰：

劉生不知何代人，齊梁已來為〈劉生〉辭者，皆稱其任俠豪放，周遊五陵三秦之地。或云抱劍專征，為符節官所未詳也。❸❺

又考東平本郡名，漢時為東平國，南朝宋改為東平郡，治無鹽，在今山東省東平縣東，北齊廢。則此東平劉生出自虜中，姓名不可考，與西京長安之劉生絕非一人。又因歌辭疏簡，不甚可解。從這首歌來看，劉生可能是一個經戰多年的下屬兵士，其內容與〈十五從軍征〉的「羹飯一

❸❷宋・郭茂倩：前引書，頁三五九。
❸❸宋・郭茂倩：前引書，頁三六〇。
❸❹宋・郭茂倩：前引書，頁七一二。
❸❺同❻。

時熟，不知飴阿誰」相似。

15.〈捉搦歌〉

〈捉搦歌〉四首，《古今樂錄》謂樂府胡吹舊曲有〈捉搦歌〉，可知此歌出自虜中。〈捉搦歌〉中的「捉搦」，猶言捉拿，當是一種男女相互捉拿的遊戲。詩的內容均敘北地兒女情事。其形式凡七言四句、押韻，有類唐人七絕。

16.〈折楊柳歌辭〉

〈折楊柳歌辭〉五首，原為〈漢橫吹曲〉，《宋書·五行志》曰：

> 晉太康末，京洛為折楊柳之歌，其曲有兵革苦辛之辭。

則此歌晉時已有，與梁曲九首不盡相同。歌辭中「我是虜家兒，不解漢兒歌。」二句推之，此歌出自虜中，五首歌辭內容都表現了北方民族豪爽本色。

17.〈折楊柳枝歌〉

〈折楊柳枝歌〉四首，《唐書·樂志》云：

> 梁樂府有胡吹歌云：「上馬不捉鞭，反拗楊柳枝。下馬吹橫笛，愁殺行客兒。」此歌辭元出北國，即鼓角橫吹曲〈折楊柳枝〉是也。

此「上馬不捉鞭」一首，與前載〈折楊柳歌辭〉第一首相似，羅根澤也說：

> 余疑〈折楊柳歌辭〉與〈折楊柳枝歌〉亦本為一種。〈折楊柳歌辭〉第一曲為：「上馬不

捉鞭，反折楊柳枝。蹀座吹長笛，愁殺行客兒。」〈折楊柳枝歌〉第一曲亦作：「上馬不捉鞭，反拗楊柳枝。下馬吹長笛，愁殺行客兒。」除「蹀座」、「下馬」不關重要之數字外，完全相同，知本為一曲，後來輾轉傳誦，或輾轉鈔刻，於是字句微有不同。故此曲命名，蓋取於「反折楊柳枝」一句，折楊柳與折楊柳枝，其意固無大別，故篇名遂小有同異。輯樂府者不察，離為兩種，誤矣。㊱

此外，楊生枝也持相同看法，認為〈折楊柳歌辭〉與〈折楊柳枝歌〉本為一種㊲。觀其歌辭，乃女子思歸之作，第一首敘北方健兒，騎馬吹笛，不知愁苦。次首以下寫女子待嫁，機杼停梭，歎無消息。言來如臨其境，如聞其聲，後之〈木蘭詩〉即引用此歌。

18.〈幽州馬客吟歌辭〉

〈幽州馬客吟歌辭〉五首，據《藝文類聚》卷一九引〈陳武別傳〉說，陳武曾向北方牧人學唱〈太山梁甫吟〉、〈幽州馬客吟〉及〈行路難〉。其中〈太山梁甫吟〉和〈行路難〉都是魏晉時代傳唱的歌曲，所以此曲也當是十六國以前傳入的北歌。由歌辭中「憎馬常苦瘦，剿兒常苦貧。」「熒熒帳中燭，燭滅不久停。」「南山自言高，只與北山齊。」等句觀之，此歌出自虜中。然歌辭中時有宛曲巧艷之辭間雜，如：「郎著紫袴褶，女著綵裌裙。」「黃花鬱金色，綠蛇銜珠丹。」

㊱ 羅根澤：《樂府文學史》，臺北文史哲出版社印行，民國八十年一月，頁一六二～一六三。

㊲ 楊生枝：前引書，頁三九七。

等，已失率真之情，可知此歌辭曾受南方民歌之影響。

五首中，除第一首反映人民生活困苦，發出不平之鳴外，其餘四首都是寫男女相愛的。

19.〈慕容家自魯企由谷歌〉

〈慕容家自魯企由谷歌〉一曲，曲名出自虜中。考慕容氏凡建前燕、後燕及南燕三國。前燕最早，於晉穆帝永和八年建國。南燕最末，於晉安帝義熙六年亡國。歌辭當產生於此五十餘年中。至其內容，乃為女子相思之作，借物擬人，婉轉真切，鷂子捕雀，是北方生活中習見的場景，這裡以凶猛的黃鷂子，才能得到雲中雀的形象比喻，表達了尚武民族的女性關於配偶的標準和要求。

20.〈隴頭歌辭〉

〈隴頭歌辭〉三首，其歌辭第一首與〈隴頭流水歌辭〉第一首相同，則二歌應無分別。楊生枝如此認為，羅根澤也說：

> 余疑〈隴頭流水歌〉與〈隴頭歌辭〉，原為一種。[38]

又歌中言及秦川，秦川亦曰關中。顧祖禹《讀史方輿紀要》，陝西下云：

> 秦孝公徙都之，謂之秦川，亦曰關中。

郭璞《水經注》，渭水云：

> 清水上下，咸謂之秦川。

---

[38] 同[36]，頁一六一。

清水亦稱秦水，在今甘肅境內，則秦川即隴山東至函谷關一帶地區。〈隴頭歌辭〉當為此地之民歌。這三首〈隴頭歌辭〉，描寫行役人苦寒受凍，回頭望關中家鄉的情景和感觸，不勝悲涼欲絕。

21.〈高陽樂人歌〉

《古今樂錄》曰：

> 魏高陽王樂人所作也，又有〈白鼻騧〉，蓋出於此。

〈高陽樂人歌〉二首，《魏書》卷二一謂高陽王名雍，延昌以後，多幸伎侍，孝莊初遇害，謚文穆。又《魏書》卷一〇謂高陽王遇害於武泰元年。則此歌當作於延昌元年至武泰元年十六年間。據《資治通鑑》卷一四九載：

> 高陽王雍，富貴冠一國，宮室園圃，侔於禁苑，僮僕六千，妓女五百，出則儀衛塞道路，歸則歌吹連日夜，一食直錢數萬。

因而他的樂人作歌是可信的。至其歌中「無錢但共飲，畫地作交賒，」二句，生動地描寫了窮人囊中羞澀，但仍然賒酒痛飲，充分顯示出北方人民豪邁的性格。

22.〈木蘭詩〉

《樂府詩集》〈梁鼓角橫吹曲〉題解中引《古今樂錄》之說：

> 按歌辭有〈木蘭〉一曲，不知起於何代也。

可是，在〈木蘭詩〉題解中，郭茂倩又說：

《古今樂錄》曰：「木蘭不知名，浙江西道觀察使兼御史中丞韋元甫續附入。」[39]這顯然是印本標點的錯誤。因為《古今樂錄》的作者智匠（陳代人），是決不會知道唐代人韋元甫的續作的。因而這裡應該是「《古今樂錄》曰：『木蘭不知名』。浙江西道觀察使兼御史中丞韋元甫續附入」。然而從智匠所說的「木蘭不知名」一句看，當時民間很可能就有關於木蘭之歌。經過長時間的輾轉流傳，又經文人的潤色修改，直到唐人韋元甫時才形成現在這個樣子。又因其歌流傳時間長，收錄時間晚，經過文人的多次加工，所以歷來學者，對此歌爭論仍然很大，本文將於第五章內專節論述其主題思想、作者探述、創作時代等問題。

㈡雜曲歌辭

流傳至今的北歌，尚有〈楊白花〉、〈于闐採花〉、〈阿那瓌〉等，於《樂府詩集》屬於〈雜曲歌辭〉中，分述如後：

1.〈楊白花〉

《梁書・王神念傳附楊華傳》載：

> 楊華，武都仇池人也。少有勇力，容貌雄偉，魏胡太后逼通之。華懼及禍，乃率其部曲來降。胡太后追思之不能已，為作〈楊白華〉歌辭，使宮人晝夜連臂蹋足歌之，聲甚悽惋。

又《南史》更明白記載：

[39] 宋・郭茂倩：前引書，頁三七三。

楊華本名白花，奔梁後名華，魏名將楊大眼之子也。

觀〈楊白花〉之內容，全詩旖旎婉轉，切隱姓名，句句雙關，特別是後六句用七言的形式，更顯得音韻悠揚。胡太后是北魏世宗宣武帝元恪的妃子。延昌四年（西元五一五年）元恪死，其第三子元詡繼位，年僅七歲，由其母胡太妃臨朝政，於是胡太妃也就被尊為太后。《北史》記胡太后「性聰悟，多才藝」，嘗「幸華林園，令王公以下賦七言詩」，可證她喜愛七言。胡太后處事甚有決斷，但後來腐敗起來，「淫亂肆情，為天下所惡」，「朝政疏緩，威恩不立」[40]，成為中國歷史上女主執政，但因生活作風不檢，以致朝綱衰敗，由治到亂，並被後人引為鑒戒的一個典型。

胡太后多有男寵，她又逼迫北魏名將楊大眼的兒子楊華與其私通。這位楊華，少有勇氣，容貌雄偉，由於胡太后的威逼，楊華害怕引起禍端，就率領其部曲南奔投降了梁。胡太后追思楊華不已，就作了〈楊白花〉，命宮人晝夜連臂踏足歌唱，曲調非常悽楚哀惋，歌辭更是情深意長，技法高妙，比興雙關齊用，形象生動傳神。這首歌辭所達到的藝術水平，即在南朝也不多見，顯然是魏孝文帝大力推行漢化的結果。它對後世的影響十分巨大。唐朝杜甫的〈麗人行〉中「楊花雪落白萍」的暗用此典，宋人蘇軾的〈詠楊花詞〉：「似花還似飛花」，都有模仿此作的影子。

2.〈于闐採花〉

〈于闐採花〉一首，是採用從西域于闐國傳來的樂曲所作之歌。于闐國在蔥嶺以北，故都在

[40]《北史》，卷一三，〈宣武靈皇后胡氏〉，臺北鼎文書局，民國七十九年，頁五〇五。

今新疆和田縣，人民喜好歌舞。《古今樂錄》云：

〈于闐採花〉者，蕃胡四曲之一。

其樂始於漢世，據《三輔黃圖》四記載：

高祖……使（戚）夫人擊筑，高祖歌〈大風〉以和之。七月七日臨百子池，作〈于闐樂〉。

可知西漢高祖時就採用于闐之樂。入隋唐，為西涼樂一系，也多為佛曲。杜佑《通典》卷一四六：

〈西涼樂〉者，……變龜茲聲為之，號為〈秦漢伎〉。其歌曲有〈永世樂〉，解曲有〈歷代豐曲〉，有〈于闐佛曲〉。

「于闐樂」是胡樂，而「採花曲」是中原之原有[41]，用胡樂入漢曲，就形成了這一新的樂歌——〈于闐採花〉。《唐音癸籤》、〈樂通〉說：

〈于闐採花〉，陳、隋時曲名。本辭云「山川雖異所」。

觀其歌辭，雖然有著南朝的風格，但樂曲卻是用了西域少數民族之聲調。

3.〈阿那瓌〉

《北史》曰：

阿那瓌，蠕蠕國主也。蠕蠕之為國，冬則徙渡漠南，夏則還居漠北。

---

41 王涯：〈太平樂〉：「風俗今和厚，君王在穆清。行看〈採花曲〉，盡是〈太階平〉。」見《樂府詩集》，頁一一五二。

《通典》曰：

蠕蠕自拓跋初徙雲中，即有種落；後魏太武神䴥中強盛，盡有匈奴故地。阿那瓌，孝明帝時蠕蠕國主。

由上可知，阿那瓌是柔然國主。北魏正光元年（西元五二〇年），柔然內亂，可汗阿那瓌率領一部分人歸魏，北魏把他們安置在今內蒙古固陽縣西北，逐漸強盛。西魏恭帝二年（西元五五五年），突厥族破柔然國，阿那瓌自殺。柔然，北魏太武帝改稱蠕蠕，《南齊書》、《宋書》稱芮芮，《隋書》稱茹茹，都是同名異譯。《宋書》卷九五〈索虜傳〉：

芮芮國，匈奴別種也。

可見，此歌是寫柔然可汗阿那瓌的。

㈢雜歌謠辭

《樂府詩集》在〈雜歌謠辭〉中也收入了一些北歌，如〈隴上歌〉、〈北軍歌〉、〈咸陽王歌〉、〈鄭公歌〉、〈裴公歌〉、〈長白山歌〉、〈苻堅時長安歌〉、〈敕勒歌〉等。分述於後：

1. 〈隴上歌〉

〈隴上歌〉一首，歌頌抗禦胡人壯烈戰死之陳安。《晉書・載記》曰：

劉曜圍陳安于隴城，安敗，南走陝中。曜使將軍平先、丘中伯率勁騎追安。安與壯士十餘騎於陝中格戰，安左手奮七尺大刀，右手執丈八蛇矛，近交則刀矛俱發，輒害五六，遠則雙帶韃服，左右馳射而走。平先亦壯健絕人，與安搏戰，三交，奪其蛇矛而退，遂追斬於澗曲。安善於撫接，吉凶夷險，與眾同之。及其死，隴上為之歌。曜聞而嘉傷，命樂府歌之。

此輓歌之前七句描寫陳安驍勇善戰之形象，後五句敘述其突圍與被追兵所逼之境況，末二句則深切表明隴人悼念哀傷之情。李曰剛說此歌：

文辭簡練，筆墨生動，讀之令人不禁聯想《史記‧項羽本紀》中垓下之圍之悽慘景象。㊷

2.〈北軍歌〉

〈北軍歌〉一首，據《南史》云：

梁臨川靖惠王宏為揚州刺史。天監中，武帝詔都督諸軍侵魏。宏以帝之介弟，所領皆器甲精新，軍容甚盛，北人以為百數十年所未之有。軍次洛口，前軍剋梁城。諸將欲乘勝深入，宏聞魏援近，畏懦不敢進，召諸將欲議旋師。呂僧珍曰：「知難而退，不亦善乎！」停軍不進。魏人知其不武，遺以巾幗。北軍乃歌之，歌云韋武，謂韋叡也。

此七言二句詩，用字簡潔，卻極盡諷刺。

3.〈咸陽王歌〉

〈咸陽王歌〉一首，據《北史》云：

㊷ 李曰剛：《中國詩歌流變史》，文津出版社印行，民國七十六年二月，頁一二四。

後魏咸陽王禧謀逆伏誅，後宮人為之歌，其歌遂流於江表。

此曲為宮人的悼歌。

4. 〈鄭公歌〉

〈鄭公歌〉一首，據《北史》曰：

後魏鄭述祖為兗州刺史。有人入市盜布，其父執之以歸述祖，述祖特原之，自是境內無盜。先是述祖之父道昭亦嘗為兗州刺史，故百姓歌之。

此曲為贊歌。

5. 〈裴公歌〉

〈裴公歌〉一首，據《北史》曰：

裴俠為河北郡守，躬履儉素，愛民如子。郡舊有漁獵夫三十人，以供郡守，俠曰：「以口腹役人，吾所不為也。」悉罷之。又有丁三十人，供郡守役，俠亦罷之，不以入私，並收庸為市官馬。歲時既積，馬遂成群。去職之日，一無所取。民歌之云。

由此可知〈裴公歌〉為歌功頌德之詩。

6. 〈長白山歌〉

〈長白山歌〉一首，據《北史》曰：

來整，榮國公護之子也。尤驍勇，善撫御，討擊群賊，所向皆捷。諸賊歌之。

從「不畏官軍千萬眾」這句看，是農民軍的口吻，正如《北史》所說，是「諸賊歌之」的歌曲；而「只怕榮公第六郎」，恐是民歌被用之演唱的改動之辭。

7.〈苻堅時長安歌〉

《晉書·載記》曰：

苻堅既滅燕，慕容沖姊偽清河公主年十四，有殊色，堅納之，寵冠後庭。沖年十二，亦有龍陽之資，堅又幸之。姊弟專寵，宮人莫進。長安歌之，咸懼為亂。王猛切諫，堅乃出沖，後竟為沖所敗。

〈苻堅時長安歌〉五言二句，簡潔有力。

8.〈敕勒歌〉

〈敕勒歌〉，是北齊時代斛律金（西元四八八～五六七年）所唱的一首歌，《樂府廣題》曰：

北齊神武攻周玉壁，士卒死者十四五。神武恚憤，疾發。周王下令曰：「高歡鼠子，親犯玉壁，劍弩一發，元凶自斃。」神武聞之，勉坐以安士眾。悉引諸貴，使斛律金唱〈敕勒〉，神武自和之。

《樂府詩集》曰：

其歌本鮮卑語，易為齊言，故其句長短不齊。

南宋·洪邁的《容齋隨筆》卷一中，也曾引用這首歌，除了第四句「籠蓋四野」作「籠罩四野」外，沒有異文。《資治通鑑》卷一五九胡三省注引洪邁語，也作「籠罩」。關於這篇歌詩，《樂府廣題》、《樂府詩集》之說並不充分，歷來學者亦多有爭論，本文將於第五章內專節論述其創作年代、作者、流傳區域等。

(四)取材《魏書》的〈李波小妹歌〉

〈李波小妹歌〉見於《魏書》的〈李安世傳〉，是北魏孝文帝時代流行於廣平（今河北永年縣）一帶的民謠。《魏書》記：

廣平人李波，宗族強盛，殘掠不已，前刺史薛道檦親往討之，大為波敗，遂為逋逃之藪，公私成患。

百姓因而作了這首歌謠。之後李安世做刺史，設計誘殺李波和子侄三十餘人，於是「州內肅然」。李波的小妹李雍容同其哥哥一樣，英勇善戰，百姓為之歌，遂流傳下來。

第二節　北歌的流傳

富有悠久的文明及光榮傳統的中華民族，遠在西元前六世紀以前就創作了〈國風〉那樣偉大的作品，繼而又創作出了漢樂府民歌那瑰麗的詩篇，那麼在北朝時期所創作出的民歌，也一定要比現在所能見到的七十九首多得多。但是，大約由於以下幾個原因，造成了大量的散失。

一、不合理的社會制度，人民受教育的權利受到限制。他們不懂文字，因此，人民自己的作品不能由自己親手記錄下來，保存下來，只能口頭流傳。這就要受到空間、時間的限制。特別是生活在那樣一個生命財產沒有絲毫保障的時代，人民「感於哀樂，緣事而發」的口頭創作就更容易大量失傳了。

二、我們知道，周朝有采詩制度，漢代專設有樂府機關，採集加工民歌。南朝的中央政府的樂府機關，也搜集一部分民歌，配樂演唱。因此，那時的民歌有得以整理、保存的機會。而北朝在拓跋魏未統一以前，各少數民族統治者，好戰成性，文化落後，只顧互相爭鬥、掠奪，那裡會注意到採集民歌？《魏書・儒林傳》說：

> 自晉永嘉之後，運鐘喪亂，宇內分崩，群凶肆禍，生民不見俎豆之容，黔首惟覩戎馬之跡，禮樂文章掃地將盡！

北朝時期，王室更替頻繁，許多皇帝，寶座尚未坐穩，下臺的威脅卻早到來，所以「諸帝意在經營，不以聲律為務，古樂音制，罕復傳習，舊工更盡，聲曲多亡。」[43]禮樂的崩壞尚且如此嚴重，民歌裡還能更多的保存？

三、各少數民族進入中原以後，和漢人雜居一起，語言的隔閡是很大的，尤其是在初期，這

[43] 北齊・魏收：《魏書・樂志》，卷一〇九，臺北鼎文書局，民國七十九年，頁二八二七。

種隔閡更甚。例如當時一首民歌就這樣唱道：

遙看孟津河，楊柳鬱婆娑。我是虜家兒，不解漢兒歌。〈折楊柳歌辭〉

同樣，漢人也不能解「虜家」之歌。語言不通，就不便於流傳，更不便於收錄。《唐書・音樂志》曰：

北狄樂其可知者，鮮卑、吐谷渾、部落稽三國，皆馬上樂也。……魏樂府始有《北歌》，即魏史（指《魏書・樂志》）所謂〈真人代歌〉是也。代都時命掖庭宮女晨夕歌之。用隋世，與西涼樂雜奏。今存者五十三章，其名目可解者六章：〈慕容可汗〉、〈吐谷渾〉、〈部落稽〉、〈鉅鹿公主〉、〈白淨皇太子〉、〈企喻〉也。其不可解者，咸多可汗之辭。……雖譯者亦不能通知其辭，蓋年歲久遠，失其真矣。

由此可知，即是後代集錄了一些，但因為民族語言的差異，而不能通知其辭，或者訛傳而失其真貌者甚多。這樣，也就必然會失傳許多優秀的北朝民歌，特別是少數民族的民歌。

四、歷代的君王們總是從自己的利益出發，對那些富有反抗精神的民間文藝作品，視若「洪水猛獸」，加以百般摧殘，這也會致使民歌大量散失。

我們現在所能見到的北朝民歌，多是魏太武帝以後北方各民族經過和漢族的融合，用漢語記錄下來的，主要保存在宋人郭茂倩編的《樂府詩集》之〈梁鼓角橫吹曲〉裡，少數散見在同書的〈雜曲歌辭〉和〈雜歌謠辭〉中，外加《魏書》的〈李波小妹歌〉，共七十九首。

無法用漢字記錄的歌辭，在一定時期裡可以口口相傳，但最終總不免消失。至於用漢字記錄下來的歌辭，也有三種情況：

一、有的歌曲原來是少數民族語言，傳入南方時經過漢語翻譯。這種情況在今存的歌辭中就有內證。〈折楊柳歌辭〉中有：「我是虜家兒，不解漢兒歌」，歌唱者自稱「虜家兒」，又不解「漢兒」的歌曲，原作為少數民族語言自不成問題。「虜」是當時漢人對北方少數民族的蔑稱，自然是南朝樂官在譯成漢語時所改。又〈慕容垂歌辭〉的第一首說：

慕容攀牆視，吳軍無岸邊。我身分自當，枉殺牆外漢。

這首歌是前秦人嘲笑後燕慕容垂作戰失敗的一首歌。東晉太元十年（西元三八五年），慕容垂率兵攻苻丕，晉劉牢之率兵救苻丕，慕容垂在一次戰役中兵敗。歌中「吳軍」即晉軍，「我」是代慕容垂自稱，「漢」指漢人。這首歌辭也顯然原是苻氏氐族語言而後譯成漢語的。另外，《舊唐書·音樂志》在記載〈鉅鹿公主歌辭〉時說：

梁有〈鉅鹿公主歌辭〉，似是姚萇時歌，其辭華音，與北歌不同。

《舊唐書》的作者還聽到過不用漢語的北歌演唱或者看到過有關材料，所以才作了這一段說明。

二、魏孝文帝推行漢化，遷都洛陽後，斷然作出了以漢語為官方標準語言的決定。《北史·魏咸陽王禧傳》載，孝文帝曾對群臣說：

今欲斷諸北語，一從正音（漢語）。

三十歲以下的官員一律要說漢語。太和十九年（西元四九五年）六月，正式下詔「不得以北俗之語言於朝廷」❹，違者免官。可以想見，當時樂府所收錄的歌謠也會是用漢語寫成的。比如〈高陽樂人歌〉，《古今樂錄》說是「魏高陽王樂人所作也，又有〈白鼻騧〉，蓋出於此。」高陽王元雍是孝文帝之弟，府中樂人所作歌辭應當就是用漢語歌唱的。又如〈紫騮馬歌辭〉六首，從第三首「十五從軍征」以下四首，實際上是一首古詩。寫一個男子少小從軍，「八十始得歸」，歸後所見家園殘破的景象。《古今樂錄》就明確說「〈十五從軍征〉以下是古詩」，可見原來就是漢語。

三、北歌中有一部分歌辭，用語和風格極似南方民族。除上述〈紫騮馬歌辭〉外，又另有一首：「獨柯不成樹，獨樹不成林。念郎錦褲襠，恒長不忘心」。也就是說，北歌中有不少作品，在風格上已經明顯受到南朝民歌的影響。蕭滌非認為這一類「頗帶南朝浪漫氣息，定為北朝後起之作。」❺南北朝雖然在軍事上長期對立，但在文化上的交流，並沒有中斷，而且在逐漸擴大。北歌中，這部分風格上「軟化」的作品，可能出於兩個原因：一是在南北文化交流中，北方產生了一些按南方民歌的風格創作的歌曲辭；二是北朝民歌傳入南方後，在被南方樂工演奏的過程中，可能經過修飾和加工。據記載，魏孝文帝時，江南音樂已經輸入北朝，《魏書》云：

昔孝文討淮漢，宣武定壽春，收其聲伎，得江充所傳中原舊曲：明君、聖主、公莫、白鳩

---

❹ 北齊・魏收：《魏書・高祖紀下》，卷七下，臺北鼎文書局，民國七十九年，頁一七七。

❺ 蕭滌非：前引書，頁二六三。

之屬，及江南吳歌，荊楚四聲（即西曲），總謂之清商樂。[46]

另據《洛陽伽藍記》記載，河間王探的歌伎就很善於演唱江南的〈團扇歌〉，這一類的例子不少。總之，隨著北朝上位君王們漢化程度的提高，他們欣賞和沈迷吳歌等江南音樂的興趣也就更濃。這也為江南歌曲在北方的流傳創造了有利的條件。唐・施肩吾〈古曲〉詩云：「可憐江北女，慣歌江南曲。」[47]正說明了江南歌曲在江北流行的情形。另一方面，從東晉到劉宋，少數民族的樂曲作為軍樂就在江南軍中流行[48]。從南齊到陳代，吹奏少數民族音樂的風氣更盛。當時帝王貴族「每飲食必盛設女伎雜樂，備盡羌胡之聲。」[49]陳後主時還專門派遣宮女到北方學習簫鼓，「謂之代北，酒酣則奏之。」[50]所以，大致可以判斷，北朝樂府民歌，可能從宋齊時已流入南方。智匠生活在陳代，他所見到的是梁代樂府官府中保存的北方軍歌，故歸之於梁，叫〈梁鼓角橫吹曲〉。這些北歌，在宋、齊、梁各代樂工演奏時，難免不被修飾加工。例如，〈黃淡思歌辭〉三首的風格和〈子夜歌〉及〈西曲〉相似。〈黃淡思歌辭〉：

---

[46] 北齊・魏收：《魏書・樂志》，卷一〇九，臺北鼎文書局，民國七十九年，頁二八四三。

[47] 宋・郭茂倩：前引書，頁一〇九二。

[48] 梁・沈約：《宋書・樂志》，卷一九，臺北鼎文書局，民國七十九年，頁五五三。

[49] 唐・姚思廉：《陳書・章昭達傳》，卷一一，臺北鼎文書局，民國七十九年，頁一八四。

[50] 唐・魏徵：《隋書・樂志》，卷一三，臺北鼎文書局，民國七十九年，頁三〇九。

歸歸黃淡思，逐郎還去來。歸歸黃淡百，逐郎何處索。

心中不能言，復作車輪旋。與郎相知時，但恐傍人聞。

江外何鬱拂，龍洲廣州出。象牙作帆檣，綠絲作緯絆。

尤其是第三首中連所寫的地名、事物都不似北人口吻，風格也與吳歌西曲類似，即使曲調產生於北方，歌辭也很可能出於南人之手。換句話說，很可能本來就是南人所作而配以北方樂曲演唱的。另外，有些歌辭也可能經過南朝樂工的修改。

第四章　北歌的形式結構

在詩歌中，所謂形式，就是指表現的方法與技巧。方法是指表現的體裁而言，一個創新的體裁或鼓動風氣的作品，影響很大，因而所得的評價也比較高，如曹植鼓吹五言詩，謝靈運的山水詩，都給後來很大的影響，寫《詩品》的鍾嶸，便因為他們有「創體開來」的成就，而列為上品；又如杜甫的律詩，韓愈的贈序文，柳宗元的遊記，蘇軾豪放作風的詞，都因有創新的意義，而獲得很高的評價。至於表現的技巧，包括文字的駕馭、聲韻的調和、句法與結構的嚴整等，《文心雕龍·情采篇》把文章分為「形文」、「聲文」、「情文」，形與聲也就是指技巧的運用。由於我國文字的特性，所以在技巧運用變化上真可說是「多姿多彩」。清代桐城派大將劉大櫆有一段話，頗可說明技巧運用的重要，他說：

> 予謂論文而至於字句，則文之能事盡矣。音節者，神氣之跡也；字句者，音節之規也。神氣不可見，於音節見之；音節無可準，於字句準之；音節高則神氣必高，音節下則神氣必下，故音節為神氣之跡。一句之中或多一字，或少一字；一字之中，或用平聲，或用仄聲；同一平字仄字，或用陰平陽平上去入聲，則章節迥異，作文若字句安頓不妙，豈復有文字乎？❶

文字句法運用到極致，也就可以達到「一語驚人」的地步。

詩文之有結構，正如築宮室一樣，將建造的理想，表現在設計的藍圖之中，然後按圖興工，

---

❶ 劉大櫆（清）：《海峰文集卷一·論文偶記》。

方可減少錯誤，達成建造時的構想。詩文的講究結構，是在立意之後，確定了全篇的主題，然後取材、表達。待最佳的結構，形成無懈可擊的藝術配合，《賦品》論結構云：

大宗細桷，必構眾材。茅簷廣廈，效伎呈才。匪徒目巧，亦恃心裁。千門萬戶，熠爛崔嵬。❷

正係以宮室營造的結構，以比論賦，詩雖然結構單純，不如賦的千門萬戶，但不能沒有結構，否則如散沙散材，雖有佳句，將成枝碎片斷。詩的結構，前人雖無明確的規定，但也有一種「章法」。這就是元代范淳說的：「起、承、轉、合」。「起」，即開始；「承」，即承上；「轉」，即轉折；「合」，即收合。譬如絕句，首句為「起」，次句為「承」，三句為「轉」，末句為「合」。起、承、轉、合乃詩形成結構的必然手法，因為任何詩篇，必然有起，或單刀直入，或依題而起；有了起段、頷聯或起句，要構成脈絡一貫，次段、頷聯或次句，必承之而加以發揮；發揮前意既盡，如「山窮水盡疑無路」，則待轉折，形成「柳暗花明又一村」，所以轉折常在第三句，或腹聯；收束全篇，自然係末段、尾聯或末句了。起、承、轉、合係基於章法自然的需要而形成詩的結構。

形式結構是作品的「文」，內容結構是作品的「質」，只有形式結構與內容結構兼顧，才能收紅花綠葉，相得益彰的效果。孔子說「文質彬彬，然後君子」，「文質彬彬」，應該也是文學作品的理想之境。

北歌在形式上以五言四句的短小詩體為主，但也有一部分是用四言、七言、雜言所寫成。七

---

❷ 何沛雄編著：《賦話六種・賦品》，香港三聯書局，頁二四。

言四句的小詩，可算是北歌的特色，雜言則為歌行體的發展創造了條件，特別是產生了像〈木蘭詩〉這樣長篇的雜言敘事詩，五言、七言、九言交錯成文，散駢穿插變化，使句法既有整飭之美，又具參差之妙，聲調和諧優美，氣勢順暢通達，對後來長篇歌行體的發展起到一定的促進作用。今就北歌的句式、套語、詩語、章法等諸方面來探討其形式結構。

第一節 北歌的形式

一、句式

北歌的句式，有定言、雜言之分。定言體每句限定字數，有四言、五言、七言等，而以五言四句一首者居多。雜言體與定言體不同，每句無定字，長短錯綜，變化參差，而其音節活潑，表達自然，極似應用韻文形式之散文詩。雜言體有長有短，長的如〈木蘭詩〉，有六十二句，三百三十餘字。短的如〈東平劉生歌〉，只有三句，由七言、三言、七言組成。此外，北歌中的七言四句體，是過去七言古詩的發展，又是後來的七言絕句的源頭。這是北歌在詩體發展上的突出貢獻之一，現將北歌的各類「言」與「句」的組合形式，說明如後：

㈠定言體

1. 四言四句

四言者，四字一句，簡質婉正，文約意廣，淵源於《詩經》，宜於歌功頌德，諷喻述志，故均以為正體清音。《文心雕龍．章句篇》云：

至於詩頌大體，以四言為正。

摯虞《文章流別論》云：

古詩率以四言為體，詩雖以情志為本，而以成文為飾。然則雅音之韻，四言為善。其餘皆備曲折之體，而非音之正也。

南北朝盛行五七言體，四言體雖漸趨式微，然樸實平易的北歌，以四言四句表達，亦能轉折如意。北歌七十九首中，四言四句的組合形式有：

〈地驅歌樂辭〉四首，舉其一：

青青黃黃，雀石頹唐。槌殺野牛，押殺野羊。

〈隴頭流水歌辭〉一首

隴頭流水，流離西下。念吾一身，飄然曠野。

〈隴頭歌辭〉三首，舉其一：

朝發欣城，暮宿隴頭。寒不能語，舌卷入喉。

〈裴公歌〉一首

肥鮮不食，丁庸不取。裴公貞惠，為世規矩。

計九首四言四句式構成的詩歌。

2. 四言六句

北歌七十九首中，四言六句的組合形式僅一首：

〈隴頭流水歌辭〉一首

西上隴阪，羊腸九四。山高谷深，不覺腳酸。手攀弱枝，足踰弱泥。

3. 五言二句

北歌七十九首中，五言二句的組合形式僅如下二首：

〈黃淡思歌辭〉一首

綠絲何葳蕤，逐郎歸去來。

〈苻堅時長安歌〉一首

一雌復一雄，雙飛入紫宮。

4. 五言四句

北歌七十九首，五言四句的組合形式有：

〈企喻歌辭〉四首，舉其一：

男兒欲作健，結伴不須多。鷂子經天飛，群雀兩向波。

〈琅琊王歌辭〉八首，舉其一：

新買五尺刀，懸著中梁柱。一日三摩娑，劇於十五女。

〈紫騮馬歌辭〉六首，舉其一：

燒火燒野田，野鴨飛上天。童男娶寡婦，壯女笑殺人。

〈紫騮馬歌〉一首

獨柯不成樹，獨樹不成林。念郎錦裲襠，恒長不忘心。

〈黃淡思歌辭〉三首，舉其一：

歸歸黃淡思，逐郎還去來。歸歸黃淡百，逐郎何處索？

〈慕容垂歌辭〉三首，舉其一：

慕容攀牆視，吳軍無邊岸。我身分自當，枉殺牆外漢。

〈淳于王歌〉二首，舉其一：

肅肅河中育，育熟須含黃。獨坐空房中，思我百媚郎。

〈折楊柳歌辭〉五首，舉其一：

上馬不捉鞭，反折楊柳枝。蹀座吹長笛，愁殺行客兒。

〈折楊柳枝歌〉四首，舉其一：

上馬不捉鞭，反拗楊柳枝。下馬吹長笛，愁殺行客兒。

〈幽州馬客吟歌辭〉五首，舉其一：

懀馬常苦瘦，剿兒常苦貧。黃禾起羸馬，有錢始作人。

〈慕容家自魯企由谷歌〉一首

郎在十重樓，女在九重閣。郎非黃鷂子，那得雲中雀。

〈高陽樂人歌〉二首，舉其一：

可憐白鼻騧，相將入酒家。無錢但共飲，畫地作交賖。

〈于闐採花〉一首

山川雖異所，草木尚同春。亦如溱洧地，自有採花人。

〈阿那瓌〉一首

聞有匈奴主，雜騎起塵埃。列歡長平坂，驅馬渭橋來。

計四十六首，約佔北歌的百分之五十九點五，因此可以說，北歌在句式上是以五言四句的短小詩體為主。

5. 七言二句

北歌七十九首中，七言二句的組合形式有：

〈鉅鹿公主歌辭〉三首，舉其一：

官家出遊雷大鼓，細乘犢車開後戶。

〈地驅樂歌〉一首

月明光光星欲墮，欲來不來早語我。

〈北軍歌〉一首

不畏蕭娘與呂姥，但畏合肥有韋武。

計五首七言二句的小詩。

6. 七言四句

七言者，七字一句，調長字多，易於成文，其節奏富有起伏變化，較能表達複雜之情思。故王闓運云：

七言歌行，如羌笛琵琶，繁絃急管。

周履靖《騷壇秘話》亦云：

七言章句參差，音律雄渾。

此七言詩，劉勰《文心雕龍・章句篇》以為雜出詩騷，錢大昕《十駕齋養新錄》亦以為變自《楚辭》，其云：

《楚辭・招魂》、〈大招〉多四言，去些只助語，合兩句讀之即成七言。《荀子・成相》、荊軻送別，其七言之始乎？至漢而〈大風〉、〈瓠子〉見於帝制，柏梁聯句，一時稱盛。

由《楚辭》形式，省掉句中或句尾的「兮」、「只」、「些」字，便成七言詩。如〈招魂〉：

獻歲發春兮汩南征，菉蘋齊葉兮白芷生。

美人既醉，朱顏酡些；娭光眇視，目曾波些。

〈大招〉：

謳和揚阿，趙簫倡只；魂乎歸徠，定空桑只。

梁啟超亦云：「從《楚辭》到七言，其勢甚順。」❸由此知七言句，淵源於《楚辭》。

北歌七十九首中，七言四句的組合形式有：

〈隔谷歌〉一首

兄為俘虜受困辱，骨露力疲食不足。弟為官吏馬食粟，何惜錢刀來我贖。

〈捉搦歌〉四首，舉其一：

粟穀難舂付石臼，弊衣難護付巧婦。男兒千凶飽人手，老女不嫁只生口。

〈長白山歌〉一首

長白山頭百戰場，十十五五把長槍。不畏官軍千萬眾，只怕榮公第六郎。

計六首七言四句體的短詩，北歌中有限的七言詩，亦是北歌在詩體發展上的突出貢獻之一。

❸ 梁啟超：《中國之美文及其歷史》，臺北中華書局，民國六十九年臺三版。

7. 七言十二句

北歌中僅一首七言十二句的組合形式：

〈隴上歌〉一首

隴上壯士有陳安，軀幹雖小腹中寬，愛養將士同心肝。驦驄父馬鐵鍛鞍，七尺大刀奮如湍，丈八蛇矛左右盤，十盪十決無當前。戰始三交失蛇矛，棄我驦驄竄巖幽，為我外援而懸頭。西流之水東流河，一去不還奈子何。

七言古體於漢民歌中則絕少見及，即間有數句，多屬謠諺雜歌，若此〈隴上歌〉長達十二句八十四字，當屬首創。此對唐代歌行體的發展，有示範作用。

(二)雜言體

北歌中句無定字的雜言體詩，有長有短：

〈木蘭詩〉一首

唧唧復唧唧，木蘭當戶織，不聞機杼聲，唯聞女歎息。……雙兔傍地走，安能辨我是雄雌。

這是長篇雜言體敘事詩，有六十二句，其中五言、七言、九言交錯成文。漢代民歌中雜言體雖亦甚多，且有不少優美作品，但篇幅較小。若〈木蘭詩〉長達三百三十字之鉅製，得未曾有。

〈隔谷歌〉一首

兄在城中弟在外，弓無弦，箭無括。食糧乏盡若為活？救我來！救我來！

〈敕勒歌〉一首

敕勒川，陰山下。天似穹廬，籠蓋四野。天蒼蒼，野茫茫，風吹草低見牛羊。

〈李波小妹歌〉一首

李波小妹字雍容，褰裙逐馬如卷蓬。左射右射必疊雙，婦女尚如此，男子安可逢！

〈雀勞利歌辭〉一首

雨雪霏霏，雀勞利。長嘴飽滿，短嘴飢。

〈東平劉生歌〉一首

東平劉生安東子，樹木稀，屋裡無人看阿誰？

〈楊白花〉一首

陽春二三月，楊柳齊作花。春風一夜入閨闥，楊花飄蕩落南家。含情出戶腳無力，拾得楊花淚沾臆。秋去春還雙燕子，願銜楊花入窠裏。

〈咸陽王歌〉一首

可憐咸陽王，柰何作事誤？金床玉几不能眠，夜起踏霜露。洛水湛湛彌岸長，行人那得度？

〈鄭公歌〉一首

大鄭公，小鄭公，相去五十載，風教尚猶同。

九首雜言體詩，除〈木蘭詩〉為長篇外，餘皆屬短篇。劉勰云：「吟詠滋味，流於字句」❹，就音節言，短句較迫促，長句較嘽緩，就前述定言體之四言、五言、七言二句，很難揣摩其歌唱時是否有反復重唱，或一部份歌詞失傳的可能性。它以簡單的語言表達一種或一時的意念，並藉單純或單調的節奏來達到目的。這樣的句式歌唱，較不易產生節奏的美感。雜言體的〈東平劉生歌〉是整齊中有變化的七言、三言、七言句式，在七言句之間加個緊迫的三言句音節，使整齊的句式變為錯落，單純的節奏變為複雜，較能引發豐富的節奏效果。〈木蘭詩〉五言、七言、九言交錯的句式，使單純的五言句之中有了緩長的七言、九言，由短促到延長的音節，使人專注於這一長句欲表達的意念或情緒，不但在歌辭的節奏上發生了變化，且內容上也引發了高潮。〈隔谷歌〉的七三三、七三三句式，讀來急促緊迫，使戰鬥的激烈緊張氣氛躍然紙上，很符合當時的實際戰鬥場景。寫兩軍鏖戰，長短句結合，最足傳情達意。總言雜言體句式，以音節的錯落，造成抑揚頓挫的變化，使單純的節奏和旋律略起變化，而這些節奏及旋律上的多樣性，可以激生興味感。

從上述情況可見，北歌句式的特色：

〈一〉句式多種多樣：北歌不但篇幅有長有短，而且句式也多種多樣，變化是比較自由的。這種自由、多變的句式，比起前代的詩歌來，也是一個突破。

〈二〉以五言四句為主：北歌雖然句式變化參差，但依然以五言為主。五言起於西漢，流行於東漢，擅長於南北朝。鍾嶸云：

---

❹ 劉勰：《文心雕龍》，卷七，〈聲律第三十三〉，臺北開明書店，民國五十九年八月。

> 五言居文詞之要，是眾作之有滋味者也。❺

劉勰云：

> 五言流調，清麗居宗。❻

胡應麟云：

> 四言簡質，句短而調未舒；七言靡浮，文繁而聲易雜。折繁簡之衷，居文質之要，蓋莫尚於五言。❼

五言確是靈活可愛，便於傳誦，易表現詩歌的風韻，作者之才思，及開拓之境界，南北朝時最昌盛，此為大多數北歌的句式為五言之故。至於每首章法恆為四句之原因，蓋在於承襲漢魏相和歌辭以四句為一解的普遍現象❽。

〈三〉亦有七言詩展現：七言二句和七言四句體的詩，每句都押韻，這是和過去七言古詩每句都用韻的特點相一致的。如曹丕的〈燕歌行〉，是現存較早的完整的七言古詩，就是句句都押韻的。而這一特點，又直接影響了後來的七絕，成為七言絕句的源頭。這是北歌在詩體發展上突

❺ 汪中選注：《詩品注》，正中書局，頁一五。
❻ 劉勰：《文心雕龍》，卷二，〈明詩第二〉，臺北開明書店，民國五十九年八月。
❼ 胡應麟：《詩藪》，臺北廣文書局，民國六十二年九月初版。
❽ 王運熙：《六朝樂府與民歌》，新文豐出版社，頁三七～四〇。

出貢獻之一。

〈四〉開雜言體之端：北歌中的雜言體詩，每句字數不定。其中「樹木稀」等為三言；「天似穹廬」等為四言；「唧唧復唧唧」等為五言；「春風一夜入閨闥」，「風吹草低見牛羊」等為七言；「但聞黃河流水鳴濺濺」，「但聞燕山胡騎鳴啾啾」等為九言者，皆長短錯落，這些參差句式，作用原在調節聲調，使之婉轉動聽。頗能表露其曲折跌宕之情思，故北歌漸開樂府雜言體之端後，作品日多，終取代定言體而為長短句矣。

二、套語

套語原理(Formulaic Theory)係由哈佛大學古典文學教授巴里(Milman Parry)在二十世紀三十年代初期提出來，一九三七年巴氏不幸早逝後，即由其徒弟勞爾德(Albert B. Lord)繼續擴充而完成。

巴里曾給套語(Formula)釐訂了如下的定義：

運用同樣的韻律節奏，以表達一定概念的一組文字。

巴里除了發明套語理論外，並有「套語系統」(Formulaic System)的發現，所謂套語系統就是：

一組具有同樣韻律作用的片語，其意義和文字極為相似，詩人不僅曉得它們是單一的套語，而且把它們當作某類型的套語用。❾換言之，這些套語的形式韻律不變，略微不同的只是其中的某些字而已。例如：《詩經》第十四首〈草蟲〉裏有「言采其蕨」、「言采其薇」，跟這兩句形式韻律相似的句子又出現在第五十四首〈載馳〉，一〇八首〈汾沮洳〉、一一九首〈杕杜〉、一八八首〈我行其野〉、二〇五首〈北山〉和二二二首〈采菽〉裏。「言采其蕨」和「言采其……」等等就是典型的套語系統。

當代學者陳慧樺說：

> 早期詩歌的基本特質就是口述。而口述詩的語言特色就是「套語化和傳統性」。早期詩人利用套語與傳統的格式並不就表明他們沒有獨創性；相反地，他們常常能在原套語與套語出現的新場合裏獲致某種意義上的張力，此外，吟遊詩人的獨創性更表現在根據套語形態即席構句造語的能力上。套語可說是古代詩人完成他們的口頭藝術的手段與武器。❿

北歌形式中，明顯使用套語，即是此一論說的印證。陳慧樺研究詩人王靖獻的《鐘鼓集》(*The Bell and The Drum*)，並引述其「套語理論」⓫：

> 只要合乎底下六種情況之一的詩句，都可以目為套語：

---

❾ 陳慧樺：〈套語詩理論與《鐘鼓集》〉，《中外文學》，第四卷第三期，頁二一〇。

❿ 陳慧樺：前引文，頁二一〇。

⓫ 陳慧樺：前引文，頁二一三。

(1)在數首詩裡重複出現的詩句，如在第卅首〈終風〉裏出現的「悠悠我思」，也在第卅三、九一和一三四首裡出現。
(2)在同一首詩裏重複出現的詩句，如第九五首〈溱洧〉裏的「贈之以芍藥」就出現了兩次。
(3)在語意學的範圍下，一行詩重複出現，不管其長度差異如何而重複出現，例如「我心傷悲兮」與「我心傷悲」在語意上是一樣的，只是後者少去了一個感嘆虛字「兮」。
(4)只有感嘆字不同的句子，如第廿九首〈日月〉裏「乃如之人兮」與五十一首〈蝃蝀〉裏「乃如之人也」有關。
(5)詩句裏有些字寫法儘管不同而基本意義並未變更，例如第四十首〈北門〉裏，「憂心殷殷」與一九二首和二五七首裏「憂心慇慇」就是。
(6)詩句有些字不同但意義卻毫無差別，例如第一一六首〈揚之水〉有「云何其憂」，而一九九首〈何人斯〉有「云何其盱」，「憂」與「盱」都作「憂愁」、「憂患」等解。

今依據上述論說，來探討北歌中套語的運用。邱燮友云：

樂府是合樂的詩，也是音樂文學。民歌中套語及和送聲的使用，甚為普遍，人民常從熟悉的事物中編成韻語，使為歌謠中的套語，後人編造歌謠時，便將原句搬來運用，因此套語有開端、中段或結束套語的變化。⑫

⑫ 邱燮友：《品詩吟詩》，東大圖書公司印行，民國七十八年六月，頁二四五。

在此亦依開端、中段、結束套語來探討北歌：

㈠開端套語

1. 同曲中出現的開端套語

琅琊復琅琊，琅琊大道王。陽春二三月，單衫繡裲襠。〈琅琊王歌辭〉

琅琊復琅琊，琅琊大道王。鹿鳴思長草，愁人思故鄉。〈琅琊王歌辭〉

琅琊復琅琊，女郎大道王。孟陽三四月，移鋪逐陰涼。〈琅琊王歌辭〉

上三首皆為〈琅琊王歌辭〉。琅琊：古郡名，在今山東諸城東南。「琅琊復琅琊，琅琊大道王。」套語也。「琅琊復琅琊，女郎大道王。」係套語系統的套語。

慕容攀牆視，吳軍無邊岸。我身分自當，枉殺牆外漢。〈慕容垂歌辭〉

慕容出牆望，吳軍無邊岸。咄我臣諸佐，此事可惋歎。〈慕容垂歌辭〉

上三首皆為〈慕容垂歌辭〉，「慕容攀牆視，吳軍無邊岸。」、「慕容出牆望，吳軍無邊岸。」開端套語也。

隴頭流水，流離西下。念吾一身，飄然曠野。〈隴頭流水歌辭〉

隴頭流水，流離山下。念吾一身，飄然曠野。〈隴頭歌辭〉

隴頭流水，鳴聲幽咽。遙望秦川，心肝斷絕。〈隴頭歌辭〉

上三首詩的開端語「隴頭流水」，套語也。

2.同一首詩中重複出現之套語

歸歸黃淡思，逐郎還去來。歸歸黃淡百，逐郎何處索？　〈黃淡思歌辭〉

上第一句與第三句為套語之運用。

3.在數首詩裡重複出現之套語

唧唧復唧唧，木蘭當戶織。不聞機杼聲，唯聞女歎息。問女何所思，問女何所憶。……
〈木蘭詩〉

敕敕何力力，女子臨窗織。不聞機杼聲，只聞女歎息。　〈折楊柳枝歌〉

問女何所思，問女何所憶。阿婆許嫁女，今年無消息。　〈折楊柳枝歌〉

側側力力，念君無極。枕郎左臂，隨郎轉側。　〈地驅歌樂辭〉

上〈折楊柳枝歌〉「敕敕何力力」整首，及「問女何所思」開端二句，為〈木蘭詩〉首六句的開端套語。〈地驅歌樂辭〉的「側側力力」與〈折楊柳枝歌〉的「敕敕何力力」為開端套語。

雨雪霏霏，雀勞利。長嘴飽滿，短嘴飢。　〈雀勞利歌辭〉

北風其涼，雨雪其雱。惠而好我，攜手同行。其虛其邪，既亟只且。

北風其喈，雨雪其霏。惠而好我，攜手同歸。其虛其邪，既亟只且。　《詩經・國風・北風》

昔我往矣，楊柳依依。今我來思，雨雪霏霏。　《詩經・小雅・采薇》

《詩經》中「雨雪其雱」、「雨雪其霏」、「雨雪霏霏」為北歌〈雀勞利歌辭〉之開端套語。

㈡由中段套語轉為開端套語

琅琊復琅琊，琅琊大道王。陽春二三月，單衫繡裲襠。〈琅琊王歌辭〉

陽春二三月，楊柳齊作花。春風一夜入閨闥，楊花飄蕩落南家。含情出戶腳無力，拾得楊花淚沾臆。秋去春還雙燕子，願銜楊花入窠裏。〈楊白花〉

「陽春二三月」在〈琅琊王歌辭〉為中段套語，在〈楊白花〉詩為開端套語。

㈢由結束套語轉為開端套語

悲歌可以當泣，遠望可以當歸。思念故鄉，郁郁累累。欲歸家無人，欲渡河無船，心思不能言，腸中車輪轉。〈漢・民歌・悲歌行〉

心中不能言，復作車輪旋。與郎相知時，但恐傍人聞。〈黃淡思歌辭〉

黃鵠參天飛，中道鬱徘徊。腹中車輪轉，歡今定憐誰。〈南朝・民歌・襄陽樂〉

上〈悲歌行〉為漢代民歌，其結束套語「心思不能言，腸中車輪轉。」在北歌中轉為開端套語。亦為南朝民歌之中段套語，「腹中車輪轉」。

綜上所言，可知北歌中的套語，皆為開端套語。在民歌中常將所見的事物編成韻語，作為開端套語，如漢代民歌〈陌上桑〉的「日出東南隅」、宋代民歌的「月兒彎彎照九州」⓭、北歌〈紫

⓭「月兒彎彎照九州，幾家歡樂幾家愁。幾家夫婦同羅帳，幾家飄散在他州。」這首流傳極廣的民歌，保

驑馬歌辭〉的「燒火燒野田，野鴨飛上天」等，與下面詩歌的主題，沒有直接的關係，只是借此套語，做為無端的起興。

詩歌中的套語，尤其是民歌中所使用的套語，跟文人所使用的方式，有極大的差異，文人的套語較為華麗而用情；民間歌謠，則來自大眾的口傳，而形成固定的用法，如以太陽、月亮為套語，極為常見。本來套語也是詩語的一種，由於套語普遍的使用，使套語也可以獨立門戶，成詩歌中特色之一，故本文將套語一項，列在詩語之前，以說明套語在民歌中的重要性。

三、詩語

詩語即指詩歌的語言組織，詩歌的語言組織有它的特點，和散文不盡相同，乃指詩的句法、字法、語法修辭。

(一)句法、字法

每首詩的構成總是離不開「積字成句，積句成篇」。因此，必然會有句法、字法的問題。今分別言之：

1. 句法：談到句法則牽涉到句型的問題。北歌中的定言體有四言、五言、七言句型。四言句

留在《京本通俗小說・馮玉梅團圓》中。

的基本句型是上二下二（二、二）；五言句的基本句型是上二下三（二、三）；七言句的基本句型是上四下三（四、三）。而北歌中定言體的句型全為基本句型，例：

四言句（二、二）

摩捋　郎鬚，看郎　顏色。
郎不　念女，不可　與力。〈地驅歌樂辭〉
隴頭　流水，流離　山下。
念吾　一身，飄然　曠野。〈隴頭歌辭〉

五言句（二、三）

門前　一株棗，歲歲　不知老。
阿婆　不嫁女，那得　孫兒抱。〈折楊柳枝歌〉
郎著　紫袴褶，女著　綵裌裙。
男女　共燕遊，黃花　生後園。〈幽州馬客吟歌辭〉

七言四句（四、三）

官家出遊　雷大鼓，細乘犢車　開後戶。
車前女子　年十五，手彈琵琶　玉節舞。〈鉅鹿公主歌辭〉
兄為俘虜　受困辱，骨露力疲　食不足。

弟為官吏　馬食粟，何惜錢刀　來我贖。〈隔谷歌〉

北歌定言體皆為基本句型，其實四言、五言或七言，在每句的配字長短上，仍有不少變化，然胡震亨說：

> 五字句以上二下三為脈，七字句以上四下三為脈，其恆也。有變五字句上三下二者，如元微之「庚公樓悵望，巴子國生涯」，變七字句上三下四者，如韓退之「落以斧引以墨徽」之類，皆蹇吃不足多學，只此五七字成句，萬變無窮，如人面只眼耳口鼻四爾，不知如何位置來無一相肖者。⓮

這即說明基本句型乃常格，讀來容易圓潤，變格讀來每多蹇吃。北歌係北朝民間口頭傳唱之歌，為膾炙人口，故用基本句型。

2. 字法：古人作詩講究句鍛字煉，「百煉為字，千煉成句」，在用字上作推敲功夫。因為五言句型多為上二下三，七言句型多為上四下三，所以往往把五言句的第三字和七言句的第五字，叫做「詩眼」，是所「煉」之字，要特別在這個字上下功夫。北歌是屬於民間的作品，以民間熟悉的語言，抒發共同的感受與願望，而引起一般百姓的共鳴。因此，在句法、字法的運用上，既不如、也無法像正統文人那樣「吟成五個字，用破一生心」⓯、「吟安一個字，捻斷數莖鬚」⓰地

⓮ 明・胡震亨：《唐音癸籤》，臺北木鐸出版社，民國七十一年初版。

⓯ 方乾：〈貽錢塘縣路明府〉之詩句，《全唐詩》，六四八卷，文史哲出版社，頁七四四四。

講究；即使有所推敲，也是一種自然簡易的琢磨。北歌在字法上所謂「詩眼」的煉字，具有單純流暢的風格，如：

燒火燒野田，野鴨飛上天。〈紫騮馬歌辭〉

其中「燒」、「飛」是煉字。

童男娶寡婦，壯女笑殺人。〈紫騮馬歌辭〉

其中「娶」、「笑」是煉字。

官家出遊雷大鼓，細乘犢車開後戶。〈鉅鹿公主歌辭〉

其中「雷」、「開」是煉字。

可憐女子能照影，不見其餘見斜領。〈捉搦歌〉

其中「能」、「見」是煉字。以上是有限的北歌「詩眼」煉字之例。然大部份的北歌皆展現民歌本色，而不講究此一功夫。

㈡語法修辭

1. 頂真

北歌在語法上有一特殊形式，那就是喜用「頂真格」。所謂「頂真格」就是前一句的結尾，來作下一句的起頭。詳細點說，頂真格利用上下句的相同語，作為「中心觀念」，使上下文的意

⑯ 盧延讓：〈苦吟〉之詩句，《全唐詩》，七一五卷，文史哲出版社，頁八二一二。

識流貫穿起來，由於詩內上下句緊密的環扣住，讓人讀後產生一種繾綣纏綿、詠嘆不盡的餘味，也使北歌產生了一種琅琅上口的音樂性。如：

琅琊復琅琊，琅琊大道王。〈琅琊王歌辭〉

東山看西水，水流盤石間。〈琅琊王歌辭〉

肅肅河中育，育熟須含黃。〈淳于王歌〉

熒熒帳中燭，燭滅不久停。〈幽州馬客吟歌辭〉

軍書十二卷，卷卷有爺名。〈木蘭詩〉

出門看火伴，火伴皆驚惶。〈木蘭詩〉

歸來見天子，天子坐明堂。〈木蘭詩〉

頂真格中尚且有一種變例，那就是每兩句當中有一字或數字以上相同，雖然該字位置並不固定，但其連串功效仍屬相同。北歌中即有數首屬於頂真格的變例情形。如：

長安十二門，光門最妍雅。〈琅琊王歌辭〉

客行依主人，願得主人強。〈琅琊王歌辭〉

獨柯不成樹，獨樹不成林。〈紫騮馬歌〉

南山自言高，只與北山齊。女兒自言好，故入郎君懷。〈幽州馬客吟歌辭〉

2. 排比

排比就是把數種意象，以結構相似的句法，像排隊一樣一排排地逐步開展，來說明強烈感情的方法。在每一排裏的意象，必須是同範圍同性質的，拿來作為前後反覆之用，每排的字數不必相同。排比是民歌慣用之方法，民歌多表達人民的一時一種的感覺，這種感覺若要鮮明地表現，須靠排比手法。如：

東市買駿馬，西市買鞍韉，南市買轡頭，北市買長鞭。〈木蘭詩〉

〈木蘭詩〉中排比最甚之處即此四句，平列東西南北，表面觀之，似覺形式呆板，然置於全詩中，則辭氣諧和，且顯出文章之活潑跌宕⑰。按理，木蘭購買戰具，未必需要東西南北跑遍，也不可能剛巧一市只買到一件物品。但是，這裡排比的形式和短促的節奏，強調了木蘭的忙碌奔走，從而使人體會到木蘭一旦決心從軍，立刻緊鑼密鼓、百折不撓的精神狀態。

旦辭爺孃去，暮宿黃河邊。不聞爺孃喚女聲，但聞黃河流水鳴濺濺。旦辭黃河去，暮至黑山頭。不聞爺孃喚女聲，但聞燕山胡騎鳴啾啾。〈木蘭詩〉

爺孃聞女來，出郭相扶將。阿姊聞妹來，當戶理紅妝。小弟聞姊來，磨刀霍霍向豬羊。〈木蘭詩〉

客行依主人，願得主人強。猛虎依深山，願得松柏長。〈琅琊王歌辭〉

中庭生旅穀，井上生旅葵。春穀持作飯，採葵持作羹。〈紫騮馬歌辭〉

⑰ 李曰剛：前引書，頁一二九。

排比的運用在〈木蘭詩〉中充分顯出其特色，寫木蘭出征時，詩中的「旦辭爺孃去」和「旦辭黃河去」兩組排比句，寫得剛健、清新，通過繪聲繪色的描寫，把木蘭出征途中所經歷的千辛萬苦和離家愈遠對父母懷念越深的思想感情深刻地表達出來了。至於木蘭凱旋還鄉的情節，則排列「爺孃」、「阿姊」、「小弟」身份、年齡不同的人物，各有不同的動作，我們讀到這裡，毫無厭煩、拖沓之感，反而覺得不如此，就不能把家人歡迎她的盛情和熱鬧氣氛表達出來。〈紫騮馬歌辭〉排列「旅穀」、「旅葵」長出的荒漠景象，描寫出征的戰士回鄉看到自己家園的荒蕪，內心感到無限的悲戚。

北歌中排比形式的運用，起了強烈的對比和襯托的作用，大大增強了作品的藝術感染力，且把感情抒發得具體、細緻，把道理說得更透徹；而且也增強了語言的氣勢感、韻律美，既動聽又易記。

3.摹寫

對事物的各種感受，加以形容描述，叫作「摹寫」⑱。摹寫的對象，不僅為視覺印象，同時也包括聽覺、嗅覺、味覺、觸覺等的感受。北歌中有關摹寫的詩如：

敕敕何力力，女子臨窗織。不聞機杼聲，只聞女歎息。〈折楊柳枝歌〉

唧唧復唧唧，木蘭當戶織。不聞機杼聲，唯聞女歎息。〈木蘭詩〉

⑱黃慶萱：《修辭學》，三民書局，民國八十一年九月，頁五一。

側側力力，念君無極。〈地驅歌樂辭〉

按「唧唧復唧唧」，《文苑英華》作「唧唧何力力」，注云：「力力又作歷歷」。其實「唧唧」、「歷歷」，與〈折楊柳枝歌〉之「敕敕」、「力力」，以及〈地驅樂歌〉之「側側」，皆指歎息聲而言，又晉太寧初童謠云：「惻惻力力，放馬山側。」「惻惻」、「側側」，皆與「切切」聲音相同。切，急迫也；故每以切切表悲切之聲。如謝朓〈郡內登望詩〉之「切切陰風暮」，歐陽修〈秋聲賦〉之「淒淒切切」是也。

旦辭爺孃去，暮宿黃河邊。不聞爺孃喚女聲，但聞黃河流水鳴濺濺。旦辭黃河去，暮宿黑山頭。不聞爺孃喚女聲，但聞燕山胡騎鳴啾啾。〈木蘭詩〉

按「濺濺」，與淺淺同，本為水疾流之貌，此指流水之聲而言。啾啾，眾聲也。《文選・揚雄・羽獵賦》：「啾啾蹌蹌。」李善注引郭璞《三蒼解詁》曰：「啾啾，眾聲也。」按凡聲多可謂之啾啾，故云眾聲也。如《離騷》之「鳴玉鸞之啾啾」，《楚辭・招隱》之「蟪蛄鳴兮啾啾」皆是。又杜甫〈兵車行〉：「天陰雨濕聲啾啾。」蓋謂眾聲也。

熒熒帳中燭，燭滅不久停。盛時不作樂，春花不重生。〈幽州馬客吟歌辭〉

按「熒熒」，燈光微弱貌。歸有光〈先妣事略〉：「燈火熒熒」。又杜牧〈阿房宮賦〉：「明星熒熒，開妝鏡也。」蓋指亮光閃爍之貌。

敕勒川，陰山下。天似穹廬，籠蓋四野。天蒼蒼，野茫茫，風吹草低見牛羊。〈敕勒歌〉

按「蒼蒼」，深青色也。《爾雅・釋天》：「穹蒼，蒼天也。」注：「天形穹窿，其色蒼蒼，因名云。」茫茫，與芒芒同。廣大貌，遠貌。《文選・左太沖・魏都賦》：「茫茫終古。」善注：「茫茫，遠貌。」按《詩經・商頌・玄鳥》：「宅殷土芒芒。」傳：「芒芒，大貌。」陳奐傳疏：「襄四年《左傳》：『芒芒禹跡。』杜注云：『芒芒，遠貌。』大與遠義相近。」

綜上所述，北歌中無論摹寫視覺，或摹寫聽覺，皆極生動自然，切合情境。

4. 類疊

同一個字詞語句，接二連三反復地使用著，叫作「類疊」。而一個字詞語句，如果反復出現，會比單次出現更能打動聽者或讀者的心靈⑲。口傳的民間歌謠善於採用這種手法，其目的是為了突出其思想意義或某種特殊的韻味，或者使其更便於記憶。北歌中類疊運用有如下數種情況：

(1)疊字：所謂疊字即指字詞連接的類疊。疊字能增強詩的音樂性，使聲調優美動人。詩經時代，即用此法，劉勰云：

是以詩人感物，聯類不窮。流連萬象之際，沈吟視聽之區。寫氣圖貌，既隨物以宛轉；屬采附聲，亦與心而徘徊。故灼灼狀桃花之鮮，依依盡楊柳之貌，杲杲為出日之容，瀌瀌擬雨雪之狀，喈喈逐黃鳥之聲，喓喓學草蟲之韻。皎日嘒星，一言窮理；參差沃若，兩字窮形。並以少總多，情貌無遺矣。雖復思經千載，將何易奪？⑳

⑲ 黃慶萱：前引書，頁四一一～四一二。

這一段話，說明疊字還能使思想感情和景色表現更為深刻、生動，亦說明「寫貌」和「擬聲」是疊字的兩大作用[20]。北歌中以疊字「寫貌」、「擬聲」之作如：

寫貌：

月明光光〈地驅樂歌〉

青青黃黃〈地驅歌樂辭〉

肅肅河中育〈淳于王歌〉

高高山頭樹〈紫騮馬歌辭〉

熒熒帳中燭〈幽州馬客吟歌辭〉

卷卷有爺名〈木蘭詩〉

天蒼蒼，野茫茫〈敕勒歌〉

擬聲：

敕敕何力力〈折楊柳枝歌〉

雨雪霏霏〈雀勞利歌辭〉

側側力力〈地驅歌樂辭〉

但聞黃河流水鳴濺濺〈木蘭詩〉

⑳ 劉勰：《文心雕龍》，卷一〇，〈物色第四十六〉，臺北開明書店，民國五十九年八月。

但聞燕山胡騎鳴啾啾　〈木蘭詩〉

磨刀霍霍向豬羊　〈木蘭詩〉

(2)疊詞：詞的重疊在北歌中為數有限，僅下列二詞重疊，如：

琅琊復琅琊　〈琅琊王歌辭〉

唧唧復唧唧　〈木蘭詩〉

(3)疊句：兩個句子重疊叫疊句。疊句可分為連續疊句和間斷疊句兩種形式。

連續疊句是接連重複相同或相似的句子，中間沒有其他詞語間隔。如：

問女何所思，問女何所憶。　〈折楊柳枝歌〉

女亦無所思，女亦無所憶。　〈木蘭詩〉

前行看後行，齊著鐵裲襠。前頭看後頭，齊著鐵鉦鉾。　〈企喻歌辭〉

歸歸黃淡思，逐郎還去來。歸歸黃淡百，逐郎何處索？　〈黃淡思歌辭〉

上列第三首〈企喻歌辭〉的藝術特點即是採用了疊字、疊句的手法。詩中「前」、「後」、「齊」、「鐵」、「看」等都是疊字，前兩句與後兩句則是疊句。複疊的詩句，可從整齊中見參差，這對於表現隊列的齊整，從而表現戰士的驍勇善戰是十分和諧的。上列其他數首，也都具有讀來回環往復、一唱三歎之效，加強了詩的節奏美與音樂美，增強了藝術魅力。

間斷疊句是相同或相似句子的間隔出現，即有別的句子隔開，又有的是重複用在北歌同曲之中，如：

隴頭流水，流離山下。〈隴頭歌辭之一〉

隴頭流水，鳴聲幽咽。〈隴頭歌辭之二〉

有的甚至重複在北歌不同的曲中，如：

隴頭流水，流離西下。〈隴頭流水歌辭〉

隴頭流水，鳴聲幽咽。〈隴頭歌辭之三〉

上馬不捉鞭，反折楊柳枝。〈折楊柳歌辭〉

上馬不捉鞭，反拗楊柳枝。〈折楊柳枝歌〉

這種現象，是由於民歌常是口傳，而民歌的作者，在作歌的時候，下意識用上一些自己聽來學來的歌中陳言，形成「疊句」，此即前述所謂「套語」的運用。

5. 誇飾

誇張舖飾，超過了客觀事實的，叫作「誇飾」[21]。也就是作者把握事物的本質與主流，充分發揮想像力，故意利用「言過其實」的詞語，來強烈的抒發感情，或是把客觀的事實誇大好幾倍，以增加作品的感染力，其積極意義，是為加深讀者的印象，預留作品的想像空間。茲將北歌中的誇張手法，分別由空間、物象、行動、情況、情緒諸方面加以討論：

[21] 黃慶萱：前引書，頁二一三。

(1)空間的誇飾

華陰山頭百丈井，下有流水徹骨冷。〈捉搦歌〉

「百丈井」是虛數而非實指，言井之深，深不可探，恰好與高不可攀的「華陰山頭」形成反差，從另一個視角加強了孤寂清冷的痛感。首句即為空間方面的誇張。

郎在十重樓，女在九重閣。〈慕容家自魯企由谷歌〉

當然是詩中的空間誇張性描寫，但也從中表明女主人和她的情郎都是生活在深宅大院、高樓層閣之中的世家大族的兒女。

(2)物象的誇飾

象牙作帆檣，綠絲作幃縴。〈黃淡思歌辭〉

(3)行動的誇飾

童男娶寡婦，壯女笑殺人。〈紫騮馬歌辭〉

老女不嫁，蹋地喚天。〈地驅歌樂辭〉

「笑殺人」、「蹋地喚天」皆為行動的誇大。

(4)情況的誇飾

寒不能語，舌卷入喉。〈隴頭歌辭〉

「舌卷入喉」的描寫似乎有背事實，不合情理，難以理解。其實這是運用了誇張的藝術手法，因為這樣的誇張描寫，可以更突出地表現出遊子在嚴寒冬季遠途跋涉的艱辛，增強藝術的表現力，給讀者以深刻的印象。

(5)情緒的誇飾

遙望秦川，心肝斷絕。〈隴頭歌辭〉

這兩句是情緒的誇張描寫，直抒遊子思鄉的悲苦之情，當天涯漂泊的不幸遊子，在隴山頂上，他身不由己地回首遙望秦川，那裡是他魂牽夢縈的故鄉，一股強烈的思鄉之情死死的揪緊了他的心，縱然如此，但也不至心肝斷絕，這是誇大描述，以顯示內心深重的悲愁，實現其情思聲形。

6.回文

上下兩句，詞彙大多相同，而詞序恰好相反的辭格，叫做「回文」[22]。北歌中的「回文」，僅見於下列一首：

健兒須快馬，快馬須健兒。〈折楊柳歌辭〉

這兩句掌握了回文簡潔有力的原則，使人毋須強記，自然不忘。

7.對比

對比是宇宙間的人情事物中互相對立、互相矛盾的兩個方面，予以對比地敘述出來，以顯示出清晰的概念。北歌中的「對比」皆顯而易見。如：

㉒ 黃慶萱：前引書，頁五一五。

上馬不捉鞭，反拗楊柳枝。〈折楊柳枝歌〉

上馬不捉鞭，……下馬吹長笛。〈折楊柳枝歌〉

朝辭爺孃去，暮宿黃河邊。〈木蘭詩〉

男兒千凶飽人手，老女不嫁只生口。〈捉搦歌〉

兄為俘虜受困辱，……弟為官吏馬食粟。〈隔谷歌〉

東山看西水。〈琅琊王歌辭〉

小時憐母大憐婿〈捉搦歌〉

兄在城中弟在外〈隔谷歌〉

前六例為「單句對」，民歌善於運用這種手法，大概是一般人民長期觀察社會人生，綜合豐富的生活經驗的結果㉓。後三句為「句中對」，在短短的一句之中兩相比較，互為映襯，從而語氣增強。

北歌之使用對比手法，不若文人詩之對仗，因此遣詞用字皆簡單、純樸，然民歌意象的鮮明、突出，亦正是對比的效果。

8.設問

講話行文，忽然變平敘的語氣為詢問的語氣，叫作設問㉔。陳望道並將設問分為兩類，他說：

㉓ 譚達先：《中國民間文學概論》，木鐸出版社，民國七十六年七月，頁一四五。

一是為提醒下文而問的，我們稱為提問，這種設問必定有答案在它下文；二是為激發本意而問的，我們稱為激問，這種設問必定有答案在它反面。㉕

北歌中的「設問」，僅下列一首，是屬於「提問」形式：

何處蹀觴來？兩頰色如火。自有桃花容，莫言人勸我。〈高陽樂人歌〉

這是以詢問的形式表現主人飲酒後的情態。當主人與朋友歡聚痛飲後返回時一定是滿臉通紅，因而熟人見到他時不免用一種調侃發問的語氣取笑他的紅臉：「何處蹀觴來？兩頰色如火。」也許是主人為自己飲酒後臉色發紅不免感到有些害羞，也許是身為高陽王樂工的主人深怕自己外出飲酒違犯了王府的規矩，因而急忙為自己辯解掩飾：「自有桃花容，莫言人勸我。」本來是飲酒後臉色發紅，卻硬要滑稽地說自己天生就有桃花一樣紅的面容；明明是自己邀友飲酒，卻連別人勸自己飲酒的說法也要制止。這兩句乖張可笑、有悖常理的答語，活生生地寫出主人酒後強為掩飾，結果言辭閃爍，欲蓋彌彰的情態，真是令人忍俊不禁。短短的四句詩，在一問一答中描繪出一幅極富戲劇性的畫面。此「提問」形式的寫法，充分體現了民歌善於敘事和長於對話的特色。

至於「激問」形式，則北歌中如：

婦女尚如此，男子安可逢？〈李波小妹歌〉

㉔ 黃慶萱：前引書，頁三五。

㉕ 陳望道：《修辭學釋例》，臺北學生出版社，民國五十七年版，頁一四三。

修辭學上通常只承認「激問」形式為正式的設問。這類的設問，常以否定的形式表示肯定的意思，肯定的形式表示否定的意思㉖。〈李波小妹歌〉最後一個反問句，耐人尋味：女子尚且如此勇武威風，那麼堂堂男子漢又怎能抵擋得住呢？在順承上文讚美李波小妹的同時，意思更拓開一層。人們不禁要想：在李波領導的起義隊伍中，女子都這樣英勇善戰，那麼男子當然會更加威風凜凜。民歌只此一句，便將整個李波大軍的威武氣勢寫足，令人心神鼓舞，倍感氣壯如山。

第二節　北歌的結構

一、章法

何謂章法？張夢機說得好：

就一般情形而論，詩的創作，仍須通過思維中以完成，因為創作者的感情或意念，利用文字所展示的意象外現於詩時，必然要通過思維的處理，才能造成一種邏輯性。即使中間有

㉖ 陳望道：前引書，頁一四五。

開闔奇正的變化，也須要縮合照應，造成合於力學原理的架構。如此，詩作便比較能夠凝聚得住它的主題，讀者也比較能夠理會作品中含蘊的微旨。而這種思維的過程與邏輯的結構，便是前人所習稱的章法。㉗

由這一段敘述可知，「章法」即指詩的「起、承、轉、合」而言，艾治平也說：

> 千古章法，不出起、承、轉、合之外，雖千變萬化，其宗不離。近體之分起、承、轉、合，固不待言。即古體之或長或短，或累千言，或裁六句，無不就此四句展之，縮之，頓之，挫之。或重轉或重開，千端萬緒，層浪疊波，而要其歸於有起、承、轉、合而已。㉘

北歌除〈隴上歌〉、〈木蘭詩〉較長外，餘皆為短篇小詩、組歌。小詩之章法有其奧秘之處，組歌章法則更具特色，分述如下：

㈠小詩的奧秘

> 新買五尺刀，懸著中梁柱。一日三摩娑，劇於十五女。〈琅琊王歌辭〉

這首五言四句的小詩，其章法可視為合於起、承、轉、合結構規律的代表作。

第一句，「新買五尺刀」，以敘事方式直接切入正題。「刀」，用字平易樸實，簡潔明快，體現了民歌的特色，且為全詩的進一步展開了合理而又充分的根據。男兒鋼刀在手，自然增添了許多

㉗ 張夢機：《古典詩的形式結構》，臺北尚友出版社，民國七十年十二月，頁一五八。
㉘ 艾治平：《古典詩詞藝術探幽》，木鐸出版社印行，民國七十六年七月，頁一〇三。

豪氣，而這五尺戰刀又是「新買」，自然會倍加珍愛。正因其「新」，才能給人以新鮮的感受，精神的愉悅，進而產生萬般愛惜的情感，這種情感在後三句中充分體現出來。

第二句，「懸著中梁柱」，充分發揮了其承上啟下的結構功能。把刀懸在中梁柱上，這是表層含義，其深層意義卻是：新買的寶刀，絕不會隨隨便便放置在某個地方，詩中特意點明「中梁柱」，正是為了表現刀的主人的「愛心」。中梁柱是房屋中最顯眼、最醒目之處，把刀掛在這個地方，抬頭可見，引人注目，可謂看在眼裡，愛在心頭，短短五個字，既是敘事，又是表情，這就最大限度地發揮了語言文字的功能。在深層意義上，第一句是敘事，第二句是抒情，但在表層意義上，兩者又都是敘事的方式。這種寫法，既有統一的一面，又有發展變化的一面，這不僅僅體現為內容展開的必然，也體現為一種結構方式的必然。

第三句，「一日三摩娑」，轉而有了描寫的意味。雖然描寫一種行為，但仍然是表現一種「心情」，這是第二層寫愛刀之情，與上句構成一種平行關係。每天都要多次地撫摸戰刀，喜愛之情，不言而喻。

第四句，「劇於十五女」，是非常有特色的一種結尾。詩歌總是要表情達意的，而情與意往往是在結尾之處才直接點明、或含蓄透露地表現出來，特別是四句短詩這種形式更是如此。結尾一句與前面幾句的關係，往往是一種水到渠成，瓜熟蒂落的關係。也就是說，前面幾句都是為了結尾一句要表現的情、意而鋪墊、而「蓄勢」，結尾一句則是順勢而收。所謂「順勢」，是指結句承前兩層寫愛刀之情，繼續表現一個「愛」字。這已是第三層寫愛刀之情，但這一層卻用了一個奇妙的對比，把愛刀的情感推到無以復加的地步，而後自然而止。蕭滌非說這首詩「不獨情豪，抑亦語妙。」㉙此語雖簡短，卻十分中肯。而所謂「語妙」，實際上全部體現在結尾的一句。《禮記・禮運》曰：

飲食男女，人之大欲存焉；死亡貧苦，人之大惡存焉。故欲惡者心之大端也。

男女之情愛，乃「人之大欲」、「心之大端」，《孟子》云：「食色，性也。」這也就是說，男女之情是人的本性。但這首民歌卻一反常情常理，血性男兒愛刀之情竟勝於對青春少女之愛。這種極端的對比結句，凸顯了這首民歌的主題。

這首〈琅琊王歌辭〉以題材內容論，其中心就是一個「刀」字；以思想情感論，其中心就是一個「愛」字，兩者統一起來，就可以「愛刀」二字概括全篇。這個主題很簡單，詩的形式也很簡單，五言四句，不過二十字。然而，就是這樣一種簡單的形式，在表達這樣一個簡單的主題的過程中，卻呈現出並不簡單的藝術方式，這正是「小詩的奧秘」所在。

(二)組歌的特色

門前一株棗，歲歲不知老。阿婆不嫁女，那得孫兒抱。 〈折楊柳枝歌〉

敕敕何力力，女子臨窗織。不聞機杼聲，只聞女歎息。 〈折楊柳枝歌〉

㉙ 蕭滌非：前引書，頁二五九。

問女何所思，問女何所憶。阿婆許嫁女，今年無消息。〈折楊柳枝歌〉

這三首組歌如同一套色調由淺入深的組畫，層層遞進地刻劃出女主人心理活動由弱到強的發展過程，可當作北歌中組歌的代表作。

第一首是從間接、直接兩個角度刻劃女子的心理活動，寫她彷彿開玩笑似地吐露渴望出嫁的心願，情調是輕鬆詼諧的；第二首是通過描寫閨中女子的行動來刻劃她的心理活動，寫她因為自己渴望出嫁的心願未得到明確肯定而陷入深深的憂鬱，情調是沈重憂鬱的；第三首是通過母女間的問答對話來刻劃閨中女子的心理活動，寫她因為憂慮自己渴望出嫁的心願不能盡快實現而直發牢騷，情調是強烈抱怨的。正是在這種對女主人心理活動發展過程的刻劃中，這套組歌相當深入地表現出北方閨中女子對於婚姻的心理特徵。

這三首組歌在藝術表現上的最大特色在於，它們緊緊圍繞刻劃女主人心理活動這一中心，選擇富於表現力的客觀景象和人物行為、語言，廣泛調動了景物描寫、行為描寫、對話描寫以及雙關隱語等多種藝術手法，從不同角度加以刻劃，因而儘管它們語言質樸，明白如話，但卻能傳神地描摹出女主人的口吻、神情，進而表現出她的心理活動、心理特徵，這就充分體現了樂府民歌自然純樸而又富於藝術表現力的特色。

此外〈慕容垂歌辭〉三首亦是具代表性之組歌：

慕容攀牆視，吳軍無邊岸。我身分自當，枉殺牆外漢。

慕容愁憤憤，燒香作佛會。願作牆裏燕，高飛出牆外。

慕容出牆望，吳軍無邊岸。咄我臣諸佐，此事可惋歎。

第一首寫新城初圍時慕容垂之舉止心態。第二首寫被圍的慕容垂求佛化災。第三首寫新城久圍之後慕容垂的感慨。

三首〈慕容垂歌辭〉幾乎都是以同樣的結構方式組成詩歌的框架，即從敘述者的描述到人物的自白。它們分則獨立成篇，合則構成一個更大的有機體。但無論是分還是合，作者都是企圖借助作品中潛藏的反諷力量打動讀者，渲泄自己對亂臣賊子的深惡痛絕之心，渲泄自己對連年的五胡亂華和十六國相鬥的憤恨。

又如〈隴頭歌辭〉三首亦是典型的組歌：

隴頭流水，流離山下。念吾一身，飄然曠野。

朝發欣城，暮宿隴頭。寒不能語，舌卷入喉。

隴頭流水，鳴聲幽咽。遙望秦川，心肝斷絕。

這三首歌如同三個圍繞同一主旋律諧調配合、循序漸進的樂段，它們由淺入深，由弱到強地表現出遊子內心不同側面的悲哀之情。

第一首著重遊子由於孤身一人飄泊在空曠原野而產生的孤獨感、寂寞感、陌生感以及對前途的憂慮的恐懼，這是表現遊子在旅途中比較表層的內心感受，其情調是孤寂憂鬱的；第二首寫遊子在嚴冬季節所遭受的路途遙遠、酷寒侵凌的艱辛，這是表現遊子在漫長旅途上和特別時節中身體遭受的痛苦，其情調是悲苦無告的；第三首寫遊子強烈的思鄉之情，這是表現遊子內心深處的悲哀，其情調是悲涼淒絕的。

這三首組歌如同三個樂段前後呼應、諧調配合，共同演奏出一曲以低迴哀痛、悲涼淒絕為主旋律的遊子之歌。

北歌中之組歌尚有〈地驅歌樂辭之二、三、四〉、〈隔谷歌〉、〈捉搦歌〉等，組歌堪稱北歌結構特色之一。這種組歌章法，與《詩經》章法相似，如《詩經・周南・桃夭》詩分三段：

桃之夭夭，灼灼其華。之子于歸，宜其室家。

桃之夭夭，有蕡有實。之子于歸，宜其家室。

桃之夭夭，其葉蓁蓁。之子于歸，宜其家人。

首段寫桃花，次段寫桃實，三段寫桃葉，詩歌之章法，依北方桃樹真實的現象，先開花然後結桃實，再長葉子，層次分明，與南方桃子的生長不同，是寫實的詩歌；同時用桃花、桃實、桃葉比喻桃花女的少好新娘，到婚後生子，綠葉成蔭，都有強烈的暗示性，誠可謂天籟。

二、意象

朱光潛在《文藝心理學》一書中，談及藝術的創造，他認為創造的定義可以說是：

> 根據已有的意象做材料，把它們加以翦裁、綜合，成一種新形式。

這裡所謂的「意象」(Imagery)是所知覺的事物在心中所印的影子，意象是由經驗得來的[30]。桑塔耶那說：

> 意象就是作者的意識與外界的物象相交會，經過觀察、審思與美的釀造，成為有意境的景象。[31]

他給「意象」做了詮釋。

(一)意象之表現

詩歌的意象像一棵樹，它的每一個個別意象都是這樹上的一根枝杈，換言之，正是每一根枝杈，才構成詩的意象之樹。且看這首〈捉搦歌〉：

> 華陰山頭百丈井，下有流水徹骨冷。可憐女子能照影，不見其餘見斜領。

---

[30] 朱光潛：《文藝心理學》，臺灣開明書店，頁一九六～一九七。

[31] 桑塔耶那著、杜若洲譯：《美感、語文中的形式》，晨鐘出版社，頁二三八。

詩的前兩句中，接連排列出三個很冷僻的詩歌意象：華陰山頭，百丈深井，徹骨冷的泉水。在中國古代愛情詩歌中，「山」的意象多與悲苦的憂思相關，如《詩經．東山》：「我徂東山，慆慆不歸。我來自東，零雨其濛……」；又如北歌的〈隴頭流水歌辭〉：「西上隴阪，羊腸九回。山高谷深，不覺腳酸……」。即便範圍縮小到愛情詩中，「山」特別是「山頭」的意象，也總是與生離死別相關，如〈清商曲辭．莫愁樂〉：

聞歡下揚州，相送楚山頭。探手抱腰看，江水斷不流。

又如〈清商曲辭．三洲歌〉：

送歡板橋灣，相待三山頭。遙見千幅帆，知是逐風流。

再如〈三洲歌〉：

風流不暫停，三山隱行舟。

……等等，不僅把山或山頭當作了生離死別之處，更把它們當作煢煢孑立，孤寂冷清的象徵。由此看來，「華陰山頭」的出現，除了表明它不同於「楚山頭」、「三山頭」的地域的淺層意義外，它的更深寓意，則是在詩的一開篇，就造成一種孤寂清冷的痛感氛圍。這樣，不用再旁徵博引，也會感受到下面「百丈井」和「流泉徹骨冷」兩個意象的寓意。「百丈」是虛數而非實指，言井之深，深不可探，恰好與高不可攀的「華陰山頭」形成反差，從另一個視角加強了孤寂清冷的痛感。這種「徹骨冷」的痛感在「流泉」中第三次被強化。百丈以下的流泉本是觸不到其冷暖的，但當人站在井口，陰森森的寒意撲面而來的時候，那泉流透骨的寒冷便被感受到了。應該指明，詩歌的意象不可能有所謂「實質性」的意義，每一個意象的意義完全在於它與它意象的關係，正是由這種「關係」，才能夠把握住詩歌的整體意象及其內涵。

緊接著高山、深井、冷泉之後，後兩句詩中又托出了「照影」和「斜領」兩個新意象。顯而易見，「照影」的主體是「可憐女子」，而「照影」的客體，則是「百丈井」下的「流泉」。一個可愛的青春女子，要在高山深井中反觀自我，且不避那撲面而來的股股寒意，這本身已經使「照影」具有傷感色彩，因為在實際中，百丈深的井水是根本照不見影的，所謂的「照影」，更多地是一種青春寂寞的情感意識的反觀，女子希望能借「照影」渲泄一下被壓抑的青春，從純粹的修辭學上看，「斜領」是一種借代的修辭格，以局部入整體，以「斜領」代女子的花容月貌；從「照影」的實際效果上看，由於「斜領」的反光性強，加之井口狹小，它可能是被照見的唯一的相對清晰物；但從詩歌的意象來看，「斜領」卻還包含著更多的意蘊。首先，它給人一種肢解和殘缺感，是所謂：「不見其餘」。當然，「可憐女子」的倩影和衣衫不可能是肢解或殘缺的，但她的生活和青春卻未必沒有被肢解處或殘缺處，〈捉搦歌〉其一以及「老女不嫁，蹋地喚天」、「願作郎馬鞭，蹀座郎膝邊」、「阿婆不嫁女，那得孫兒抱」等北朝樂府情歌，就充分證明了多少「可憐女子」的實際命運，她們喊出的都是一種青春和生活的缺憾。其次，「斜領」意象孤伶伶地出現，還給人一種衣衫仍舊，容貌已變的感覺。不是說一下變成了「老女」，而是說變得愁雲密布，即使「百丈井」真能照出影像，也難免不是憂傷之容。特別是把這「斜領」與其他意象相掛鉤時，很難讓人接受「下有流泉徹骨冷」中會呈現出一位活潑熱烈，喜形於色的女子臉龐。把「華陰山頭」、「百丈井」、「流泉徹骨冷」和「斜領」這些高聳、幽深、寒冷、破碎的意象集合在一起的時候，那「照影」的「可憐女子」的處境、地位、情態、心理便可以推見而知。詩所以為詩，就在於她能令人既有所悟，又有所不能全悟，留下綿長韻味，是所謂「羚羊掛角，無跡可尋」。這是一首意象複雜、底蘊幽深的北歌。

㈡意象之使用

詩歌的藝術技巧有賴意象之巧妙靈活運用，而不同的意象表達方式，亦將會形成不同的藝術效果。

意象之使用，不外是透過聯想的作用，產生暗示與象徵的效果㉜。這裡「暗示」與「象徵」，皆屬彎曲的語言，亦即《詩經》中所謂「興」、「比」的語言藝術，北歌多使用「興」、「比」的表現手法，亦兼用精美濃縮的語言——「賦」的藝術，分述如下：

1.「興」的藝術

何謂「興」？《說文》：「興，起也……引申為一切興起之稱。」就字義來說，「興」字的

㉜ 邱燮友、李鍌、王更生、鄭明娳、沈謙編著：《中國文學概論》，國立空中大學印行，民國七十七年一月，頁一九二。

本義是開頭。

東漢・鄭玄作《周禮注》，在〈大司樂〉條下注：「興也，以善物喻事。」在〈太師〉條下注：「興，見今之美，嫌于媚諛，取善事以喻勸之。」接著又引鄭眾語：「興者，托事于物。」[33]這都是說「興」這個開頭，含有喻勸或寄寓的意義。

梁・劉勰云：

> 故比者，附也；興者，起也。附理者切類以指事，起情者依微以擬議。起情，故興體以立；附理，故比例以生。比則畜憤以斥言，興則環譬以托諷。[34]

他認為，「興」是托物起興，依照含意隱微的事物來寄托情意。

梁・鍾嶸云：「文已盡而意有餘，興也。」[35]他是說，「興」有餘韻，能夠渲染氣氛，襯托意境，引人尋味。

宋・朱熹說：「興者，先言他物以引起所詠之辭也。」[36]

綜上所言，興的藝術手法，大致有三類情況：其一是興辭只有發端起情和定韻的作用，與下

[33] 夏傳才：《詩經語言藝術》，臺北雲龍出版社，一九九〇年十月臺一版，頁一一四。
[34] 劉勰：《文心雕龍》，卷八，〈比興第三十六〉，臺北開明書店，民國五十九年八月。
[35] 鍾嶸：《詩品》序，正中書局，民國七十四年八月，頁一六。
[36] 朱熹集註：《詩經集註》，臺北群玉堂出版公司，民國八十年十月，頁一。

文在意義上沒有什麼聯繫；其二是起興的形象與下文「所詠之辭」在意義上有某種相似的特徵，因而能起一定的比喻作用；其三是起興對正文有交待背景、渲染氣氛和烘托形象的作用，起到鍾嶸所說的「文已盡而意有餘」的效果。這三類興的藝術手法，均展現於北歌中，茲分別舉例說明如下：

其一

青青黃黃，雀石頹唐。槌殺野牛，押殺野羊。〈地驅歌樂辭〉

月明光光星欲墮，欲來不來早語我。〈地驅樂歌〉

上列二首北歌的開端句「青青黃黃，雀石頹唐。」、「月明光光星欲墮」，這類發端起情與下文在意義上沒有什麼聯繫的第一類興辭，在詩歌中也被稱為「套語」㊲。

其二

驅羊入谷，自羊在前。老女不嫁，蹋地喚天。〈地驅歌樂辭〉

開頭兩句是起興，湧動的群羊尚可吃到鮮嫩可口的青草，而那已經成年的女子卻至今未嫁、空度時日。兩相對照，是人不如羊，於是痛哭流涕，哭天喊地的舉動中蘊含著幾多怨恨，幾多渴盼。

東山看西水，水流盤石間。公死姥更嫁，孤兒甚可憐。〈琅琊王歌辭〉

㊲ 此一論點見本章第一節套語的結論部分。

這首北歌的頭二句起興，蕭滌非提到這首詩時說：

> 民歌發端，每用興語，成於信口，初無含義，故往往與下文若斷若續，此歌亦一例。㊳

這種借助其他事物作為詩歌開頭的一種表現手法，和《詩經・國風・關雎》：

> 關關雎鳩，在河之洲。窈窕淑女，君子好逑。

的表現手法如出一轍，即用「興」的方法開頭，這個「頭」與後面的內容，有某種相似的特徵。

再看下列這首〈紫騮馬歌辭〉，亦正是這類起興手法的典型範例：

> 燒火燒野田，野鴨飛上天。童男娶寡婦，壯女笑殺人。

頭兩句為起興，用意非常淡，是「成於信口」，並無特別的寓意。一般說，興在本質上是要通過聯想或想像把兩種不同的事物聯結在一起。用於起興的景物，雖然不一定就隱含著創作者的特別用心，但聯想或想像是種複雜的心理活動，其中還包含著創作者的某種潛意識或深層心理。蕭滌非說以興語發端，「往往與下文若斷若續」㊴，所謂「斷」，實際上就是上下文之間並無直接而明顯的或內容題材、或思想情感方面的關聯，也就是說，並無創作者的特別用心。所謂「續」就很微妙，它更多的是某種潛意識的關聯。「成於信口」，僅僅排除了作者的特別用心，但並不排除某種深層心理的存在。正是在這個意義上，民歌發端的起興，就不是毫無「意義」可以發掘。

㊳ 蕭滌非：前引書，頁二六六。

㊴ 同㊲。

發端兩句的景物描寫，視覺意象十分鮮明。熊熊燃燒的烈火讓人望而生畏，而大火又是在「野田」裡燃燒，這就更令人驚心動魄了。烈火吞沒了田野，也毀掉了一切動物賴以生存的棲息之地，無處藏身的野鴨只好飛上天空。本來，田野裡應該長著茂密的莊稼、蔥翠的草木，鳥獸自由自在地繁衍生息於其中。然而一場大火改變了一切。「燒火燒野田，野鴨飛上天。」不僅僅是一種景象，更主要的是一種反常的景象。這種景象的「反常」就成為深層心理的印跡，從而也成為情感或情緒得以生成的一種根源。當民歌創作者面對戰爭所造成的「童男娶寡婦，壯女笑殺人」這種畸形社會現象，而又需要「先言他物」時，「燒火燒野田」的景象就在「反常」這一點上與社會現象發生「契合」，從而浮現於創作者的眼前。這就是創作者之所以用這樣的景物起興的深層心理上的依據。就創作心理而言，前後兩部分的組合，並非出自清醒的理性思維，主要體現為一種潛意識活動，而潛意識又往往是顯意識的沈澱結果。這正是前後兩部分之所以形成一種「若斷若續」關係的主要原因。

其三

雨雪霏霏，雀勞利。長嘴飽滿，短嘴飢。〈雀勞利歌辭〉

按照傳統的詩論說法，這兩句歌辭像是一首詩歌的起興，即所謂興辭，猶如《詩經》開章明義第一篇〈周南．關雎〉中的「關關雎鳩，在河之洲」一樣，而它的後兩句本辭，猶如〈關雎〉中的「窈窕淑女，君子好逑」那樣的詩句卻省略了。其實，省略了比不省略還好。不省略只能使讀者就其指意加以理解和認識；省略了反而使讀者更加增強想像力，使讀者不僅認識到辭面的意思、領略到作者的原意，而且還可以大大超越它的原意，以至聯想出許許多更深廣的內蘊和涵義，起到鍾嶸所說的「文已盡而意有餘」的效果❹⓪。這起興的藝術，正是這首歌辭的「詩味」之所在，它言簡意長，可使讀者聯想到很多社會人生中的現象和哲理。這首詩歌，通篇用「興」，這在詩歌的創作手法上是罕見的，《詩經》三百篇中，即無此例。

2.「比」的藝術

朱熹說：「比者，以彼物比此物也。」❹①劉勰說：「且何謂為比？蓋寫物以附類，揚言以切事者也。」❹②這就是說：對本質上不同的兩種事物，利用它們之間在某一方面的相似點來打比方，或者是用淺顯常見的事物來說明抽象的道理和感情，使人易於理解；或者借以描繪和渲染事物的特徵，使事物生動、具體、形象地表現出來，給人以鮮明深刻的印象。

北歌這首〈折楊柳歌辭〉即充分發揮了比的藝術，採用了奇巧的比喻，將內在的抽象的感情，化作外在的具體可感的形象，把脈脈的愛情生動具體地表現了出來。

腹中愁不樂，願作郎馬鞭。出入擐郎臂，蹀座郎膝邊。　〈折楊柳歌辭〉

❹⓪　同㉟。

❹①　朱熹集註：前引書，頁四。

❹②　劉勰：《文心雕龍》，卷八，〈比興篇第三十六〉，臺北開明書店，民國五十九年八月。

詩中女主人願作郎的馬鞭，掛在他的背上，無論郎行郎坐都可以不離開他的身邊。這種比喻奇特、生動、形象，與歷來文人之作大異其趣。如同以物喻愛情，張衡的〈同聲歌〉㊸：

思為莞蒻席，在下蔽匡床。願為羅衾幬，在上衛風霜。

把她比作席子和被帳，與郎朝夕相處。白居易的〈長恨歌〉：

在天願作比翼鳥，在地願為連理枝。

比喻生死戀情，都顯得纏綿有餘而剛健不足，缺乏這首詩中樸實的生活感受，濃郁的生活氣息和豪放雄渾的陽剛之氣。而這首詩中大膽的想像，同樣表現了北朝民歌特有的粗獷和直率。

此外，北歌〈琅琊王歌辭〉亦是頗具特色的一首運用「比」的藝術之民歌。

客行依主人，願得主人強。猛虎依深山，願得松柏長。

前兩句是通過「主人強」的願望，非常隱晦地透露出客士的一種深層心理。後兩句則用了一個比喻進一步顯露出客士真正的內心世界。

這個比喻由於採用了與前兩句相同的句式而強化了喻意。這裡的喻意細分起來有三個層次。第一層是以「猛虎」喻「客士」；第二層是「依深山」喻「依主人」；第三層是以「松柏長」喻「主人強」。主人的門庭是客士的立足之地，正如深山是猛虎的生存環境。但這裡的「依」並非只是生存需要，更主要的則是「依」的目的。客士企圖憑借主人強大的勢力以成就自己的功名，

㊸ 逯欽立：《先秦漢魏晉南北朝詩》〈上〉，臺北學海出版社，民國八十年二月，頁一七八。

正如猛虎依托山深林密以顯示百獸之王的威風。這三層喻意，一層緊扣一層，從而使這首民歌內涵顯得十分豐富而又厚重。蕭滌非說這首民歌「詞旨甚厚」㊹，這個「厚」正是通過這個很有特色的比喻形成的。

3.「賦」的藝術

賦是最基本、最常用的一種表現手法。朱熹說：

> 賦者敷陳其事而直言之者也。㊺

這種解釋最為清楚，它的特點是「敷陳」、「直言」，即直接敘述事物、鋪陳情節、抒發感情。

北歌〈隴頭流水歌辭〉，全詩短短六句，純屬客觀的敘述，是「賦」體。

> 西上隴阪，羊腸九回。山高谷深，不覺腳酸。手攀弱枝，足踰弱泥。〈隴頭流水歌辭〉

這首抒寫行路難的北歌，詩人善於運用獨有的敏銳觀察力，前二句是視覺意象，中間兩句是觸覺意象，末二句則是視覺意象的特寫鏡頭，從耳聞目睹的無數行役生活中選取若干最逼真、最動人的畫面，並以快如並刀的詩筆把它如實地描寫出來，雖未加任何議論，卻深刻地反映了行役者共同的哀怨、憤懣的情緒，是「賦」的藝術手法。

4.賦、比、興酌而用之

㊹ 蕭滌非：前引書，頁二五七。

㊺ 朱熹集註：前引書，頁二。

北歌七十九首中，通篇用「賦」、通篇用「比」及通篇用「興」的詩較少，多為「賦、比、興酌而用之」手法。鍾嶸說：

文已盡而意有餘，興也；因物喻志，比也；直書其事，寓言寫物，賦也。宏斯三義，酌而用之，幹之以風力，潤之以丹彩，使味之者無極，聞之者動心，是詩之至也。㊻

他認為「賦、比、興酌而用之，是詩之至也。」通過北歌中某些詩篇的分析，可以清楚地說明這個道理。

(1)一賦一比

男兒欲作健，結伴不須多。鷂子經天飛，群雀兩向波。〈企喻歌辭〉

這首北歌，前兩句用賦法，逕直唱出「男兒欲作健，結伴不須多。」其中「欲作健」，即有志於作個勇力過人的英雄，那麼，爭戰起來，就能所向披靡，自然結伴助戰就無須要多了。後兩句，用「鷂子」比喻「欲作健」之「男兒」；以「群雀」比喻英雄男兒的對手。其中「經天飛」又從正面描繪出鷂子在天空中展翅橫飛的勇猛氣勢；以「兩向波」形容「群雀」遇到「鷂子」如被斬斷的波浪向兩旁飛馳躲避，從而反襯了「鷂子」的梟勇難當。這種一賦一比，相互映襯的手法，使「男兒欲作健」的生動形象活現出來。

(2)比興手法

㊻ 同㉟。

高高山頭樹，風吹葉落去。一去數千里，何當還故處。〈紫騮馬歌辭〉

這首北歌，通篇採用比興手法，表現了遊子離鄉背景，遠離故土，懷念舊居的主題。「風吹葉落」，身不由己，說明作者的漂泊異鄉，並非情願，而是在鞭杖驅趕下被迫而去的。作者的感情是用比興手法含蓄地表達出來的。「一去數千里」，表現了民眾被迫大規模遠徙的情景，而「何當還故處」一句，既是對前邊風吹葉去的感歎，也是對自己遭遇的一種悲苦的哀嘆。風吹葉落，一去千里，還故處自然是不可能的；而被遷移之人呢，還故處就更是一種渺茫的幻想了。絕望悲憤之情通過比喻便生動地表現出來。

通篇採用比興，從風吹葉落，一去千里無歸處的全過程來象徵民眾的被迫流徙，通篇之中雖無一字一句提到當時的社會情景和作歌者的心情，然而這一切都在這種形象而恰當的比興中顯示出來了。

第五章　北歌的內容題材

第五章　北大的內容[illegible]

在我國文學史上，南北朝是繼《詩經》、漢樂府之後，民間詩歌收集、保存、流傳最多的一個時期。南北朝的樂府民歌雖然產生於同一時代，但由於南北朝的社會、經濟、地理、政治、文化以至風俗習尚的不同，民歌產生的具體條件也不一樣，因而南朝與北朝的民歌，在內容題材上，存在著顯著的差異。誠如羅根澤《樂府文學史》所云：

文學為時代之產物，亦為地方之產物，故一時代有一時代之文學，一地方亦有一地方之文學。吾國古代文學，大部產於黃河流域。周秦之際，除二南及楚辭外，幾無長江一帶之文學。漢魏除以賦名家之司馬相如等，亦概皆北方文學。故自《詩經》至漢魏樂府，其風格無極大之變化，至五胡亂華，晉室南渡，北則胡漢雜揉，產生極真率伉爽之文學，即所謂北樂。南則偏安江左，人無遠志，經濟饒裕，生活優美，篩山川明媚，性情陶醉，於是產生極嫵媚柔脆之文學，即所謂南樂。一剛一柔，一直一婉，一則讀之令人振拔，一則睹之令人魂消，分道揚鑣，各別發展者二百餘年，於是各自本身皆輝煌彪炳，放為光明燦爛之花。❶

可知南北朝文學在地理環境和民族生活習俗的不同，便造成很大的差異性。南朝民歌多寫兒女情懷，北朝民歌則內容較豐富，除了寫男女相戀的情歌外，也寫塞北苦寒的情景、行役軍戎的苦況、戰後殘餘的愴涼、戰爭荼毒的殘酷、貧富社會的懸殊、北國大漠的風光、英雄人物的歌頌、縱馬

❶ 羅根澤著：《樂府文學史》，臺北文史哲出版社，民國八十年一月，頁一七四。

放牧的樂趣、豪健尚勇的精神、爽直俠義的形象、待嫁女兒的心態、戀鄉思鄉的情長、哲理謠諺的意味，以及不愛紅裝愛武裝氣概等，不論寫景、寫情，都展現出北方人生活的千姿百態和特殊風情。現將《樂府詩集》中〈梁鼓角橫吹曲〉所收集的民歌，凡六十六首，外加〈木蘭詩〉一首，另外集錄於〈雜曲歌辭〉中的〈楊白花〉、〈于闐採花〉、〈阿那瓌〉等，集錄於〈雜歌謠辭〉中的〈隴上歌〉、〈北軍歌〉、〈咸陽王歌〉、〈鄭公歌〉、〈裴公歌〉、〈長白山歌〉、〈苻堅時長安歌〉等，以及〈敕勒歌〉，再加上《樂府詩集》未收錄而記錄在《魏書》中的〈李波小妹歌〉等，共為七十九首北朝民歌，今依內容題材詳加分析。

所謂內容題材，包括時間、空間、以及人、事、物等的活動和組合，也就是在同一空間、一定時間內所發生之事物所寫成的詩歌，也可以用另一種方式來說明，即指詩歌中所吟唱的言情、寫景、敘事、詠物、說理、議論等題材。而〈北歌〉所具有的內容，與同時代南方所發生的〈吳歌〉、〈西曲〉、〈神弦曲〉，大異其趣，今就〈北歌〉內容列述於下：

第一節　北歌中的千姿百態

任何一時代之詩歌特質，均受經濟基礎及地理環境之影響，北方遊牧民族的千姿百態，均一一展現於北朝民歌之中：

一、塞北苦寒的情景

北方寒冷多山，草木稀少，悲涼苦寒景象於曹操〈苦寒行〉中即已顯現。

北上太行山，艱哉何巍巍，羊腸坂詰屈，車輪為之摧。樹木何蕭瑟，北風聲正悲，熊羆對我蹲，虎豹來路啼。谿谷少人民，雪落何霏霏，延頸長太息，遠行多所懷。〈曹操．苦寒行〉❷

此文雖寫太行一地之苦寒，但其他北方地區，更可由北歌中之〈雀勞利歌辭〉推而知之。

雨雪霏霏，雀勞利。長嘴飽滿，短嘴飢。〈雀勞利歌辭〉

詩語質樸無華，率直簡潔，雖然只有短短十四個字，卻讓人們捕捉到了一種引人深思的景象：北方初冬的一天，雨急雪密，兩者相互交加地紛紛飄落，似乎大地上一切都顯得靜寂了，只有一群群雀鳥在飛翔、在喧鬧、唧唧喳喳地到處覓食。這時候，莊稼收割了，草木枯萎了，各種昆蟲也都棲息了。或許田野裡、場地上，還有些殘剩的五穀顆粒和草實；可供雀鳥食用的昆蟲有時出來

❷楊家駱主編：《全漢三國晉南北朝詩．全三國詩卷一．曹操「苦寒行」》，臺北世界書局，民國五十一年四月初版，頁一二〇。

蠕動，但是都已經極少了。因此，只有嘴長的雀鳥，或者說靈巧的雀鳥得以飽食果腹；而那些短嘴的雀鳥，或者說笨拙的雀鳥，就只有「唧咕咕」地餓肚皮了。

簡短的十四個字，卻描繪出了這麼一個淒涼的場景，氣氛令人苦寂。人們目睹此景，自然也會產生聯想：自然界的這種景象，當今人世間、社會上、現實生活裡，不也是有類似的情景嗎？歌辭的作者僅僅是為了表現這一瞬間的自然景象嗎？

在戰亂的年代裡，在災荒的歲月裡，人民百姓在各種各樣的剝削壓迫之下，都為生計掙扎。一些所謂「嘴長」、「手長」的人，可能會吃香喝辣，甚至大腹便便；而一些所謂「嘴短」、「手短」的人，就只能受凍挨餓、永居貧苦之地。因此，這首歌辭不僅描繪了一幅冬季雨雪中雀鳥覓食的生動景象，其深厚的意義更在於它以自然景象為喻，進一步揭露了社會現實，諷刺了世俗人情。

二、行役軍戎的苦況

從東晉南渡到隋代統一的這兩百多年中，南北始終成著對立的局面，戰爭頻仍，於是行役軍戎之苦況，屢現於北歌之中：

隴頭流水，流離山下。念吾一身，飄然曠野。
朝發欣城，暮宿隴頭。寒不能語，舌卷入喉。

隴頭流水，鳴聲幽咽。遙望秦川，心肝斷絕。〈隴頭歌辭〉

隴頭，即隴山，在秦州，即今陝西省西北甘肅省東部一帶非常險峻的山脈，山脈綿亙在陝西隴縣寶雞及甘肅鎮原清水秦安等地。秦川，指關中，也就是長安一帶。這三首〈隴頭歌〉大概就是軍人在關塞隴頭征戰時所唱。由歷代大量詠歎隴頭的詩也可得到證實。如陳後主〈隴頭〉詩「隴頭征戍客，寒多不識春」❸、梁・劉孝威〈隴頭水〉詩「從軍戍隴頭，隴水帶沙流」❹、唐・盧照鄰〈隴頭水〉詩「隴阪高無極，征人一望鄉」❺等。從這三首詩的內容和形式來看似一人吟唱，傾訴了征人在邊關生活之苦和思念家鄉之情。因此應視為一首歌。

詩由「隴頭流水，流離山下」寫起，這是寫實。寫出了隴山頂上，泉水汩汩，淋漓四下的情形。同時又是起興，由四下分流之水聯想到自己遠離家人，流離異鄉的遭遇。「念吾一身，飄然曠野」就寫出他飄泊異鄉的淒涼和孤寂。

「朝發欣城，暮宿隴頭」，詩的第二節敘述戍邊行旅的艱難。清晨由欣城出發，夜裡露宿在隴頭。經過一天艱辛的跋涉已疲憊不堪，多想休息一下啊！可是只能睡在隴頭荒漠的曠野。「寒不能語，舌卷入喉」，形象地描繪出隴頭天氣的惡劣。沈德潛在《古詩源》中稱讚這兩句詩為「奇

❸ 逯欽立：前引書，頁二五〇五。

❹ 逯欽立：前引書，頁一八六六。

❺ 清聖祖御製：《全唐詩》，卷四一，臺北宏業書局，頁五一二。

語」。西北高原冬天酷寒為詩人所常道。杜甫〈前苦寒行〉也寫出這樣的詩句：「漢時長安雪一丈，牛馬毛寒縮如蝟。」❻，〈後苦寒行〉「玄猿口噤不能嘯，白鶴翅垂眼流血。」❼這些生動描繪隴西高原奇寒的詩，多以外形的狀寫來顯示天氣的惡劣，而〈隴頭歌辭〉卻以奇特的手法表現隴頭的酷寒。這裡作者沒有去寫凜洌的北風，遍地的冰雪。卻以奇妙的想像寫出「寒不能語，舌卷入喉」的「奇語」。舌在口內，應是受不到嚴寒侵襲的。但此時也因耐不得寒冷而卷入喉中，以致不能伸張說話了。由此可以想見隴山山頭一定雪大風疾，寒氣徹骨，環境極其險惡，那歌者身處其地也早已凍得蜷縮一團了。

「隴頭流水，鳴聲幽咽」，詩的第三節也是由隴頭水起興。如果說「隴頭流水，流離山下」是寫流水之形，由其流離四下之形來表現身為異鄉之人的孤苦。那麼「隴頭流水，鳴聲幽咽」是狀其聲，以其嗚咽之聲詠歎離別家人的哀怨。正如羅隱〈隴頭水〉所寫：「借問隴頭水，年年恨何事？全疑嗚咽聲，中有征人淚。」那嗚嗚咽咽的隴頭水永遠唱不完征人心中的苦難。「遙望秦川，心肝腸斷」，最後這兩句詩直抒胸臆，抒發了對故鄉無限眷戀的感懷。秦川是指關中地區，那是歌者的家鄉。他聽著那隴頭水如泣如訴的幽咽之聲，遙望著故鄉，只見茫茫荒原，出巒隔阻。《太平寰宇記》卷三二引《三秦記》說：「隴謂西關也，其阪九回，不知高幾許。欲上者七日乃

❻ 仇兆鰲注：《杜詩詳註》下，卷二一，臺北文史哲出版社，民國六十二年四月。

❼ 同❻。

得越。山頂有泉，清水四注。東望秦川，如四五（百）里。人上隴者，想還故鄉，悲思而歌，有絕死者。」行人西登艱險的隴阪，遙望秦川故鄉。怎能不使人愁思悵惘，心肝斷絕？

北歌中深刻地反映行役者共同的哀怨，憤懣情緒的詩如：

> 西上隴阪，羊腸九回。山高谷深，不覺腳酸。手攀弱枝，足踰弱泥。〈隴頭流水歌辭〉

楊生枝《樂府詩史》謂：

> 《樂府詩集》作〈隴頭流水歌〉三首，將「手攀弱枝，足踰弱泥」另作一首，但這二句當和第二首合而為一。我懷疑〈隴頭歌〉和〈隴頭流水歌〉原為一種……。❽

今看其詩意內容，筆者亦贊同楊生枝所言，故將「手攀弱枝，足踰弱泥」，與前一首合而為一。詩的頭兩句先交代行人的行程和方向，並從總體上描寫隴山道路的百步九折，逶迤難行。「羊腸九回」極言隴山道路的縈迴曲折，狹窄盤旋，使人倍感環境的荒涼與氣氛的悲愴。詩人以感情強烈的詠歎句點出「行路難」的主旨，為全詩奠定了蒼涼悲壯的基調，猶如一部交響曲的前奏，具有引人入勝的魅力。山道寫得愈崎嶇，就愈見出路之難行，因而不言難而難自見，不言苦而苦自明。

「山高谷深，不覺腳酸」，這兩句又從山勢的高危及行人的感觸進一步寫山道之難和行役之苦。詩人極寫山勢之高和山谷之深，山愈高危，谷愈深邃，愈見出隴阪之難於攀援，愈能襯托出

❽ 楊生枝：前引書，頁三九一。

行役之苦。我們可以想見，突兀而立於行人面前的巍巍高峰，聳入雲天，幾乎擋住了太陽神的運行，行人的腳下，則是沖破激浪，曲折迴旋的萬丈深谷。詩人不僅直狀「山高」，而且襯以「谷深」之險。唯其「谷深」更見山勢的高危。詩人意猶未足，又藉自己的切身感觸來進一步映襯，以「不覺腳酸」具體地寫出了行人攀登隴阪的勞苦和惶恐的心理，簡直使人望而生畏，心靈悸動。「不覺」二字，極其真實地寫出了行人行走於萬丈深谷旁的特有心理，「腳酸」二字，又極其生動地寫出了行人特有的感受。寥寥四字，便把行人疲憊不堪，愁苦惶悚的神情，繪聲繪色地刻劃出來，困危之狀鮮明如畫，收到了令讀者感同身受的藝術效果。

至此，隴山道的難行似乎寫到了登峰造極的境地，但詩人又掉轉筆鋒，另闢蹊徑，抓住行人典型的細節動作進一步加以刻劃，寫出了「手攀弱枝，足踰弱泥」的絕妙好句來。詩人準確地捕捉住雨中行人在嶺上曲折盤桓手攀樹枝，腳踩爛泥的細節動作加以摹寫，逼真地刻劃出了行人步履的艱難，雖沒有說明行人此時的心情，但寓情於景，情在景中。這一細節動作所包含的感情是一言難盡而又可想而知的。真可謂狀困危之狀如在目前，含哀怨之意見於言外。全詩把行役之苦抒寫得淋漓盡致。

三、戰後殘餘的愴涼

北朝前後總共不到二百年的時間。但不斷改朝換代，你爭我奪，戰亂頻仍，階級矛盾和民族矛盾也極為錯綜、複雜和尖銳。統治階級內部的爭權奪利，互相攻伐殘殺，連年不斷；人民的反抗抗爭，民族間的攻殺戰禍，也此起彼伏。致使社會混亂，生產凋蔽，人民輾轉流亡，遷徙，死亡不計其數。他們長期生活於水深火熱的苦難之中，其精神世界也是極其淒涼、悲傷和憂憤的。

燒火燒野田，野鴨飛上天。童男娶寡婦，壯女笑殺人。〈紫騮馬歌辭〉

起首的兩句，是詩的起興。有人說它與下面兩句的詩意並無聯繫，其實不然。表面上說，燒火時因為火焰蔓延燒遍了原野，連能走動，能飛翔的野獸、野禽都逃走了，實際上它正暗喻了現實。試想，當時爭奪、殘殺、無端點燃起戰火的人，使戰火蔓延到了整個北方大地，致使人民大眾死的死、逃的逃，幾乎萬里無人煙了。

「童男娶寡婦，壯女笑殺人」，男人們被徵被抓，當兵打仗，或逃死他鄉。家中只留下了孤兒寡婦。這寡婦，既有死了丈夫的寡守之婦，也有長年在外征戰、逃亡的寡居之婦。統治者為了繁衍人口，保持自己的實力，或為安定民心、軍心和生產，便胡亂婚配，以至使「童男」娶了寡婦。可以設想，除了青壯年男子娶了年齡相當的妻子以外，少年娶老婦，老年娶少婦的情況亦屬不少，不然，尚不理解這種慘痛現實的大姑娘們怎麼會感到「笑殺人」呢？

據《北史》中記載，北齊神武帝高歡，在北魏、東魏的征戰中，曾「請釋芒山俘桎梏，配以人間寡婦。」❾北朝民歌中，也屢見婚娶不時、老女呼嫁、男少女多的反映和呼聲。〈地驅歌樂辭〉說：「老女不嫁，蹋地喚天！」〈折楊柳枝歌〉中說：「阿婆許嫁女，今年無消息！」「阿婆不嫁女，那得孫兒抱？」為什麼會造成這種社會現象？還不是由於連年戰爭社會混亂、男性大量征戰、流徙以至死亡而造成男女比例失調的情形嗎！「壯女」們不解此理，反而「笑殺」「童男娶寡婦」，不更從另一個側面反映出現實生活的可憐、可怕與可悲嗎？作者正是用了這一具有典型意義的事例，並反襯一句，就更有力地寫出了社會現實的悲慘情景。有人說，這句話「反映了北朝輕視寡婦的社會風氣。」應該說沒有搔到癢處。綜觀北朝的社會風俗，恰恰不是封建禮教造成了人們輕視寡婦的社會觀念，而是戰亂、災難造成了這種「童男娶寡婦」的畸形婚姻。歌辭的中心不在於重點反映人們的思想觀念，而在於重點反映和揭露現實生活的混亂和悲慘。

北朝連年不斷的野蠻戰爭和人口掠奪，使廣大人民遠離鄉土，或征戰沙場，或轉徙道途，或流亡他處，不得歸還家鄉故土。

高高山頭樹，風吹葉落去。一去數千里，何當還故處。〈紫騮馬歌辭〉

從歌辭內容上看，這不是一般遊子思鄉的作品，而是「風吹葉落去」。「風吹」，當暗指是被迫遠

❾ 唐・李延壽：《北史・神武紀》，卷六，臺北鼎文書局，民國七十九年，頁二二九。

出的。或是戰爭、災禍的逼迫，或是被征、被俘的威脅，因而背井離鄉、輾轉流亡。一去千里的遠徙，不是很形象地表現出民眾被迫大規模遠徙的情景嗎！這首歌辭反映出了戰亂現實中廣大人民的共同呼聲。

〈梁鼓角橫吹曲〉中，也記錄下孤兒與戰爭的劫後哀雛愴涼景象：

東山看西水，水流盤石間。公死姥更嫁，孤兒甚可憐。　〈琅琊王歌辭〉

父死於戰亂，母改嫁他適，孤兒無所依靠，一完滿家庭頓遭殘暴破壞。

此外又從多首北歌中暴露出戰後殘餘的愴涼：

男兒可憐蟲，出門懷死憂。尸喪狹谷中，白骨無人收。　〈企喻歌辭〉

寫征戰殺戮帶來的悲悽之情。《樂府詩集》引《古今樂錄》曰：

〈企喻歌〉四曲，或云後又有二句「頭毛墮落魄，飛揚百草頭」。最後「男兒可憐蟲」一曲是苻融詩，本云「深山解谷口，把骨無人收」。⑩

按〈企喻歌〉四曲。《古今樂錄》謂後又有二句「頭毛落墮落魄，飛揚百草頭」，今歌辭無此二句。又謂最後「男兒可憐蟲」一曲是苻融詩。本云：「深山解谷口，把骨無人收」今存歌辭略異。考苻融為前秦宣昭帝苻堅之弟，晉武帝太元八年攻晉，為謝玄等敗於淝水⑪，則此歌當作於苻秦之

⑩ 宋・郭茂倩：前引書，頁三六二～三六三。
⑪ 唐・房玄齡：《晉書・苻融傳》，卷一一四，台北鼎文書局，民國七十九年版，頁二九三四。

後，四世紀下半（三八三年以前）。苻融係當時著名驍將，以勇猛之士而發此悲愴之歌，可推想殘酷的戰爭，投向一般人們心理上的陰影有多麼濃重。

遙看是君家，松柏冢纍纍。兔從狗竇入，雉從梁上飛。〈紫騮馬歌辭〉

中庭生旅穀，井上生旅葵。舂穀持作飯，採葵持作羹。〈紫騮馬歌辭〉

上兩首〈紫騮馬歌辭〉充分顯露回鄉戰士，目睹家園荒涼景象的悲悽之情，使戰後殘餘的愴涼更深一層。

四、戰爭荼毒的殘酷

在十六國和北朝將近三百年中，我國北方先後有匈奴、羯、氐、羌、鮮卑等少數民族入主中原，建立了二十幾個政權組織。這些政權的建立和滅亡，都是通過各族之間以及本族內部集團之間的殘酷戰爭和屠戮實現的，不僅各少數民族人民蒙受苦難，留在北方的廣大漢族人民更是災難深重。因為在每個少數民族政權面前，他們都是被統治者，是首先被奴役、驅使、殺戮的對象。北歌中的兩首〈隔谷歌〉，充分表現了北方人民遭受戰爭荼毒的殘酷景象：

兄在城中弟在外，弓無弦，箭無括。食糧乏盡若為活？救我來！救我來！〈隔谷歌〉

兄為俘虜受困辱，骨露力疲食不足。弟為官吏馬食粟，何惜錢刀來我贖。〈隔谷歌〉

這兩首北方樂府民歌，其產生的時代已難以確定，從內容看以產生於十六國時期的可能性為大。第一首描寫一對親兄弟卻被脅掠參加敵對的戰爭，兄的一方被圍困在城中，弟的一方則是城外的包圍者。已經兵盡食絕，即將城破受戮，兄在城中竟然向弟弟發出絕望的喊叫：「救我來！救我來！」但是他的弟弟又怎能拯救他呢？從兄弟被迫成為敵人來看，這對兄弟很可能是漢族，他們是在亂離之後，被另外兩個民族的統治者強迫參戰的。這首民歌把當時漢族人民的苦難揭示得極為慘烈，令人怵目驚心。

第二首可以當作第一首的續篇來讀。在城破以後，哥哥被俘但倖免於難，戰勝一方的統治者把他賞給作戰有功之臣作奴隸，又陷入「骨露力疲食不足」的苦境之中。而弟弟卻因替勝方統治者賣命有功，被提拔為官吏，過上了統治階級的奢侈生活。哥哥又向弟弟發出了用錢刀贖他脫離奴隸身份的請求。但是弟弟能否搭救他呢？恐怕永遠是一個未知的問號了。這首詩通過描述一對兄弟在戰亂中的榮辱、尊卑、變遷，反映了戰亂時代荒謬的社會現實，兄弟手足也往往由於割據者的驅迫而處於互相攻殺的敵對地位，令人感慨百端。

五、爭權奪利的嘲諷

五胡十六國時，中原各族混戰，使北方長期處於兵荒馬亂之中，諸族混戰，爭戰頻繁，且皆為爭權奪利的非正義戰爭，人民深惡而痛絕之，都是北方歌謠中表現的題材。

慕容攀牆視，吳軍無邊岸；我身分自當，枉殺牆外漢。〈慕容垂歌辭之一〉

慕容愁憒憒，燒香作佛會。願作牆裏燕，高飛出牆外。〈慕容垂歌辭之二〉

慕容出牆望，吳軍無邊岸。咄我臣諸佐，此事可惋歎。〈慕容垂歌辭之三〉

《樂府詩集》引《晉書．載記》曰：「慕容本名⿰垂夬，尋以讖記乃去夬，以垂為名。慕容儁僭號，封垂為吳王，徙鎮信都，太元八年自稱燕王。」⓬按〈慕容垂歌辭〉三曲，本北歌，出自虜中，《唐書．樂志》慕容可汗一曲，或即為此歌。

考《晉書．載記》謂垂為後燕成武帝，晉成帝咸和二年生，孝武太元二十一年卒，前燕景昭帝儁之弟。儁於晉穆帝永和八年稱帝，封垂為吳王，歌中言「吳軍無邊岸」，蓋諷垂畏南人。後垂於太元九年自立為帝，前後稱吳王凡三十二年。又慕容垂為鮮卑族，曾為苻堅的冠軍將軍，苻堅敗後，垂自稱燕王，史稱後燕。慕容垂曾進攻苻丕，（氐族）於鄴城，丕被逼降晉，晉派劉牢之救丕，慕容垂被擊敗，退守新城。胡應麟《詩藪》云：

垂與晉桓溫戰於枋頭，大破之。又從苻堅破晉將桓沖，堅潰，垂眾獨全，俱未嘗少創。惟垂攻苻丕，為劉牢之所敗，秦人（氐族人民）蓋因此作歌嘲之（垂）。則此歌亦出於苻秦也。

⓬宋．郭茂倩：前引書，頁三六七。

這說法是可信的。蕭滌非《漢魏六朝樂府文學史》亦云：

> 歌詞兩言吳軍，其指為劉牢之所敗事無疑。當係秦人嘲笑之什，因用代言，故致混淆。漢者，謂漢兒也，其時軍中，必有漢人。

其說亦周。當時少數民族（尤其是鮮卑族）的統治者，為保存自己的實力，往往利用非本族人在前衝鋒陷陣，甚至迫使漢人和漢人作戰。詩中的「吳軍」即指「晉軍」，「我」是代慕容垂自稱，藉以嘲笑他的卑鄙怯懦，「漢」指被迫在城外抵禦晉軍之漢人。

慕容垂在前燕受到太傅慕容評的忌惡，幾乎被殺，懼禍降秦。秦王苻堅遇之甚厚，他卻私懷野心，意欲圖之。苻堅當政時，廢了一部分後趙的苛政，重用漢人王猛治理國家，勸課農桑，提倡儒學，關中水利工程得到修復，農業有了發展，後來又滅前涼和代，奪得西蜀，使北方出現了統一的局面和短期的安定，據說那時「四夷賓服，湊集關中，四方種人，皆奇貌異色。」在這種情況下，慕容垂乘其危而叛之，就頗不得人心。所以當東晉大軍進逼，慕容垂退守新城時，他就不可能得到人民的支持。這三首歌辭表現了當時百姓對他的幸災樂禍和輕蔑嘲笑。

第一首寫東晉軍的強大聲勢和慕容垂的畏陣怯戰。「牆」指新城的城牆。新城即慕容垂為攻鄴而放置輜重所築之新興城。東晉軍至，他退守於此。「吳軍」即東晉劉牢之軍。前兩句寫慕容垂登城所見景象。用一「攀」字寫出慕容垂驚慌失措提心吊膽的情態。用「無邊岸」形容吳軍如漫漫無際的大水洶湧而來。「吳軍無邊岸」乃慕容垂視之所見，亦是其心理感受，烘托出他驚懼的心理。後兩句以慕容垂自慚的語氣嘲笑他的不敢出戰。「我」是歌者代慕容垂自稱。「牆外漢」指在城外替慕容垂作戰的漢人。當時一些少數民族的首領稱帝中原後，為了提高本民族的地位，就稱本族人為「國人」，而稱漢族人為「漢人」、「漢兒」等。詩的大意是：我身首異處理所應當，只是讓城外的漢人白白送死了。通過慕容垂的這種心理活動，一邊寫出城外的激戰，一邊寫出慕容垂貪生怕死，躲在圍城之中而讓漢人為其賣命的醜行，表現出人民對他的痛恨和詛咒，言外之意是說牆外漢死的太冤枉了，該死的是慕容垂自己，妙在用慕容垂的語氣道出，顯得委婉含蓄而又極具諷刺意味。

第二首寫慕容垂突圍無計時燒香拜佛祈求神靈的護佑。慕容垂之「愁」，乃東晉軍大兵圍攻，新興城難以固守的憂愁，用「憒憒」的疊字連綿詞形容這種心情十分強烈。這就說明經過許多次的衝殺，慕容垂實已無力反攻，外面的局勢十分嚴重。怎麼辦呢？他無計可施。在上天無路入地無門時，他竟到佛寺裡燒香拜佛，祈求佛祖保佑。他向佛祖禱告什麼呢？他說情願變成一隻能夠疾飛的燕子，高飛出城，擺脫東晉軍的重圍，逃出一條活命。這種荒唐的幻想，把他欲插翅而飛又插翅難飛，貪生怕死怯懦無能的醜態鮮明生動地刻劃出來，真是可笑至極。這裡的「燕」是雙關語。慕容垂之父慕容光於西元三三七年稱燕王，其兄慕容儁於西元三五二年建立前燕，後為前秦所滅。及至淝水戰後，慕容垂叛秦獨立，自稱燕王，承制行事。人們把慕容垂身為燕王與困居圍城二事巧妙地聯繫起來，稱之為「牆裡燕」，包含著對慕容垂辛辣的嘲笑和諷刺。從這裡可以看出當時人民對於慕容垂建立的所謂後燕是持何種態度了。

第三首寫慕容垂對臣僚歎息，刻劃出他走投無路無計可施的神態。前兩句寫他再次登城瞭望。「出牆」，探身出牆。他禱告完畢，又去觀察城外形勢。他希望佛祖顯聖，敵軍盡撤，但當他從城牆上探出身來，所看到的依然是「吳軍無邊岸」，他完全失望了。後兩句寫他的嘆惋。回至中堂，面對臣僚們，他哀嘆連聲，今日的處境實在令人傷心悲嘆啊！那連聲嘆息，使人們彷彿看到慕容垂垂頭喪氣坐以待斃的可憐相。

據《晉書》記載，慕容垂是一位驍勇善戰的人，他和東晉軍的交戰雖暫時失利，但很快就扭轉了戰局。退屯新城時，也並非無路可走。「垂自新城北走，牢之追垂，連戰皆敗。又戰於五橋澤，王師（東晉軍）敗績。（慕容）德及（慕容）隆引兵要之於五丈橋，牢之馳馬跳五丈澗，會苻丕救至而免。」由此看來，〈慕容垂歌辭〉三首中所寫其敗狀及狼狽相，突出於當時人們的想像，這種想像顯示了人民的機智與幽默，也表現了當時民心的向背，他們詛咒這位因爭權奪利而輕肇戰端，禍國殃民者落一個可悲的下場。

六、貧富社會的懸殊

北朝的統治者貪婪、殘暴，過著極其豪華奢侈的生活。對此，北朝民歌給了具體地揭露。如

〈鉅鹿公主歌辭〉就這樣寫道：

官家出遊雷大鼓，細乘犢車開後戶。
車前女子年十五，手彈琵琶玉節舞。
鉅鹿公主殷照女，皇帝陛下萬幾主。

短短的三首詩，很清楚地給我們展現出了最大掠奪者——皇帝陛下——的女兒一次出遊玩樂的情景。至於車前那年方十五的女子，就是掠奪來的奴隸，這裡的一切豪華裝飾，卻也都是人民百姓血汗的結晶。此詩深刻地道出了貧富社會的懸殊，顯示出的社會意義是直接而又深刻的。

七、英雄人物的歌頌

北朝人民對禍國殃民的好戰分子，是抱著憎惡和輕蔑的態度，而對保家衛國、除禍平亂的英雄人物，卻以誠摯的感情進行熱烈的歌頌。例如產生在北朝初期的〈隴上歌〉，就是讚揚，懷念晉王司馬保的故將陳安的。

隴上壯士有陳安，軀幹雖小腹中寬，愛養將士同心肝。驌驄父馬鐵鍛鞍，七尺大刀奮如湍，
丈八蛇矛左右盤，十盪十決無當前。戰始三交失蛇矛，棄我驌驄竄巖幽，為我外援而懸頭。
西流之水東流河，一去不還奈子何。　〈隴上歌〉

西晉喪亂時，陳安據秦州，自號秦州刺史，在今甘肅天水一帶與匈奴貴族劉曜展開激烈的爭奪戰。西元三二三年，被圍於隴城（今甘肅張家川回族自治縣），最後兵敗被殺。由於他代表了漢、氐、羌各族人民反抗匈奴壓迫者的統治，深得人心，所以人民作詩歌頌他。這首詩首先讚揚了陳安「軀幹雖小腹中寬，愛養將士同心肝」的高尚情操，進而描寫了他「七尺大刀奮如湍，丈八蛇矛左右盤，十盪十決無當前」的英勇善戰。接著，又敘述他突圍後被追兵所逼的情景：「戰始三交失蛇矛，棄我驌驦竄巖幽。」這簡練而又生動的文字，突出地表現了陳安那臨危不懼，頑強不屈的精神。詩的結尾又沈痛地寫道：「西流之水東流河，一去不還奈子何！」對陳安的壯烈犧牲，表示了深切的悼念。

八、北國大漠的風光

北方的自然景觀異於江南，北歌中看不到春嬌花媚、菱豔荷鮮、波光帆影，而是大漠走馬、草原無際的景色，如：

敕勒川，陰山下。天似穹廬，籠罩四野。天蒼蒼，野茫茫。風吹草低見牛羊。〈敕勒歌〉

敕勒歌收在《樂府詩集》〈雜歌謠辭〉中，郭茂倩說：「其歌本鮮卑語，易為齊言，故其句長短不齊。」這首歌畫出了大草原遼闊蒼茫的景象，這種蒼蒼茫茫的氣象，是北方獨有的偉大的自然背景，要有這特殊背景，才能產生這種富於地方色彩的詩歌。這首歌體現出雄偉的民族畜牧業繁榮的盛況，亦體現出他們豪邁的民族性格和雄偉的北國風光，的確是可以傳之千古的傑作。

譚丕模論及這首民歌時曾說：

> 這是一幅在蒼茫原野上，牛羊出沒在草波裡的圖畫。筆力非常勁健，風格非常樸素。這幅景象與「江南草長，雜花生樹」的景象（邱遲〈與陳伯之書〉）成一鮮明的對照。[13]

在我們今天看來，這首歌尚具有兩大特色：其一，放在文學史裡比較，〈敕勒歌〉不僅描繪了不同於南國的風光，而且它是第一次用詩的形式熱情地歌頌了我們祖國的北部邊疆。在史傳文學裡，在古地理著作裡，人們可以從中得到我們祖國的邊疆多麼遼闊廣大，多麼壯美的認識，可以引起人們的迷戀和嚮往。但是在從《詩經》開始的詩歌裡，由於描寫我國北部邊疆的詩往往和反映戰亂的生活有關，因此，邊疆往往給人以荒涼之感。在唐代某些樂觀雄壯的邊塞詩出現以前，〈敕勒歌〉是最能激起人們對於祖國邊疆熱愛的了；其二，〈敕勒歌〉還具有民族團結的意義。這首詩不僅表現了我國古代少數民族的聰明才智和悠久的文化，而且也是我國各族文化交流的有力例證。

---

[13]《中國文學史綱》上冊，人民文學出版社，一九五八年版，頁二〇八。

第二節 北歌中的特殊風情

古代南北方的民俗和生活環境本來有所不同，如今再加上以游牧生活為主的西北民族的風俗習慣、性格氣質，因而北歌一掃婉媚軟語，以豪邁雄放的氣慨引吭高歌，展現出北方人生活的特殊風情。

一、縱馬放牧的樂趣

在豐美的廣闊草原上，縱馬放牧的情趣展現在北歌中，如：

放馬大澤中，草好馬著臕。牌子鐵裲襠，鈺鉾鸐尾條。〈企喻歌辭之二〉

這首詩前兩句展現人物活動的壯闊背景。「放馬大澤中，草好馬著臕。」「澤」而曰「大」，足見其草原的遼闊。在這樣遼闊的草原上「放馬」，其人胸襟之開闊、性格之驍勇則宛然可想。「草」而曰「好」，又見其水草之豐美。在這樣廣闊的草原上，又有如此豐美的水草，「馬」自然易「著臕」，其「放馬」人之勇武剛烈、馳騁沙場的英姿就隱見言外了。在詩人的筆下，北方高原的景色是這樣的壯麗。在一望無際的原野上，駿馬歡騰，其氣象何其生氣蓬勃！我們似乎看到駿馬灰灰噴氣、躍躍欲試的情狀，看到四蹄騰空、淩厲奔馳的雄姿。

追殺野牛野羊的生活情趣，也是北方民歌中描寫的內容：

青青黃黃，雀石頹唐。槌殺野牛，押殺野羊。〈地驅歌樂辭〉

放馬兩泉澤，忘不著連羈。擔鞍逐馬走，何得見馬騎。〈折楊柳歌辭〉

二、豪健尚勇的精神

我國北方人向來剛健武勇，故「燕趙多慷慨悲歌之士」，尤其在南北朝時期，征戰不歇，尚勇精神，尤為北歌中所樂道，充分表現了豪健的氣概：

男兒欲作健，結伴不須多。鷂子經天飛，群雀兩向波。〈企喻歌辭之一〉

這是一首表現北方民族尚武精神的樂府民歌，它刻劃了一個縱橫馳騁，所向披靡的孤膽英雄的形象。首二句「男兒欲作健，結伴不須多」，讀來震撼人心。藉此我們可以感覺到詩人激烈跳動的脈搏。第一句破空而來，寫這位「男兒」的心態，十分奇突。「男兒」兩字先給讀者一個大丈夫的印象，著一「欲」字，具體地刻劃了男兒決心做出一番豪壯事業的那種摩拳擦掌、躍躍欲試的英姿。第二句筆鋒一轉，寫出了「結伴不須多」的詩句來。唯其「不須多」，才正好襯托出這一孤膽英雄的剛勇獷悍、武藝超群來，可以想像，這一「男兒」一定是武藝精通，豪俠任氣，從來就不把七尺之軀看得那麼重，所以他在「欲作健」時，也就從來沒有考慮過要找什麼幫手。這兩句，把「男兒」的英武氣概表現得淋漓盡致。這樣寫，並不意味著讚頌「男兒」的個人英雄主義，而是反襯他膽大藝高，勇武超群。詩人抓住「結伴不須多」這一富有特徵的側面進行具體描繪。「欲作健」，見其可愛之態；「不須多」，見其豪獷之性與勇悍之狀。這一切又都展示了英雄尚武的內心的世界，把一個孤膽英雄寫得形神畢現，栩栩如生，筆墨極其精煉，筆力極其雄勁。

接著詩人另闢蹊徑，由實入虛，用「鷂子經天飛，群雀兩向波」兩句，以十分貼切的比喻，來寫這一孤膽英雄的縱橫馳騁、所向披靡。這一健兒來到時，人們紛紛遁逃，就像鷂子在天空一飛，群雀都向兩旁飛散一樣。詩人以誇張的手法，新奇的比喻，寫出了英雄的萬夫莫敵之勇，給人以極其鮮明而飛動的形象感受。這既是對前兩句的說明與補充，又是對前兩句詩的深化與擴展。

此外，從行軍行列的整肅來描繪，以表現戰士的尚武精神和驍勇風姿的詩，如：

前行看後行，齊著鐵裲襠。前頭看後頭，齊著鐵鈺鉾。〈企喻歌辭之三〉

這首詩沒有正面描寫戰士如何奮力拼殺，血染沙場，而是通過寫戰前行軍的浩蕩聲勢，暗示了戰士們那種崇武的精神與赳赳武夫的風采。「裲襠」與「鈺鉾」是從裝束方面落墨，「前行」「後行」與「前頭」「後頭」是從隊列方面著筆。前兩句是以橫列的一排為基準點，因為「行」與「行」之間相隔很近，所以「前行」戰士「看」到「後行」戰士身上穿的「鐵裲襠」。後兩句則是從縱列的一排為著眼點，因為走在隊伍「前頭」的戰士與走在隊伍「後頭」的戰士相隔較遠，而且其間又有戰士相隔，所以「前頭」的戰士只能「看」到「後頭」戰士頭上戴的「鐵鉦鉾」了。詩人的觀察多麼細緻，描繪多麼逼真！詩人用「前行」「後行」與「前頭」「後頭」這些方位詞，表現前後左右廣大的範圍，使詩歌所描繪的行軍圖具有了立體感。這種陣勢縱橫的描繪，可以看出隊伍人馬之眾多，氣勢之磅礴，真可謂排山倒海，雷霆萬鈞，鋪天蓋地，席捲而過。著一「齊」字，又寫出了隊伍的造型美，充分顯示了這支隊伍的訓練有素，軍容整肅，紀律嚴明，兵行猶如銜枚，萬馬不嘶，罕聞其聲，這就生動地表現出這支隊伍的軍容、軍律和軍風，烘托出戰前嚴肅而緊張的氣氛，其英勇善戰、所向無敵已宛然可想了。

在北方滾滾黃塵之中，騎馬競技，一決雌雄，正是北方民族的本色，北歌中健兒騎快馬，奔走於沙塞廣漠，然後別個高下的豪情屢現：

健兒須快馬，快馬須健兒。䟴跋黃塵下，然後別雄雌。〈折楊柳歌辭〉

懀馬高纏鬃，遙知身是龍。誰能騎此馬，唯有廣平公。〈琅琊王歌辭〉

懀（與快同）馬高鬃，一看就知道是千里馬，於是像廣平公這類驍勇善戰的人物，受人敬仰崇拜。廣平公，據《北齊書》卷一四及《北史》卷五一所載為「神武從叔祖」，亦即琅琊王之從高叔祖，名盛，其時代約西元五七一年頃，於東魏孝靜帝天平三年卒。

三、爽直俠義的形象

北朝民歌內容廣泛，繼承了「感於哀樂，緣事而發」的優秀詩歌創作傳統，多是反映北方連年戰亂和人民疾苦的歌。而〈高陽樂人歌〉卻別具一格，饒有風趣，以邀友飲酒之事展現了北方人民豪放爽直的性格和重義尚俠的精神風貌。

可憐白鼻騧，相將入酒家。無錢但共飲，畫地作交賒。〈高陽樂人歌〉

這首詩的首二句起得突兀。這是朋友相見，望著友人騎的高頭大馬發出的讚語：好一匹可愛的白鼻黑嘴的大黃馬呀！詩讚好馬，意在寫人。因為「健兒須快馬，快馬須健兒」⑭。騎這駿馬的人一定是位雄健風流之士。曹植的〈白馬篇〉就是這樣描繪的：「白馬飾金羈，連翩西北馳。借問誰家子，幽并游俠兒」。詩人也是先讚飾著金羈，連翩而馳的白馬，其目的是為頌揚「矯捷」、「勇剽」的「游俠兒」。李白的〈白鼻騧〉也有著同樣的手法：「銀鞍白鼻騧，綠地障泥錦。細雨春風花落時，揮鞭且就胡姬飲。」〈高陽樂人歌〉的不同之處是在第一句讚美了「可憐白鼻騧」之後，若沒去表現這位騎馬人的風采，而是留下餘地讓人去想像其風流倜儻的英姿。這樣從側面描寫較之正面展現更多一層曲折，更增一些情趣。接著作者把筆一轉寫道：「相將入酒家」，邀請

⑭ 宋・郭茂倩：前引書，頁三七〇。

這位友人同去酒家飲酒暢敘，充分顯示出二人的情篤義重和相見時的歡樂。「無錢但共飲，畫地作交賒」。雖然身無分文，也不要緊，只管痛飲，讓店家記上帳好了。這是何等豪放。這裡也展現出北人當時畫地記帳的一種風俗，也活畫出了歌者樸實、爽直的俠義形象。

四、待嫁女兒的心態

北歌道情，直率真爽的氣概和行為，決非北方女人所能有。如：

驅羊入谷，自羊在前。老女不嫁，蹋地喚天。〈地驅歌樂辭〉

描寫女子思春，想早日出嫁的歌辭，天真爽朗，誠如梁啟超論北歌中所說：

他們生活異常簡單，思想異常簡單，心直口直，有一句說一句。他們的情感是沒遮攔的，你說好也罷，說壞也罷，總是把真面孔搬出來。⑮

另三首更見率真的待嫁女兒心：

門前一株棗，歲歲不知老。阿婆不嫁女，那得孫兒抱。〈折楊柳枝歌〉

敕敕何力力，女子臨窗織。不聞機杼聲，只聞女歎息。〈折楊柳枝歌〉

問女何所思，問女何所憶。阿婆許嫁女，今年無消息。〈折楊柳枝歌〉

⑮ 梁啟超：《中國韻文裡頭表現的情感》，臺灣中華書局，民國六十五年臺三版。

劉大杰說：

北方人並不是不講戀愛，他們不把戀愛看作是一種藝術，或是一種神祕的把戲。他們同吃飯穿衣一樣，看作是一件簡單的事體，毫沒有那種嬌羞隱藏的態度。⑯

真乃確言也。

此外，北歌中四首〈捉搦歌〉，就其題旨來看，也都是寫男女之間的婚嫁問題，在詼諧、幽默、開朗的情調中，顯示了北方女子的活潑性格和她們大膽的表達情感的方式，反映了特定社會時期、特定生活區域內普通女子的心理。

粟穀難舂付石臼，弊衣難護付巧婦。男兒千凶飽人手，老女不嫁只生口。〈捉搦歌之一〉

誰家女子能行步，反著裌禪後裙露。天生男女共一處，願得兩個成翁嫗。〈捉搦歌之二〉

華陰山頭百丈井，下有流水徹骨冷。可憐女子能照影，不見其餘見斜領。〈捉搦歌之三〉

黃桑柘屐蒲子履，中央有系兩頭繫。小時憐母大憐婿，何不早嫁論家計。〈捉搦歌之四〉

第一首「粟穀」寫一個已達到了結婚年齡的姑娘的心理和形象。做為一個成熟的女性，她渴望有一個美滿的小家庭，渴望得到男人的愛撫。然而殘酷的戰爭卻打碎了她的美妙夢想，那些凶悍勇敢的男人都從軍打仗去了，留下她一個待嫁的姑娘怎麼辦呢？一顆成熟了的女性的春心，常常騷動不安，使她在舂米和縫衣時，也會聯想到男女間的情愛，什麼樣的難題都有解決的方法，

⑯ 同上。

而一個沒有嫁人的姑娘無論如何也不能生孩子，這是嚴厲的父母和嚴格的禮俗所不允許的。一個女人對正當情愛的追求與社會、家庭的矛盾構成了本詩的深刻主題，而一個女人大膽、直率地袒露心聲和她對自由、幸福生活的嚮往成為詩歌形象的精神主旨。通過這短短的四句詩，一個快樂但卻未得到愛的待嫁姑娘的形象清晰地呈現在眼前，其用詞之精練與貼切，表達情感的率直與大膽都是非常可貴的。

第二首詩中的女子，對兩性情愛的追求，對未來夫妻生活的渴望，更是坦率和強烈。她蔑視禮俗對女性的苛刻要求，把自己的衣服反穿在身上，以顯示她向限制她行為的父母、家庭和俗規挑戰的勇氣和膽氣，並在爭取婚姻自主的問題上發出了強烈呼聲，女人也應該有愛戀男人並向男人表達愛的權力和自由，男女天生就該共同生活、白頭偕老。從詩歌的後兩句中，我們可以想像這個女子與男人在一起調笑的情景：我呀，就是想與你配夫妻。全詩就是在明朗的格調中，完成了女子形象的塑造，使其行為與言語統一於詩的內涵中。

第三首「華陰」詩，可謂是獨樹一幟了，它沒有去寫男女之情，也沒有簡單表現男女之事，而是更多地剖析了女子的心理動態。詩的前兩句用深井與冷水起興，來寫一個女子的處境和她對生活的深切感受。她也到了婚配的年齡，但是她感到父母的不關心和社會的冷漠，使她的內傾性格受到殘酷的壓抑。她不願把心事告訴父母，也不敢向男子傳情，而只能在內心中哀怨、憂愁，把感情深深地隱藏在心裡，心靈受到時間的煎熬。她在失望中等待著屬於她的那一份感情，逐漸地，她意識到了自己的不幸和生活對她的打擊，於是她來到這一汪清水面前，照一照她那美麗而姣好的面容，以滿足和慰藉她的一顆焦渴的心。

全詩都是用委婉、含蓄的筆觸來寫一個女子內心情感的波動和對幸福生活的憧憬，一個哀怨的女子形象和一種憂鬱的情調躍然紙上。

第四首「黃桑」詩，把女子的心願毫無保留地披露出來了。詩中首言「黃桑屐」和「蒲子履」，這都有絲帶把兩頭聯繫，以比喻締結秦晉（母家與婿家）之好的意思。暗示了一個成熟的女人的特殊身份：那就是她應該成為娘家和婆家的橋，不相關的兩個家庭是由她給聯繫起來的。

然而這個願望並不是很快就能得到滿足的，她至今仍沒有嫁人。這開朗、外向的女子，毫不客氣地把心裡話說出來：母親啊，您也是一個女人，您應該理解我呀！您知道，我已經長大了，我的全部感情都留給了那個將要做我丈夫的人，您為什麼不早早地把我嫁出去呢？這是對父母和家庭的強烈不滿的表現，也是對幸福生活的追求。

四首〈捉搦歌〉都是用有趣的直言不諱的語言寫待嫁女子的心理，真如李開先〈市井艷詞序〉所謂「語意則直出肺肝，不加雕琢」[17]。

[17] 李開先著、路工輯校：《李開先集之六》，中華書局上海編輯所，一九五九年十二月。

五、男女相戀的情歌

北歌受胡風影響，胡人久居邊塞，驅逐水草，放牧漠野，養成強悍豪壯之民族性。表現於男女相戀的情歌中時，誠如劉大杰所云：

北方的情感多是直線的說明的，沒有南方那種隱曲象徵的手法。北方人並不是不講戀愛，但是他們的表現方面是與南方不同的。……這一種特色，使得北歌爽朗健勁，情感格外活躍，而有力量。⓲

故北朝情歌中男女相悅，直言無諱，表現得相當大膽，如：

腹中愁不樂，願作郎馬鞭。出入擐郎臂，蹀座郎膝邊。〈折楊柳歌辭〉

「腹中愁不樂」，似平鋪直敘，卻用意不俗，有豐富的內涵。它既是說郎君時常外出游牧，自己難得與他相伴左右，休戚與共。因此，刻骨相思，眷眷戀情便沉聚於胸。另一方面是鋪墊。婦人既滿腹憂愁，不免陷入遐思，尋找自己愛情的最好表達方式，從而引出奇特的比喻。她馳騁想像，「願作郎馬鞭」，用北方游牧生活中最普遍、最常見的馬與鞭，比喻兩人相互依存的愛情。「出入擐郎臂，蹀座郎膝邊」，像馬鞭那樣與郎一起馳騁於廣闊的山川、平原，侍奉在他的身邊，苦樂

⓲ 劉大杰著：《中國文學發展史》，臺北中華書局，民國八十四年七月版，頁三四三。

同擔。此詩以大膽的想像抒寫溫柔之情，因而溫柔之中自見直率乾脆。

北歌中抒唱的戀歌，描寫的艷情都很大膽，由於直爽率直，卻也旖旎可愛。如：

側側力力，念君無極。枕郎左臂，隨郎轉側。〈地驅歌樂辭之三〉

摩捋郎鬚，看郎顏色。郎不念女，不可與力。〈地驅歌樂辭之四〉

又如描寫男女約會的詩：

月明光光星欲墮，欲來不來早語我。〈地驅樂歌〉

與情人約會，情人不來，卻怪他不「早語我」，而不自悲傷，北方之民族性格亦於此可見。

男女相戀的情歌尚有多首：

肅肅河中育，育熟須含黃。獨坐空房中，思我百媚郎。〈淳于王歌〉

百媚在城中，千媚在中央。但使心相念，高城何所妨。〈淳于王歌〉

獨柯不成樹，獨樹不成林。念郎錦裲襠，恒長不忘心。〈紫騮馬歌〉

歸歸黃淡思，逐郎還去來。歸歸黃淡百，逐郎何處索？〈黃淡思歌辭之一〉

心中不能言，復作車輪旋。與郎相知時，但恐傍人聞？〈黃淡思歌辭之二〉

江外何鬱拂，龍洲廣州出。象牙作帆檣，綠絲作幃緂。〈黃淡思歌辭之三〉

綠絲何葳蕤，逐郎歸去來。〈黃淡思歌辭之四〉

六、戀鄉思鄉的情長

北方連年征戰，不少人四散奔竄逃命，北歌中也就產生了反映流亡生活的懷土思鄉之作，如：

琅琊復琅琊，琅琊大道王。鹿鳴思長草，愁人思故鄉。〈琅琊王歌辭〉

琅琊，古郡名，在今山東諸城縣東南。此詩以「鹿鳴思草長」比喻遊子思鄉的情長，鹿總是嚮往長林豐草之地，人永遠忘不了養育自己的故鄉。四處漂泊，顛沛流離的征人，出有時，歸無期，家鄉的親人杳無音信，他們怎能不愁思滿懷？此寫久經亂離的遊子，對太平之世的祈望和故鄉的思念。

下一首寫出了老兵退役還鄉的悲慘情況：

十五從軍征，八十始得歸。道逢鄉里人，家中有阿誰？〈紫騮馬歌辭〉

「多情自古傷離別」。古代詩歌又經常將折柳、吹笛、怨別三者聯繫起來。而其濫觴則是北歌中的這首：

上馬不捉鞭，反折楊柳枝。蹀座吹長笛，愁殺行客兒。〈折楊柳歌辭〉

詩中正是通過對臨別之際，行者這些獨具特點的動作行為的準確刻劃，生動地突出一個「愁」字，表現出依依的別情。行者「上馬」，自當道得一聲去也，揮鞭而去，卻又「不捉鞭」，顯然是心中已湧起了層層波瀾。因為古代社會交通不便，行旅極其艱難，再加上世態炎涼，人情澆薄，所以，一般人往往安土重遷。更何況北朝時期，統治集團窮兵黷武，役使人民遠征，形成「男兒可憐蟲，出門懷死憂。屍喪狹谷中，白骨無人收」⑲的慘痛局面。在這裡，詩人用「不捉鞭」這一「上馬」時反常的動作，將行人臨行而又不忍遲行的複雜而又矛盾的心理，表現得生動而又具體。

「反折楊柳枝」是行人在「上馬不捉鞭」後的又一個動作，更深深地寄託著依依惜別之情。折取楊柳一枝，是古代表達惜別之情的一種習俗，《詩經．小雅．采薇》中，征人慨歎「昔我往矣，楊柳依依」。因為「柳」本諧「留」音，且楊柳依依之貌，更映襯出臨別依依之情，因而楊柳和別情就結下了不解之緣。隋．無名氏的〈送別〉詩云：「柳條折盡花飛盡，借問行人歸不歸」⑳。詩人們也從不同的角度，或細緻描繪楊柳依依之貌，或生動刻劃折柳人斷腸之情，抒寫出濃郁的離別之情和相思之意。「上馬不捉鞭」卻用質樸無華的語言，對行人「折楊柳枝」的動作作簡潔的素描。尤其是一個「反」字，更將這一動作與「不捉鞭」的動作構成極為鮮明的對比。行人心中的萬千思緒，也就在這更為反常的動作中，更為生動地揭示出來。

「蹀座吹長笛」，是行人「折楊柳枝」後的一個連續的動作。只見他盤膝而坐，拿出長笛一支，但吹奏出的絕不是壯行曲，因為他既折楊柳枝而生離別之情，自然吹奏出漢樂府「橫吹曲」

⑲ 宋．郭茂倩：前引書，頁三六三。

⑳ 逯欽立：前引書，頁二七五三。

中的〈折楊柳〉曲。這飽含著離愁別緒的曲調，一下子勾起了他心中的戀鄉、懷鄉、思鄉之情，也含蓄地透露出淒清婉轉的哀傷情調。

前三句反映出了依依惜別之愁，深深相思之愁和沈沈哀怨之愁，可謂愁甚。其愁若此，當然就「愁殺行客兒」了。詩人直抒其愁，點破主旨，把全詩的愁緒推上了高潮。

七、哲理謠諺的意味

古代幽并之地，居民悲歌慷慨，任俠尚義；又多產良馬，鋒稜瘦骨而善奔馳。北歌中將幽州之馬與客並吟的〈幽州馬客吟歌辭〉，全詩頗具格言的素質。

> 快馬常苦瘦，剿兒常苦貧。黃禾起羸馬，有錢始作人。〈幽州馬客吟歌辭〉

所謂格言素質，是指詩所揭櫫的意旨帶有較強的哲理意味，把握了生活中某種規律性的東西。日行千里的良馬常常顯得瘦骨嶙峋；吃苦操勞的人都和貧困結下了不解之緣。詩的前兩句既是發現了生活中的這種規律，又顯示了對這種現象的困惑和不平。這種不平現象在貧富社會中歷來如此，所謂「屠者藿羹，車者步行，陶人用缺盆，匠人處狹廬……為者不得用，用者不肯為。」[21]善奔的馬由運動之故，體多瘦勁；它們接連不斷的體力消耗，實在需要豐實的肌肉，但豐臀圓腰

---

[21] 《淮南子・說林訓》，臺北世界書局，民國六十三年五月，頁二九七。

的恰恰是那些終日飽食於廄櫪間的駑鈍之馬。貧窮之人，必多辛勞方能維持艱難的生計；最需要錢物糧米的是他們，但財富偏偏被不勞動的人所佔據。

如果說「快馬」二句看似平實明白的詩中，蘊蓄著深刻的經驗、思考和嚴正的疑問的話，「黃禾」兩句則表現出勞苦者的抗爭和覺醒。禾草能讓瘦馬長起膘來；有了錢財貧苦人能擺脫困境過起好日子。這兩句詩中潛在涵義更為重要，這就是錢不會自動長翅飛來，被壓迫被剝削者只有起來抗爭，才能取得作人的權利，整個中國古代社會中起義農民所高舉的「均貧富」的旗幟也正是這樣的指歸。

此歌辭雖只短短四句，內容卻十分深刻，具有很強的概括力。全詩文字凝煉，節奏短促簡快，語意精警。詩的前兩句與後兩句都是將馬與人對寫，結構整齊，便於記誦，是一首很出色的謠諺詩。

八、不愛紅裝愛武裝

北方婦女，亦猶之男子，嫻於弓馬，具豪爽剛健之性。民間樂府詩作品，每起於一件歷史故事，或當時發生之事實，或當時風氣影響之假託，在北朝民歌中〈木蘭詩〉是一首長篇敘事的樂府詩，它與〈孔雀東南飛〉是我國詩歌史上的「雙璧」，都是民間詩人所創造的傑作。這兩篇作品裡，都充滿了非常鮮明的地方色彩，表現出剛柔各異的男女形象。〈木蘭詩〉不獨表現北地女子之英豪氣概，剛健不乏婀娜姿態，同時亦反映北人尚武，及其崇拜英雄之狂熱，因此北歌中不乏讚美女扮男裝代父從軍的巾幗英雄，及反映北方女子驍勇善戰，不讓鬚眉之形象。〈木蘭詩〉云：

唧唧復唧唧，木蘭當戶織。不聞機杼聲，唯聞女歎息。問女何所思，問女何所憶，女亦無所思，女亦無所憶。昨夜見軍帖，可汗大點兵。軍書十二卷，卷卷有爺名。阿爺無大兒，木蘭無長兄。願為市鞍馬，從此替爺征。東市買駿馬，西市買鞍韉，南市買轡頭，北市買長鞭。旦辭爺孃去，暮宿黃河邊。不聞爺孃喚女聲，但聞黃河流水鳴濺濺。旦辭黃河去，暮至黑山頭。不聞爺孃喚女聲，但聞燕山胡騎鳴啾啾。萬里赴戎機，關山度若飛。朔氣傳金柝，寒光照鐵衣，將軍百戰死，壯士十年歸。歸來見天子，天子坐明堂。策勳十二轉，賞賜百千強。可汗問所欲，「木蘭不用尚書郎，願馳千里足，送兒還故鄉。」爺孃聞女來，出郭相扶將。阿姊聞妹來，當戶理紅妝。小弟聞姊來，磨刀霍霍向豬羊。開我東閣門，坐我西間牀。脫我戰時袍，著我舊時裳。當窗理雲鬢，挂（對）鏡帖花黃。出門看火伴，火伴皆驚惶。「同行十二年，不知木蘭是女郎」。雄兔腳撲朔，雌兔眼迷離。雙兔傍地走，安能辨我是雄雌。

〈木蘭詩〉一作〈木蘭辭〉，產生於北魏時期。在流傳過程中可能經過文人的潤飾，但基本上仍是民歌的風調。

這首歌辭敘述的是少女木蘭代父從軍的故事，用引人入勝的筆墨，出色地塑造了一個英勇的女性形象：她是個普通的女子，又是個金戈鐵馬的英雄。在古代文學史上，描寫婦女的作品車載斗量，何計其數，但又何曾看到過這樣光彩奪目、充滿英雄氣慨的形象！她不僅「將軍百戰死，壯士十年歸」，巾幗壓倒鬚眉，建立了赫赫戰功。最後又鄙棄榮華，謝絕高官，寧肯回到親人身邊，重敘家人團聚的天倫之樂。木蘭身上，匯聚著中華民族勤勞、善良、機智、勇敢而淳樸的美德。她喬裝十二年、馳騁沙場的傳奇般的經歷和洋溢全詩的高昂的英雄主義的精神，又無不帶有濃厚的浪漫主義色彩。〈木蘭詩〉稱得上是古代文學史上現實主義和浪漫主義相結合的成功範例。一千多年來，木蘭一名幾乎家喻戶曉，不少地方還出現了許多關於木蘭的傳說和遺跡。木蘭代父從軍雖然不一定是歷史事實，但於此正好說明這個形象確實贏得了廣大人民的衷心喜愛，以及詩篇所具有的強烈藝術魅力。

〈木蘭詩〉是按時間順序寫的：代父出征、征途思親、十年征戰、獲勝辭賞和歸家團聚。全篇結構緊湊，層次井然，逐步深入；情節的安排，緊緊環繞木蘭是個女性英雄這一特點逐層展開，而對木蘭的歌頌，完全隨情節的發展而自然流露。

〈木蘭詩〉的主題雖然不是控訴戰爭的罪惡，但木蘭父親年老力衰仍然非服兵役不可，這個情節客觀上反映了戰爭給民眾帶來的沈重負擔。但從全詩看，它的調子是明快而不是低沈的，木蘭的情緒也是積極奮發而不是憂鬱頹唐的，木蘭在出征前的焦慮，在征途上的思念，是由於她是一個女子的特定身分，而不是從根本上寫她厭惡戰爭。但是，這並不排斥我們透過喜劇性的故事，從中體會到實際隱藏著的悲劇性的現實。這首詩出現於兵禍連結的北朝。本身也已經暗示出這個問題。

除了〈木蘭詩〉之外，尚有《樂府詩集》未收的〈李波小妹歌〉㉒，亦表現英武果敢、不讓鬚眉的北方女性：

李波小妹字雍容，褰裙逐馬如卷蓬。左射右射必疊雙。婦女尚如此。男子安可逢！

這是一首取材自《北史》的北朝民歌。前三句直寫李波小妹，後兩句議論。

首句交代李波小妹表字「雍容」，語氣平順，稱呼優雅。二三句語勢急轉，由靜態介紹轉為動態描畫。背景是空曠蒼穹，莽莽鉅野。詩人展示的是李波小妹活動的兩組鏡頭。一組是飛跑著正準備上馬。「褰裙」，即撩起衣裙，這是準備動作。然後是「逐馬」，追趕奔馬，準備躍上馬背。「如卷蓬」是詩人的聯想。「褰裙逐馬」的李波小妹如疾風中的枯蓬轉眼遠去。第二組鏡頭寫她的箭術，這時的李波小妹已在馬上，詩人寫她「左射」，又寫她「右射」，射藝如何呢？「必疊雙」，不僅箭箭皆中，而且都是一箭雙鵰。描寫至此，一個勇健英武、弓馬嫻熟的少女形象便宛然在目。誠如劉大杰所云：

㉒ 唐．李延壽：《北史．李安世傳》，卷三三，臺北鼎文書局，民國七十九年，頁五四一。

試看〈李波小妹歌〉中所表現的那種騎馬如飛左射右射的少女，比起南方的男子漢來，真真是要英武多了。㉓

「婦女尚如此」，承上啟下，借一「尚」字滑出筆來，轉寫「男子」，才寫女子英武，轉詩男子了得。原來誇女子只是鋪墊，並非目的。「女不如男」是舊時代人們的普遍心理，詩人正是利用人們的這一傳統心理，寫女襯男，在層巒之上又立高峰。後兩句寫法上也頗巧妙。先以「婦女尚如此」一頓，然後將筆墨蕩開，引向男子。但僅作反問，便戛然而止。細品起來，意味頗為綿長：第一，男子之「安可逢」，也無非弓馬騎射之事，故無須再具體寫出。第二，一首短詩不可能也沒有必要將話說盡，採用映襯的寫法，並以修辭問句作結，餘地開闊，耐人尋味。

第三節　北歌中的問題探討

北朝民歌存在《樂府詩集》裡的，有〈梁鼓角橫吹曲〉六十六首、〈木蘭詩〉、〈敕勒歌〉，以及個別屬於〈雜曲歌辭〉和〈雜歌謠辭〉中的數首，加上《北史》中保留下來的一首〈李波小妹歌〉，總共只有七十九首，就數量而言，只有南朝民歌的十分之二、三，可是它的來源卻很複雜。

㉓ 劉大杰著：前引書，頁三〇八。

在這些民歌中，誠如邱燮友所云：「其間頗多鮮卑民歌，且用胡語歌唱。」❷❹因此「其中有些應該是翻譯的作品，（可能剛開始時是用胡語唱的，後來才翻譯成漢語）還有一些可能是漢化的胡人以漢語作的，也有一些則可能是染上胡人習氣的漢人的作品。」❷❺而北歌中的突出藝術成就——〈敕勒歌〉、〈木蘭詩〉，前者即是用異民族的語言所唱的，我們現在所讀到的只是它的漢譯罷了。後者更由於動亂歷史的原因，其作者是誰？究竟成在哪個時代？木蘭所參加的是何種戰役？更是眾說紛紜，所以這中間頗有些值得探討的問題。

一、敕勒歌

敕勒川，陰山下。天似穹廬，籠蓋四野。天蒼蒼，野茫茫，風吹草低見牛羊。

它的出現以其耀眼的光輝贏得了我國各族人民的喜愛。一千多年來，不斷有詩人，學者對它投之以青睞。從現有資料看，唐代名詩人溫庭筠已經受到它的影響，他也用〈敕勒歌〉作題目，寫了那首：

敕勒金幘壁，陰山無歲華。帳外風飄雪，營前月照沙。羌兒吹玉管，胡姬踏錦花。卻笑江

❷❹ 邱燮友、周何、田博元等：《國學導讀》，臺北三民書局，民國八十二年，頁四二〇。

❷❺ 《中國文學講話・魏晉南北朝文學》，巨流圖書公司印，民國七十七年三月，頁四六八。

> 南客，梅落不歸家。㉖

的樂府詩。到了宋代，王灼在《碧雞漫志》裡對它作了極高的評價。他說：

> 斛律金不知書，能發揮自然之妙如此，當徐、庾輩不能也。吾謂西漢後獨〈敕勒歌〉暨韓退之〈十琴操〉近古。㉗

清代沈德潛更是一再讚美它。他說：

> 莽莽而來，自然高古，漢人遺響也。㉘

又說：

> 〈哥舒歌〉與〈敕勒歌〉同是天籟。㉙

這些評價雖然偏重於藝術風格，較為抽象，但它們能肯定〈敕勒歌〉不事雕琢，自然渾成，高出於南北朝的浮艷作品，還是有見地的。金代最有名的詩人元好問在評論〈敕勒歌〉時曾放聲歌唱道：

> 慷慨歌謠絕不傳，穹廬一曲本天然。中州萬古英雄義，也到陰山敕勒川。㉚

㉖ 宋・郭茂倩：前引書，頁一二一三。

㉗ 《中國古典文學參考資料小叢書》，第一輯第六冊，上海古典文學出版社，一九五七年鉛印本，頁五三。

㉘ 清・沈德潛：《古詩源》，臺北世界書局，民國六十四年，頁九八。

㉙ 清・沈德潛：《唐詩別裁》，卷一九，臺北臺灣商務印書館，民國六十五年。

但遺憾的是，對於這樣一首有價值的少數民族文學作品，關於它的創作時代、作者和它所流傳的區域等等，卻長期存在著混亂的看法，這也正是本節所欲探討的。

㈠〈敕勒歌〉產生的時代

文學作品是時代的產物，而傑出的文學作品，更是反映時代的一面鏡子。關於〈敕勒歌〉產生的時代，有的說是「北朝」，有的說是「北齊」。其實這兩說都值得商榷。因為前一說太籠統，而後一說又與史實不符。這理由是因為北朝開始於北魏道武帝拓跋珪登國元年（西元三八六年），結束於北周被隋所代替的開皇元年（西元五八一年），共計一百九十六年。這個時期經歷了北魏、東西魏、北齊、北周等幾個朝代，所以泛泛地說〈敕勒歌〉產生於「北朝」，是不能確切地反映〈敕勒歌〉的歷史面貌的。

〈敕勒歌〉產生於「北齊」之說，最早見諸宋代郭茂倩編撰的《樂府詩集》，其中說：

《樂府廣題》曰：「北齊神武攻周玉壁，士卒死者十四五。神武恚憤，疾發。周王下令曰：『高歡鼠子，親犯玉壁，劍弩一發，元凶自斃。』神武聞之，勉坐以安士衆。悉引諸貴，使斛律金唱〈敕勒〉，神武自和之。」其歌本鮮卑語，易為齊言，故其句長短不齊。[31]

這是研究〈敕勒歌〉的寶貴資料，但其中有兩點訛誤需要辨明。首先，高歡是東魏權臣，死於西

---

[30] 《元遺山詩集箋注》，人民文學出版社，一九五八年版，頁五二五。

[31] 宋・郭茂倩：前引書，頁一二一二。

元五四七年，三年之後，即西元五五〇年，他的次子高洋才取代東魏，建立北齊政權，所謂「北齊神武」的帝號，是在高歡死後由其兒子高洋追封的。由此可見，高歡在世時，北齊政權尚未建立，斛律金唱〈敕勒歌〉也就不會在北齊時代，更不必說它的創作年代了。其次，「攻周玉壁」的周，並不是北朝末年的周代，而是指西魏。東魏、西魏是當時北方兩個對立的政權。玉壁是西魏的軍事重鎮，在今山西省稷山縣西南。東魏圍攻玉壁之役，發生在西元五四六年九月至十一月，高歡使斛律金唱〈敕勒歌〉以鼓舞軍心的事，是在高歡進攻西魏玉壁城失敗之後，具體時間在東魏武定四年十一月已卯日（西元五四六年十二月廿四日）之後不久㉜。

〈敕勒歌〉的創作年代應當早於演唱時間，這是一般常識。據歷史記載，斛律金演唱前，這首詩歌早已在北方流傳開來。那麼它究竟產生於何時？歸納起來有三看法㉝：

1.從〈敕勒歌〉所反映的「水草畜牧之盛」的內容和昂揚、驕傲、樂觀的情調來看，它歌唱的是一幅牛羊肥馬駝壯的豐收圖。這種景象，極可能是在西元四二九年到西元四七一年以前這一段時間的景象。也就是說，〈敕勒歌〉誕生於西元五世紀三十年代至六十年代這四十年之間，即北魏王朝的中期㉞。

㉜ 吳庚舜、侯爾瑞：〈關于敕勒歌的創作背景及其作者〉，《河北師院學報》，一九八一年，第一期，頁一二九。

㉝ 崔炳揚、屈家惠：〈有關敕勒歌的幾個問題〉，《四川師院學報》，一九八三年，第一期，頁一〇二。

2.〈敕勒歌〉產生於北魏統一北方（西元四三九年）至東、西魏分裂（西元五三四年）之間這段時間的可能性最大[35]，因為這個時期是敕勒游牧民族繁榮昌盛的時代。

3.〈敕勒歌〉產生的時代，上限不會早於北魏初年，因為在那以前，漠南「陰山下」還不是敕勒族的駐牧地，哪能把它叫作「敕勒川」呢？至於下限，不會晚於北魏孝昌元年，因為那以後敕勒族斛律部的首領斛律金已離開了漠南大草原。生活在晉西北的敕勒族（另一部族）不可能再產生那樣的歌詞內容了[36]。

以上三種說法，雖在時間上有些出入，但有一點是共通的，即認為〈敕勒歌〉產生於北魏，決不是北齊時期的詩歌[37]。

(二)〈敕勒歌〉的作者

關於〈敕勒歌〉的作者，歷來也有幾種不同的看法：

1.宋人郭茂倩在《樂府詩集》〈雜歌謠辭〉裡把〈敕勒歌〉定為「無名氏」的作品。「無名氏作」之說，是因作者已無所考，這是最省事的說法。

㉞ 劉先照：〈千古絕唱敕勒歌〉，《文學評論》，一九八〇年，第六期，頁七九。

㉟ 李景華：〈斛律金與敕勒歌〉，《中學語文教學》，一九八二年，第五期，頁八五。

㊱ 吳庚舜、侯爾瑞：前引文，頁一二九。

㊲ 崔炳揚、屈家惠：前引文，頁一〇三。

2.王灼的《碧雞漫志》卷一卻認為是「斛律金」作。後來王夫之的《古詩評選》和沈德潛的《古詩源》都採用這種說法。但「斛律金作」之說卻經不住歷史的反駁。因為記載有關〈敕勒歌〉最早資料的——《北齊書》、《北史》都沒有說斛律金作歌。而且高歡在晉陽點名要唱〈敕勒歌〉，他還能和斛律金一起合唱，說明這首詩不是斛律金的即興之作。再說，斛律金不識文字，一個不識字的人，是很難立刻寫出這樣好的詩歌的。更值得注意的是這首歌早已在敕勒族中，在北魏、東西魏廣泛流傳。

3.袁枚說〈敕勒歌〉是斛律金的長子「斛律光」的作品。其實「斛律光作」之說，並不是袁枚首創，而是來源於北宋詩人黃庭堅〈山谷題跋〉中的說法，洪邁幾百年前已經辨證，不存在斛律光作〈敕勒歌〉的事實。

4.老斛律和小斛律合作〈敕勒歌〉㊳。此「父子合作」之說，是受了袁枚的影響。持此說者謂：

> 袁才子說是斛律金的長子斛律光的作品。這是由於老斛律不識漢字而小斛律則是一個漢化很深的人。那麼，其父用敕勒語作歌，其子譯為漢文詞句，似乎也很合理，認為父子合作也未嘗不可。

這不過是一種揣測而已。

歷年來，有不少文章指出：斛律金雖不是〈敕勒歌〉的作者，但在「玉壁之役」失敗後，高

㊳ 榮樣：〈漫談敕勒歌〉，《內蒙古日報》，一九五七年四月十三日。

歡使斛律金唱〈敕勒歌〉的記載是可信的。因為，北魏政權是鮮卑族拓跋氏建立的，它的官方語言是鮮卑語，東魏也沿用鮮卑語，高歡是鮮卑化的漢人，斛律金雖是敕勒族斛律部的首領，但他的祖輩早已歸附北魏，並且他自己是高歡受用的部將，可以說他是鮮卑化的敕勒人。因此，他用鮮卑語演唱自己民族的民歌，是很自然的。

5.這首民歌究竟有無作者？現代學者陳垣的考證值得重視㊴，他在〈元西域人華化考．文學部〉中引元詩人迺賢（易之）的《金臺集．李好文序》中說：

> 嘗愛賀六渾〈陰山敕勒歌〉，語意渾然，不顧雕劇，顧其雄偉質直，善於模寫……筆跡超絕，不免有遼東風氣之偏。惟吾易之之作，粹然獨有中和之氣，非聖人之化，仁義漸被，詩書禮樂之教而致耶？

前半段，李好文極力讚賞古代〈陰山敕勒歌〉的藝術技巧，但說它「不免有遼東風氣之偏」；後半段，作者以儒家的標準，對當代詩人迺賢作了高度的評價，以古襯今，不一定恰當。但這段記載，卻明顯指出〈陰山敕勒歌〉的作者是賀六渾。因對賀六渾的介紹語焉不詳，不能妄加揣測，只作為一家之言參考之。

(三)〈敕勒歌〉流傳的區域

〈敕勒歌〉又名〈陰山敕勒歌〉或〈敕勒川〉。敕勒歌，就是敕勒族的民歌。敕勒族曾經是

㊴ 同㊲。

古代北方的一個強大的游牧民族，秦漢時代稱丁零，魏晉南北朝時期稱敕勒（鐵勒）或高車。據史書記載，敕勒族有十二個部落，斛律氏是其中的一個部族。北魏初年，他們活動於己尼陂（今貝加爾湖一帶）、鹿渾海（今鄂爾渾河河谷口），過著游牧生活。鮮卑政權北魏在統一北方過程中，逐漸使敕勒族各部歸附於北魏，拓跋氏把他們安置在漠南「東至濡源，西暨五原陰山三千里中」[40]。「敕勒川，陰山下」，詩的開頭二句就交待了敕勒族在這個時期的生活地域與環境。敕勒川，就是敕勒草原，它在陰山腳下，背負陰山。陰山是我國北方位於內蒙古自治區的東西走向的山脈，西起河套西北，中經河北、山西二省北部，東至興安嶺，長達一千二百公里。陰山下的敕勒川具體在什麼地方？有的說在今山西北部，有的說在西北草原上，有的說在漠南，有的說在蒙古草原，有的說在內蒙古草原中部，這些說法都不能說不對，但顯然是很籠統的，不能給人一個確切的概念。惟有洪用斌說得具體，他說：

> 這首歌描寫的地點即今內蒙古首府呼和浩特平原土默特的土默川地方。這塊土地北朝時名「敕勒川」，因此這首歌以敕勒川為名。到隋唐時，這塊土地叫「白道川」，遼代以後叫「哈羅川」，明代稱「豐州灘」，明末清初時，土默特蒙古駐牧於此，故名「土默特川」，簡稱「土默川」。因而，得知這首歌描寫的地方即今之土默川平原。[41]

[40] 司馬光：《資治通鑑》，卷一二一，臺北世界書局，民國六十三年。

[41] 洪用斌：〈略談陰山敕勒歌〉，《草原》，一九七八年，第五期，頁三六。

這段記載，對「敕勒川」的歷史沿革作了周密的考證。對我們理解〈敕勒歌〉所描寫的古代「敕勒川」地區的圖景很有幫助。

二、木蘭詩

唧唧復唧唧，木蘭當戶織。不聞機杼聲，唯聞女歎息。問女何所思，問女何所憶，女亦無所思，女亦無所憶。昨夜見軍帖，可汗大點兵。軍書十二卷，卷卷有爺名。阿爺無大兒，木蘭無長兄。願為市鞍馬，從此替爺征。東市買駿馬，西市買鞍韉，南市買轡頭，北市買長鞭。旦辭爺孃去，暮宿黃河邊。不聞爺孃喚女聲，但聞黃河流水鳴濺濺。旦辭黃河去，暮至黑山頭。不聞爺孃喚女聲，但聞燕山胡騎鳴啾啾。萬里赴戎機，關山度若飛。朔氣傳金柝，寒光照鐵衣，將軍百戰死，壯士十年歸。歸來見天子，天子坐明堂。策勳十二轉，賞賜百千強。可汗問所欲，「木蘭不用尚書郎，願馳千里足，送兒還故鄉。」爺孃聞女來，出郭相扶將。阿姊聞妹來，當戶理紅妝。小弟聞姊來，磨刀霍霍向豬羊。開我東閣門，坐我西閣牀。脫我戰時袍，著我舊時裳。當窗理雲鬢，挂（對）鏡帖花黃。出門看火伴，火伴皆驚惶。「同行十二年，不知木蘭是女郎」。雄兔腳撲朔，雌兔眼迷離。雙兔傍地走，安能辨我是雄雌。

〈木蘭詩〉是我國古典文學府庫中一塊光耀的瑰寶，是我國民歌的一顆璀璨的明珠。范文瀾曾說：「北朝有〈木蘭詩〉一篇，足夠壓倒南北兩朝的全部士族詩人。」[42]千百年來，〈木蘭詩〉作為樂府詩歌傑出的代表作流傳下來，然其所表現的主題思想、作者是誰、時代背景等，歷年來學者專家們眾說紛紜，今探述如下：

(一)〈木蘭詩〉的主題思想

〈木蘭詩〉是一篇歌頌女英雄木蘭喬裝代父從軍的敘事詩，其所表現的主題思想，是個爭論已久的問題，古典詩歌的研究者和評論家們各執己見，眾說紛紜，莫衷一是，今歸納先賢所云，有傳統與新近二種說法：

傳統說法：認為是「打破男尊女卑之說」，持此說者，乃是導源於《中國文學史》中所云：

> 這首詩以木蘭這一出色的藝術形象，有力地說明了女子和男人同樣有能力做出英雄豪傑的事業。同時也就是說明了女子有權利受到和男人同樣的看待，這是人民的願望的反映，於那個時代的重男輕女的成見是一重大的打擊。[43]

此外，郭沫若說：

> 〈木蘭詩〉的主題思想是打破了男尊女卑，男強女弱的舊觀念。[44]

---

[42] 范文瀾：《中國通史》（第二冊），北京人民出版社，一九七八年六月，頁六六二。

[43] 中國社會科學院文學研究所編著：《中國文學史》，北京人民文學出版社，一九八五年，頁三二六。

游國恩也認為：

> 木蘭作為一個弱女子，竟自勇敢地承擔起一般婦女所不能承擔的代父從軍的任務。㊺

由於這些有較大影響的著作及學者，均持相同之論點，於是幾乎無人提出過異議。

近代說法：陽國亮在「試論〈木蘭詩〉的主題思想」一文中，認為前述傳統說法是有失偏頗的。他說：

> 我們知道，文學作品乃是一定歷史階段的社會生活的形象反映。〈木蘭詩〉是民間普遍流傳的樂府詩，其社會歷史性更是顯而易見的。根據到目前為止所掌握的史料，我們可以肯定〈木蘭詩〉是北朝民歌。北朝的社會歷史特點是戰爭頻繁，整個北朝歷史幾乎以戰爭相始終。因此，戰爭及戰爭帶來的一切後果是當時社會的主要問題，男女平等問題並不是當時社會生活的突出矛盾。」㊻

他並且從四方面來分析當時的社會歷史特性：

1.社會情況：雖然當時「男尊女卑，女不如男」的古代傳統觀念貫穿整個社會，但與那個時代「戰爭」這一主要社會問題相比，就顯得不是十分緊迫的課題了。

㊹ 郭沫若：《中國史稿》（第三冊），北京人民出版社，一九七九年，頁三〇八。

㊺ 游國恩等主編：《中國文學史》（第一冊），香港中國圖書刊行，一九九一年八月，頁二六四。

㊻ 陽國亮：〈試論木蘭詩的主題思想〉，《廣西師範學院學報》，一九八二年，第四期，頁三〇。

2.思想意識：由於漢末的大動亂震撼了封建統治的基礎，而封建思想意識代表的儒學已經衰微下去，代之而起的是適應當時社會動亂條件下人們需要的道教佛教的傳佈，玄學的興起和昌盛。

3.文學反映：出現了以建安文學為代表的具有豐富反映社會動亂的社會現象的作品，並成為當時文學發展史上的主流。

4.經濟脈動：由於戰亂，使得「生民百遺一」，戰爭中死亡者多為男子，女子成為重要的勞動力。「重男輕女」的封建傳統觀念的經濟基礎有所改變。

陽國亮基於上述的社會歷史特性，認為〈木蘭詩〉的主題思想不可能只是「打破男尊女卑，重男輕女。」接著他從時代背景、社會現實、作品內容等三方面分析探述〈木蘭詩〉的主題思想。

時代背景：〈木蘭詩〉的產生是以北魏和柔然之間所發生的戰爭為時代背景的。戰爭是北朝社會一個最突出的嚴重問題。據歷史記載，從西元四〇七年至四九三年，這八十多年中，北魏與柔然雙方發生的大戰役就有十五次之多。長期的混戰嚴重地破壞了社會生產力，直到北魏統一北方，魏孝文帝實行均田制後，北方的農業尚未完全恢復到漢魏時期的情況。由於各族相互間的武力征服，又出現了統治族和被統治族的複雜而尖銳的矛盾，更使得這一時期戰爭具有異乎尋常的殘酷性。作為這種殘酷性的集中表現便是人民流離失所，到處飄零，極端貧困，大量死亡。北朝的這種社會歷史狀況在文學作品中充分反映。如〈隔谷歌〉、〈隴頭流水歌〉、〈幽州馬客吟〉、〈企喻歌〉和〈高陽樂人歌〉等。從這些詩歌中，我們看到了連年戰爭留下的慘痛景象，其中也流露出人民對罪惡戰爭的譴責和反對戰爭的情緒。毫無疑問，作為北歌中的〈木蘭詩〉，正是反映這戰亂頻繁時代的文學代表作。它必然要體現這個時代的突出特徵，並且比起其他作品來，它具有更為深刻的社會現實意義。

社會現實：從漢末到隋唐統一，其間整個中國處於分裂割據和南北對峙長達四百年之久。和平安定的生活長期遭到嚴重破壞。要求和平、要求安定成為當時人民的強烈願望。南北朝時期，北方各少數民族相繼以武力建國，進行了長期的封建割據，在這樣的時代裡，和平生活的社會理想，只有通過戰爭來保衛自己的家鄉，保衛自己的國家才能實現，只有經過戰爭完成各民族的統一大業才能實現。〈木蘭詩〉正是圍繞這個中心，拋開了當時眾所周知的對戰爭殘酷性的直接描寫，以木蘭從軍，立功回鄉，人民盛迎的生動畫面，揭示當時社會歷史的潮流，表達人民要求實現和平生活理想的強烈願望。北宋末年女詞人李清照在晚年因異族入侵，國破家亡，受盡了顛沛流離之苦時，就想到了木蘭，她在〈打馬圖經〉亂辭中寫道：

木蘭橫戈好女子，老矣不復至千里，但願相將過淮水，……。

人民始終以無比的敬意對待這位巾幗英雄，主要在於她是人民的和平社會生活理想的化身。這也正是〈木蘭詩〉比同時代其他詩具有更為深廣的社會現實意義的原因。

作品內容：〈木蘭詩〉從各個不同的側面表現了戰爭的殘酷和人民對和平安定生活的嚮往，突出了「熱愛和平，保衛和平生活」的思想主題。〈木蘭詩〉以簡煉的詩句描繪了木蘭從軍、戀別、出征、戰歸、還鄉幾個主要畫面。每個畫面都有深刻的意境。木蘭的從軍是被動的，當時由於連年戰爭，兵源已經匱乏。從「軍書十二卷，卷卷有爺名」可知，青壯年大都戰死沙場，征兵征到老年人身上了。「戀別」和「出征」一節從側面描寫了戰場的荒涼景象。「將軍百戰死，壯士十年歸」簡要地概括了戰爭長久殘酷的情況。在「歸來」一節裡，表現了木蘭不戀榮華富貴，迫切地思念家鄉的心理狀態。在「還鄉」一節裡，描寫了一個熱鬧的場面，著力地作了氣氛的渲染，表現了人民迎來和平安定生活以後的歡樂心情。「脫我戰時袍」表示戰爭痕跡的解除；「著我舊時裳」表示新的和平生活又重新開始。在這裡，把實現了和平生活理想的人們的那種暢愉的心理狀態刻劃得維妙維肖。這篇寫戰爭的詩歌，對戰爭本身寫得很少。十年征戰艱苦備嚐，可寫的事本來是很多的。但作者僅用了「萬里赴戎機，關山度若飛。朔氣傳金柝，寒光照鐵衣，將軍百戰死，壯士十年歸。」等六句三十個字就包舉無遺了。木蘭在戰爭中的英雄表現只作了概括性的交代，而戰爭後的事情寫得很詳細，對戰前的緊張氣氛，戰後人民的歡樂花了大量筆墨。可見作者的意圖並非描寫戰爭本身，也不是局限於木蘭個人的遭遇，而是通過木蘭的英雄事跡揭示整個社會最突出的問題，反映人民群眾的迫切願望。因此從全詩可以看出，作者始終是緊扣「戰爭於人民帶來痛苦，人民對和平安定生活的嚮往」來進行描寫和剪裁的。

基於上述三方面的探述，陽國亮認為〈木蘭詩〉的主題思想應當這樣概括：

> 〈木蘭詩〉熱情地歌頌了堅強勇敢的女英雄木蘭，表現了對破壞無數家庭歡樂，使親人骨

肉離散的戰爭的譴責和以堅強的戰鬥精神保衛和平安樂生活的立場，表達了人民的安居樂業，過和平安樂生活的社會理想及其對這一理想的熱烈追求。㊼

關於〈木蘭詩〉的主題思想，我則認為：傳統說雖有失偏頗，近代說亦欠周全。何以傳統說有失偏頗呢？因為古代女子並非柔弱者，女子從軍也是常有的事，戰場並非古代女子不准涉足的禁區。早在春秋戰國時期就有女子軍。楚漢相爭時，也有女子軍作戰的記載。據《漢書・賈捐之傳》記載：

> 至孝武皇帝元狩六年，太倉之粟紅腐而不可食……當此之時，寇賊並起，軍旅數發，父戰死於前，子斲傷於後，女子乘亭鄣，孤兒號於道。㊽

由此可知，漢武帝之時，仍有以女子服傜役守亭鄣之事。史學家顧頡剛亦云：

> 古之女子未必弱也。……戰國、秦漢諸最高統治者為欲遂其好大喜功之野心，利用此項人力，加以組織令服役於行間，蓋亦應有事矣。㊾

況且，南北朝時期，北朝女子更為強悍。由於北朝連年戰爭，尚武精神不僅表現在男人身上，而且在北方婦女中也不乏英武人物。前曾述及，當時廣為流傳的詩歌〈李波小妹歌〉，即是刻畫一

㊼ 同上。

㊽ 班固：《漢書・列傳第三四下》，卷六四下，臺北鼎文書局，民國七十九年，頁二八三七。

㊾ 顧頡剛：《史林雜識》初編，北京中華書局，一九七七年十一月，頁九五。

勇武健壯的婦女：

李波小妹字雍容，褰裳逐馬如卷蓬，左射右射必疊雙。婦女尚如此，男子安可逢！〈李波小妹歌〉

其孔武之風，不減木蘭。因此，婦女從軍在當時並不是絕無僅有的事，更不是違法犯禁的惡行。像木蘭這樣勇敢善戰的人物，在當時也並非個別。木蘭的英雄形象應該是當時廣大年輕婦女的典型概括。像〈木蘭詩〉這樣的作品，客觀上是顯示了「打破男尊女卑之說」的思想意義，但不能認為這是它的主題思想。

至於近代說，為什麼我說它欠周全呢？因為深入探究全詩，不難發現其亦有未盡之處，補充說明如下：

(1)首重婦功：詩中起始句「唧唧復唧唧，木蘭當戶織」，一開頭就交待了木蘭是一個勤勞的姑娘，介紹了她的身分和生活，木蘭具備了古代女子四德中之婦功。

(2)崇尚孝悌：木蘭出征前，獲悉「可汗大點兵」，並且親眼見到「軍書十二卷，卷卷有爺名」。她十分憂慮，並因此停機嘆息，她想到家庭的難處：「阿爺無大兒，木蘭無長兄」。木蘭思慮再三，最後決定「願為市鞍馬，從此替爺征」。木蘭從軍的思想動機，是紮根於家庭的現實生活之中，她孝順老父、憐惜幼弟的孝悌行徑，是主題思想中重要的一環。

(3)宏揚倫理：踏上征途，這是木蘭人生道路上的一個重大轉折。她長期守在父母身旁，當她踏上遠征的路途時，自然流露出對骨肉家園的眷戀。「旦辭爺孃去，暮宿黃河邊，不聞爺孃喚女聲，但聞黃河流水鳴濺濺。旦辭黃河去，暮至黑山頭，不聞爺孃喚女聲，但聞燕山胡騎鳴啾啾。」反覆詠唱，一唱三歎，眷戀骨肉家園的倫理親情，活現在字裡行間。這種「親情倫理」，似乎與那種「萬里赴戎機，關山度若飛」的英勇氣概，不甚調合。但是仔細推敲，可以發現，正是由於木蘭對親情倫理深沈的懷念和無比的熱愛，才更加堅定了木蘭英勇殺敵的決心。逼近沙場，縈繞在耳際的，不是「爺孃喚女聲」，而是「燕山胡騎鳴啾啾」。這種嚴酷的現實，使她深深感到，後方的父老爺孃、骨肉同胞面臨胡騎的威脅，愛憎之情，油然而生。木蘭英勇殺敵的思想基礎就是這樣形成的。詩歌的後一部分「木蘭還鄉」，進一步深化了主題。「爺孃聞女來，出郭相扶將。阿姊聞妹來，當戶理紅妝。小弟聞姊來，磨刀霍霍向豬羊。」通過鋪陳、渲染的筆法，全家老少慶賀骨肉團圓的天倫之樂，躍然紙上，如見其景，如聞其聲。這氣氛，不包含「衣錦還鄉」的色彩，完全是一幅慶賀骨肉團圓的農家樂的生動畫面。

綜上所言，我認為〈木蘭詩〉的主題思想是「崇尚孝悌、宏揚倫理，通過歌頌勤勞剛毅的女英雄木蘭，以其代父從軍的傳奇性情節，客觀反映了戰爭給民眾帶來的沈重負擔，寄托了民眾對和平安定理想生活的熱烈追求。」其實〈木蘭詩〉是一首寓言的民歌，不是真實的故事。

㈡〈木蘭詩〉的作者探述

1. 作者姓氏不詳：〈木蘭詩〉見於《樂府詩集》卷二五〈梁鼓角橫吹曲〉，這是一首北朝的民歌，北朝民歌相當發達，尤以〈木蘭詩〉的影響最深遠，評價也最高。今選為國中國文第四冊的課文中，其作者為「佚名」。歷年來從事古典文學的研究者，也都認為「作者姓氏不詳」[50]。范文瀾曾說：

> 可能有一個女兒曾代老父從過一次軍，這自然是非常動人的奇蹟，民間歌頌這個英雄女兒，逐漸擴充成大篇，修改成精品。詩中描寫的木蘭，確實表現中國婦女的英雄氣概和高潔道德。……因之這首詩的內容也是真實的，倒不必考木蘭是否真有其人，真有其事。[51]

楊生枝也說：

> 木蘭未必實有其人，也未必實有其事，可是關於木蘭的故事北方民間卻有著廣泛的流傳。[52]

這看法是多年來從事學術研究者較普遍的看法。

2.作者就是木蘭：近人曹熙在研究了一九八〇年呼盟文物站米文平在大興安嶺發現的鮮卑石室與太平真君四年（西元四四三年）的石刻祝文，他於是結合文獻再看〈木蘭詩〉，產生一種不同於過去的新看法，他說：

> 我發現木蘭確有其人，這英雄史確有其事。……當我見到石刻的影印件後得知沒有標題，

---

[50] 邱燮友：《中國歷代故事詩》（第一冊），臺北三民書局，民國八十年四月，頁一七三。

[51] 同[42]。

[52] 楊生枝：前引書，頁三九九。

既沒刻上祝文也沒刻上祭文字樣。這點和〈木蘭詩〉相同，按古樂府的敘事詩如〈孔雀東南飛〉、〈胡笳十八拍〉等皆有標題，獨〈木蘭詩〉沒寫上從軍行等等字樣的標題，就這點啟發我，推想石室祝文是太武帝拓跋燾自己親自寫的，那麼〈木蘭詩〉就是木蘭親自寫的。所以〈木蘭詩〉又稱〈木蘭辭〉。做為樂府既有譜又有辭，因無標題，就以作者木蘭所寫的辭為標題而流傳下來了。使後世之人，不明真象以作者的本名為詩的標題。又因木蘭是一名普通戰士，在古史上沒有傳記可查，重視人名傳記的封建時代的文人，往往是這樣，不是史書上或文獻上留名的人，不論你寫了多麼好的文章，或有什麼發明創造，都是一概採取不承認態度。但是〈木蘭詩〉的內容：有情有景有人，抒情寫景、議論各臻其妙膾炙人口，不能不流傳於千古。置作者於不顧，名之曰民歌北朝無名氏作，是可悲的。53

於是曹熙提出了〈木蘭詩〉的作者是木蘭的說法。

曹熙提出「〈木蘭詩〉的作者是木蘭，正寫叫穆蘭。」並舉出其考證的根據：

考諸《魏官氏志》、《北朝姓氏考》等書，北魏王朝的皇族是拓跋氏，後改為元氏。他們是從大興安嶺內外、額爾古納河、黑龍江兩岸、呼倫貝爾草原的居住地於漢末魏晉時南遷而來的鮮卑族，在南遷時除皇族十姓外還有若干氏族一同遷到匈奴故地，其中最著名的氏族，是被稱為勛臣八姓有穆、陸、賀、劉、樓、于、稽、尉，皆內入諸姓中封王者。其中以穆

---

53 曹熙：〈木蘭詩新考〉，《齊齊哈爾師範學院學報》，一九八二年，第四期，頁三五。

姓為首，按《官氏志》載：丘穆陵氏後改為穆氏，是神元皇帝時余部諸姓內入者。按〈穆崇列傳〉載：穆崇代人也，其先世效節於神元，桓、穆之時。崇是太祖的功臣，穆壽是世祖時的重臣，終魏之世穆姓族中不乏為相為帥之人。穆姓是北魏時的大族。只是在太祖於三九八年滅後燕，散諸部落，始同為編民。當太祖於三九六年率大軍四十餘萬人攻後燕，奪得并州地，穆蘭的父親可能就是這批軍中的戰士，隨穆姓部落大人，改編為民戶，就分住在河套內定居，但兵部的名冊中還有他的名字。於神䴥二年（西元四二九年）可汗又大點兵，中間相距三十多年，父老不能出征，家中又無長丁，所以她才女扮男裝替父從軍。經過十二年到太平真君二年（西元四四一年）才凱旋歸來，述她這段經過，用漢樂府民歌「緣事而發」的寶貴傳統，以詩的形式寫出來歌唱之，傳出去稱穆蘭，後世簡字化為木蘭辭。前此承認作者是鮮卑族人，而鮮卑姓氏中只有穆姓，無木姓，則稱詩作者為穆蘭也是合理的。[54]

曹熙之論說，頗為珍貴，謹於本書引述其說，作為一家之言參考之。

(三)〈木蘭詩〉的創作時代

歷代詩文選集，像不知編纂時代的《古文苑》、宋．李昉《文苑英華》、宋．郭茂倩《樂府詩集》、明．馮惟訥《古詩紀》、清．沈德潛《古詩源》、王闓運《八代詩選》、近人丁福保《全漢三

54 同上。

國晉南北朝詩》，也都收有此詩。

至於〈木蘭詩〉的創作時代，誠如邱燮友所云：

眾說紛紜，《古文苑》視為唐人的作品，《文苑英華》更題為唐大曆中韋元甫所作。明清學者，多視為梁人的作品，如《古詩紀》、《古詩源》、《八代詩選》、《全漢三國晉南北朝詩》便是。55

僅管前人眾說紛紜，但今人皆一致認定是「北朝的作品」。邱燮友又云：

其實〈木蘭詩〉的前六句，與〈折楊柳枝歌〉的其中六句，大致相同。因此〈木蘭詩〉是〈折楊柳枝歌〉演變而來的，並比〈折楊柳枝歌〉要晚產生，〈木蘭詩〉便借用了一首北方流行的歌辭做為開頭，再從詩的內容看，木蘭正是北方女子豪爽活潑的本色。所以〈木蘭詩〉，當是南北朝時北朝的作品。56

邱氏於其《中國歷代故事詩》中〈南北朝的故事詩〉篇裡，從〈木蘭詩〉的本身所提及人物、物名、地名、用語上作進一步的分析，得知〈木蘭詩〉產生的時代，最早不會早於東晉明帝（西元三二三年）時，即北魏柔然社崙稱可汗以前，最遲不會晚於陳光大二年（西元五六八年），因此〈木蘭詩〉是四世紀到六世紀的產物，產生的時代，當在北魏。

55 邱燮友：前引書，頁一七四。
56 邱燮友：前引書，頁一七七。

第六章　北歌中所反映的民俗與生活

《毛詩序》說過這樣一段話：

詩者，志之所之也，在心為志，發言為詩。情動於中而形於言，言之不足故嗟嘆之，嗟嘆之不足故詠歌之，詠歌之不足，不知手之舞之，足之蹈之也。

劉勰在《文心雕龍．明詩》中也說：

人稟七情，應物斯感，感物吟志，莫非自然。

在北朝那大動亂的年代裡，在階級衝突、民族矛盾非常尖銳複雜的情況下，在千變萬化的社會生活的強烈激動下，人們不能不「情動於中而形於言」。人民百姓是歷史最公正的見證，「非陳詩何以展其義，非長歌何以騁其情？」❶富有悠久的文明及光榮傳統的中華民族，遠在西元前六世紀以前就創作了〈國風〉那樣偉大的作品，繼而又創作出了漢樂府民歌那塊瑰麗的詩篇。至於南北朝的民歌，則正如邱燮友所云：

南北朝民歌今所保留的部分，只有歌辭，而歌聲已渺。所謂歌辭，也就是詩，……歌辭包含了詩人心靈情意的活動，從南北朝的樂府詩，可瞭解南北朝人心靈情意活動的現象。❷

而北歌是我國中古時期北方各族人民的詩歌創作。雖然數量不多，但它卻以鮮明的色調和獨特的風格為南北朝的文苑增添了異彩，並與南朝民歌一起，給予唐代詩歌的創作和繁榮以巨大的啟示

❶ 鍾嶸：《詩品序》，見古直箋《鍾記室詩品箋》，廣文書局，民國五十七年。

❷ 邱燮友：〈吳歌西曲與梁鼓角橫吹曲的比較〉，《師大國文學報》，創刊號，民國六十一年，頁八三。

和推動。它尤其以對社會現實的真實反映，深刻表現了中古時期北方大動亂的社會面貌。

拉法格在研究關於婚姻的法國民歌時曾經指出：由於民間詩歌的自發、天真以及真實性和確切性，「民歌獲得了任何個人作品所不可能具有的歷史的價值 。」他轉引法國語言學家和民間文學家特・拉・維鞍馬該的話論述道：

民歌，這是人民的各種信仰、家庭與民族歷史的儲存處。❸

北朝民歌，正是中古時期我國北方各族人民的思想感情、生活習俗和民族歷史的一個儲存處。北朝民歌最突出的一個特點是它的民族性，它不但主要是當時鮮卑族、羌族、氐族、匈奴、羯、敕勒等民族的詩歌，而且也以當時的民族衝突和民族生活作為它反映的中心。它是中古時期各游牧民族在北中國的舞臺上生活的一份形象的歷史記錄。它豐富多采的內容廣泛涉及了北朝社會生活的許多重大問題，反映了北朝大動亂時期的社會面貌和各民族的生活場面。它不但是我們了解北方各族人民的思想和感情的文學作品，也是認識那個時代的社會風貌和生活習俗的社會史材料。本章試圖以民俗學觀點，來研究各民族的這筆文化遺產，以進一步挖掘其所反映的民俗。並從民族學觀點，來觀看北朝的民族融合與文化同化。

---

❸ 拉法格：《文論集・關於婚姻的民間歌謠和禮俗》，羅大岡譯。人民文學出版社，一九七九年版，頁一四。

第一節 民俗學與民歌

民俗學一詞是從英文Folklore一詞翻譯來的。據楊成志云：

> 民俗學一詞，在英、法、德三國有不同名稱：在盎格魯撒克遜族系的英、美，叫做Folklore（民俗學）；在拉丁語系的法、比、意、西、葡等國叫做Tradition Populaire（民間傳統）；在日耳曼族的德、奧叫做Völkskunde（人民學）；在斯堪德納維亞半島的挪威、瑞典、丹麥，又分別叫做Folkemme、Folkmine、Folkeminde等等。由於各國學者交流協商和「國際民俗學會」的成立，法、德等國放棄原來本國沿用的名稱，而採用國際上統一使用的民俗學(Folklore)一詞。❹

Folklore係由Folk和lore兩字合併而成。Folk的意義是人民或民族，lore的意義是知識，合起來便是「人民的知識」。但Folklore一詞既指人民的知識，也指研究人民知識的這門科學。「Folklore一詞，兼具民俗和民俗學兩種涵義。」❺

❹ 楊成志：〈民俗學的起源、發展和動態〉，《民族研究》，一九八三年，第五期，頁五五。

❺ 陶立璠：《民俗學概論》，北京中央民族學院出版社，一九八七年，頁六。

一、民俗學的涵義

民俗學是社會科學的一種，自一八四六年英國考古學家湯姆斯(W. J. Thoms)正式提出民俗學(Folklore)學術名稱算起，民俗學學科的發展只有一百四十多年時間。一百四十多年來，隨著這門學科的發展，各國民俗學界對 Folklore 這一學術名稱的涵義，也是眾說紛紜，楊成志云：

> 甚麼是民俗學(Folklore)?綜觀兩百年來歐美著名學者提出的定義，也是眾說紛紜：如英國湯姆斯的「人民的學識」；蘭格「殘餘物的研究」；佛萊則的「人民傳統信仰和習俗的現實」；法國塞碧約的「民間傳統和口頭文學，或屬於民族志的研究」；山狄夫的《民俗學概論》提出：「民俗學是文明國家民間傳統文化的科學」；美國森納說民俗學是「風俗、習慣、禮儀、風尚、道德等社會價值的研究」；德國人則視民俗學為「民族共同生活形態的現實學問」。❻

總言，西方學者對民俗學涵義的理解，著重在精神傳統方面，特別是民間的口頭文學研究。然陶立璠認為：

> 民間風俗，即民俗，在社會生活中，是一種普遍的現象。實際上它的搜集和研究範圍，不

❻同❹。

可能只是局限在傳承的口頭文學方面。隨著民俗學研究的不斷深入，人們自我認識的增強，民俗學研究的範圍已逐漸擴展到全部的社會生活和文化領域中去了。從經濟基礎到上層建築的各個領域，在人民生活的各個角落之中，都普遍存在著民俗事象。❼

因此他給民俗學的涵義是：

> 民俗學，是研究人們在日常的物質生活和精神生活中，通過語言和行為傳承的各種民俗事象的學問，為社會科學領域中的一門獨立的學科。與人類學、民族學、社會學、歷史學發生著極其密切的聯繫。❽

陶立璠的這種對民俗學涵義的說法是較為周詳的。

二、民俗的功能及其與文學的不解之緣

民俗是一種悠久的歷史文化傳承，是一種相沿成習的東西。簡言之，就是民間風俗。俗話說，一方水土養一方人。由於各地的居民所處的自然環境不同，在長期的生產和生活中，也會形成人們獨特的性格。所以《爾雅．釋地》中說：

❼ 陶立璠：前引書，頁七。
❽ 陶立璠：前引書，頁八。

「太平之人仁，丹穴之人智，大蒙之人信，空桐之人武。」

鄭玄認為這是「地氣使之然也」。地氣，指自然環境。《淮南子・地形篇注》則說：

東方木德仁，故有君子之國，此即太平之人仁也。推是而言，南方火德明，故其人智；西方金德實，故其人信；北方水德怒，故其人武；中國土德和平，故其人五性具備也。」

這就是《禮記・王制篇》中說的「五方之民皆有性也，不可推移。」這些都說明，民俗對一個地區人們的心理和性格的形成起著十分重要的作用。《風俗通義》序言說得好：

為政之道要改風正俗最其上也。……是故，先王之治國化民，必須慎其習而已矣。❾

由此可知，治國化民，必須研究通曉民俗。

民俗，深入到人們生活的各個角落，是人類所創造的物質文明和精神文明的積累。茲舉其功能之犖犖大者三：

㈠歷史功能：民俗，就其整體而言，是一種歷史的文化創造和積累。從單一的民俗事象來看，它似乎是孤立的，不和周圍其他民俗事象發生聯繫。但是，如果我們把眾多的民俗事象排列在一起，並將縱向的排列和橫向的排列加以細致的比較，我們就會發現，每一民俗事象，不僅和周圍其他民俗事象發生內容和形式的交叉，而且都有歷史發展的軌跡可尋。民俗是活的社會「化石」，它記載著民俗發展的歷史，體現出演變脈絡和傳承上的規律。

❾ 漢・應劭：《風俗通義》，臺北世界書局，民國六十四年七月。

㈡教育功能：民俗，是社會的、集體的創造，它紮根於人民生活的土壤之中，因而具有深厚的群眾基礎。民俗的產生，起初總是含有一定的功利目的，即和教育的功能聯繫在一起。沒有哪一民俗是個人的行為，個人的喜好和行為，只有和社會的、集體的習俗融合在一起，才有意義。這就說明，民俗的教育功能，是向著社會和集體的。教育功能的訴諸個人，是因為個人永遠是社會的集體成員之一。

民俗的教育功能，主要在於培養人們的道德情操、增強人們對生活的勇氣和熱愛，以及民族感和愛國心。

㈢社會功能：民俗的產生，離不開人類的社會生活。社會生活的豐富多采，決定了民俗事象的豐富多采。在現實生活中，民俗雖然是其有機的組成部分，但是它的最終形成，是受到社會經濟基礎制約的。也就是說社會生活充分反映出民俗。可知民俗是活的社會「化石」，能反映當時的歷史發展、社會生活等。

文學最能代表一個民族精神文明的程度，同時它又是促進、提高一個民族精神文明的重要因素。然而，文學是以包括全部民眾生活文化史在內的社會人生為審美對象的。由於民俗存在於一個民族的歷史長河裡，它的產生具有深厚的社會基礎，豐富的民俗事象反映了社會的豐富性，是各種社會形態和社會制度的見證；由於民俗在人們的生活中占有重要的位置，並從多方面影響著人們的物質生活和精神生活；由於民俗是民族心理的重要表現，而民族心理又是民族生活文化的反映，具有鮮明的民族性。因此，作為反映一個民族的社會歷史生活的民間文學，自然與民俗結下了不解之緣。

三、民俗與歌謠之關係

本章之主旨即欲探知北朝民俗，欲探知北朝民俗，則自其儲存處——北歌中探求。北歌即北朝樂府民歌，民歌即民間歌謠，這也就是說民俗與歌謠息息相關。歌謠是民間文學，提到民間文學，這是和作家文學相對而言的。一般文學所具有的特徵，民間文學也都具有。如文學是社會意識形態的一種；文學的本質特徵是通過形象和典型來認識生活和反映生活；文學是語言藝術，語言（書面文學語言、口頭文學語言）是文學的建築材料和用以塑造形象的手段；語言藝術具有形象的間接性等等。這些是對所有的文學作品而言，民間文學也不例外。但是我們在文學研究中還應看到，民間文學又是一種特殊的文學，它和作家文學相比，無論在創作、流傳、表現形式及作品所反映的內容等方面，均有許多不同。在創作上，作家創作是個人行為，而民間文學則有集體性的特點，作家用書面語言進行創作，民間文學則用口語；在流傳上，作家文學通過文字符號的印刷，民間文學則用口耳相傳，或口傳心授的方法；作家作品有版權限制，別人不能隨意改動，民間文學則在流傳中往往產生很大變異；在表現形式上，作家使用與口語有相當距離的書面語言或古語，民間文學使用的是口語；作家創作運用敘述、議論、描寫等多種手法，民間文學主要用敘述手法。作家文學中的詩歌、散文、小說與民間文學中的民歌（歌謠）、神話、傳說、故事也不相同。在題材的選擇上，作家創作比較廣泛自由，民間文學則主要講述和歌唱身邊發生的事，表達人民最直接的感情。所有這些都表明，民間文學有它獨具的個性，不能和作家文學一樣來看待。

至於民俗與歌謠之關係，則陶立璠說得十分具體：

> 在民俗學研究中，將民間文學作為民俗學的一部分，很重要的因緣，是強調民間文學在創作和流傳上的口頭性、集體性和變異性。民俗是靠口頭和行為傳承的，它具有集體性和變異性特徵。這一特徵在民間文學中表現得十分明顯。⑩

民間文學中的民歌，即指歌謠而言，是一種集體的創作和傳承活動的口承語言民俗。陶立璠又說：

> 文學發展史告訴我們，民間的口頭創作，是文學的源頭和母體。這種創作最初的表現形式是民俗的。《詩經》是我國第一部詩歌總集，其中的十五〈國風〉和〈小雅〉中的一部分作品來自民間。如果當時民間沒有表達人民心志的歌唱風俗，沒有人們（文人）對歌唱習俗的重視，就不會有《詩經》的誕生。《詩經》的問世，也給我們以這樣的啟示：當時不僅民間詩歌的創作很盛行，而且采詩之風也很盛行。古代典籍中常常見到有關的記載。《禮

⑩ 陶立璠：前引書，頁二八九。

記・王制》：「歲二月，東巡守，至於岱宗，柴而望祀山川，覲諸侯，問百年者就見之。命大師陳詩，以觀民風。」《白虎通義・巡狩》引《尚書大傳》云：「見諸侯，問百年，太師陳詩，以觀民風俗。」漢魏六朝時期，在周代采詩的基礎上，政府還設立了樂府機關，專門采集民歌，這也說明當時政府對創作一向予以重視。宋代郭茂倩輯有《樂府詩集》。收入先秦歌謠、漢樂府和唐五代民歌。明代楊慎的《古今風謠》、《古今諺》，馮夢龍的《山歌》，清代李調元的《粵風》，杜文瀾的《古謠諺》，范寅的《越諺》等，都是集歷代民歌之大成的著作。⓫

這段敘述，明顯的指出韻文體的民歌演唱習俗，亦深切的體現出民俗與歌謠的關係是一體兩面的，是息息相關的。

北歌中也反映人們的生活，北人騎馬、尚武，南人乘舟、尚柔，北人性情剛健、豪爽，南人性情婉曲、柔媚，在情歌中尤為顯著。民俗為生活中主要的特色，更具有歷史功能，教育功能以及社會功能。以下諸節，即用歸納、演繹法，對北歌中傳承的民俗與生活事項，一一說明，以窺見三世紀至六世紀時，北朝時代，民俗與生活的真面貌。

⓫ 同上。

第二節　北歌中的社會民俗與生活

民俗學研究領域的廣泛性是由社會生活中民俗事象的博雜性所決定的。儘管民俗事象內容複雜，但在表現形態上，不外乎社會的、精神的、物質的三種，或者說它們均可分別歸入社會民俗、精神民俗和物質民俗三類。而本節首先談社會民俗，亦即首先探討北歌中所反映之社會民俗。

社會民俗是民俗學的一大分類，它所包含的內容是十分廣泛的。和家族、村落結構、社會集團有關的民俗，是維護人與人之間相互關係的紐帶。人的本質，是它的社會性。當人與人之間的關係，通過某種獨特的方式固定下來並約定俗成，便構成各類不同的社會民俗事項。當然，從廣義上講，所有的民俗都帶有社會性，也都是社會的民俗之一，不帶社會性的民俗是沒有的。但從狹義上講，社會民俗又有它獨特的含義，社會民俗一旦形成，就對人們具有一種特別的強制、約束力。它往往在人際之間，起著粘和作用。

北歌中所反映之社會民俗，可從各民族之爭戰及崇尚勇武寫照中見出端倪。

一、因民俗、生活不同所引發之民族爭戰

北歌七十九首中〈梁鼓角橫吹曲〉即佔有六十六首，而郭茂倩在《樂府詩集》中強調〈梁鼓角橫吹曲〉的最重要的內容就是多敘「戰爭之事」。沈德潛也說：「梁時橫吹曲，武人之詞居多。」⓬確實，北朝民歌，其中大部分所反映的就是五胡十六國和北朝時期各少數民族軍事集團角逐的場面和戰爭造成的社會慘景。西晉末年，中國歷史又一次出現罕見的大分裂，起初是由西晉王朝的大糜爛引起的八王之亂的宗室交哄，戰火彌漫於全國。緊接著是民俗不同引發民族間的衝突和鬥爭，俗話說：「百里不同風，千里不同俗」，由於所處的山川地理環境不同，而形成不同的風俗和習慣。人類和自然的關係是十分密切的，他們不僅從自然界獲到賴以生存的生活資料，而且和自然界發生精神上的聯繫。有什麼樣的自然環境，就會形成什麼樣的民俗。居住地域、生活方式和生產方式的不同，往往形成某一地區的人們，所遵循的民俗也不相同。這種不同，有時相差很遠。我國北方的游牧民族和南方的農業民族，無論是居住、服飾、飲食、婚姻、交通等民俗，都是各不相同的。以居住而言，北方的游牧民族，由於客觀的生產方式所決定，放牧生活必須「逐水草而居」，所以他們居住在容易搬遷的「蒙古包」裡。北方民族的一系列狩獵民俗，和

⓬ 清・沈德潛：《說詩晬語》，卷上，見《詩話叢刊》下，弘道文化公司，頁一八八一。

南方稻作民族的耕作民俗形成鮮明的對比，也形成彼此的隔閡，再加上胡族政權的新貴和中原大族們對於政治設施的利害觀點常相違異，一時幾乎所有邊緣地帶的各游牧部族匈奴、鮮卑、羯、氐、羌等一齊湧入中原。先後在中國北半部和西半部建立了眾多的割據政權。這十幾個政權之間足足相互砍殺了一百二十多年，成為中國歷史上最混亂、最黑暗的一個歷史時期。這場空前慘重的災難，把廣大人民投入骨山血海之中。北朝民歌，就在這樣一個兵火連天的歲月中產生。

北朝民歌中反映之民族爭戰的作品大致可以分為二種類型：

㈠北國爭戰的寫照：反映戰爭情景的是一些具有高度普遍性和典型性的特寫鏡頭。

男兒可憐蟲，出門懷死憂。尸喪狹谷中，白骨無人收。〈企喻歌辭〉

這是一首典型的戰爭景象的北朝民歌，在那個兵禍連天的時代，出門的人們都懷著死亡的恐懼，反映出大戰亂大屠殺的現實在人們的心理上造成的沈重壓迫感。

頭毛墮落魄，飛揚百草頭。

這兩句詩見郭茂倩《樂府詩集》引《古今樂錄》曰：「〈企喻歌〉四曲，或云後又有二句『頭毛墮落魄，飛揚百草頭』。……」詩的意義可能是：頭毛隨落魄在草頭飛揚。根據詩意，「墮」似乎是「隨」之誤。兩句簡短的民歌卻向我們勾畫出了殘酷野蠻的屠殺造成的驚心動魄的場面：在一場廝殺中，一個個人頭被砍落在地，狂風吹來，散髮碎肉在草頭飛揚。這一慘烈景象的描寫，也是對戰爭屠殺的控訴。

十五從軍征，八十始得歸。道逢鄉里人，家中有阿誰？〈紫騮馬歌辭〉

遙看是君家，松柏冢纍纍。兔從狗竇入，雉從梁上飛。〈紫騮馬歌辭〉

這兩首〈紫騮馬歌辭〉反映了一位十五歲即被徵兵，八十歲才得退役的白頭老翁返回家鄉後只看到「松柏冢纍纍」的慘痛遭遇。

東平劉生安東子，樹木稀，屋裏無人看阿誰？〈東平劉生歌〉

詩中主人翁回到家鄉，親人蕩然無存，只有被洗劫的空屋和零落的樹木。此情此景，實際上亦是當時無數家庭的遭遇。

北朝這一類民歌，不但直接地，尖銳地反映社會的悲慘情景，而且具有極大的概括力和凝縮力。它所包含的是北朝一系列慘絕人寰的現實。

兄在城中弟在外，弓無弦，箭無括。食糧乏盡若為活？救我來！救我來！〈隔谷歌〉

兄為俘虜受困辱，骨露力疲食不足。弟為官吏馬食粟，何惜錢刀來我贖。〈隔谷歌〉

這兩首〈隔谷歌〉，通過反映在戰爭中處於包圍和被圍的兩個敵對陣營的一對骨肉兄弟的不同處境，展現了人世間另一類型的家庭和社會悲劇。

有的評論家不禁感慨地說：「必有實事，情哀詞促。」⑬這些典型的場面，非常真實和深刻地反映了那大動蕩年代的暗無天日。

---

⑬ 蕭滌非：前引書，頁二六六。

㈡謳歌史實的戰役：人民群眾通過自己的民歌，揭露和咀咒罪惡的戰爭，但是他們並不是盲目地反對一切戰爭。相反，對於反抗奴役和壓迫的戰爭，卻給予熱烈地讚頌和謳歌。

隴上壯士有陳安，軀幹雖小腹中寬，愛養將士同心肝。䯀驄父馬鐵鍛鞍，七尺大刀奮如湍，丈八蛇矛左右盤，十盪十決無當前。戰始三交失蛇矛，棄我䯀驄竄巖幽，為我外援而懸頭。西流之水東流河，一去不還奈子何。〈隴上歌〉

郭茂倩《樂府詩集》引《晉書・載記》曰：「劉曜圍陳安於隴城，安敗，南去陝中。曜使將軍平先，丘中伯率勁騎追安。安與壯士十餘騎於陝中格戰，安左手奮七尺大刀，右手執丈八蛇矛，近交則刀矛俱發，輒害五六，遠則雙帶鞬服，左右馳射而走。平先亦壯健絕人，與安搏戰，三交，奪其蛇矛而退，遂追斬於澗曲。安善於撫接，吉凶夷險，與眾同之。及其死，隴上為之歌。曜聞而嘉傷，命樂府歌之。」

此〈隴上歌〉即是北方人民，歌頌起兵反抗匈奴族異族劉曜統治的英雄陳安的。它是十六國人民憎惡和反抗匈奴族貴族統治的思想、感情和行動的真實記錄。

慕容攀牆視，吳軍無邊岸。我身分自當，枉殺牆外漢。〈慕容垂歌辭〉

慕容愁憤憤，燒香作佛會。願作牆裏燕，高飛出牆外。〈慕容垂歌辭〉

慕容出牆望，吳軍無邊岸。咄我臣諸佐，此事可惋歎。〈慕容垂歌辭〉

三首〈慕容垂歌辭〉反映了慕容垂圍攻苻丕時，被前來救援的晉將劉牢之擊敗被圍的歷史戰爭。

嘲笑和諷刺了猖狂一時的慕容垂失敗後坐臥不安，又怕又愁的醜態。它不但是戰爭的記敘，也是十六國時錯綜複雜的民族關係的反映。我們看到，昨天拼死搏鬥的秦晉，今天成了友軍；昨天是同一營壘的君臣，今天成了死敵。這使人接應不暇的分裂和組合、戰爭和聯合，正是大動亂時代社會的普遍現象。

二、北國崇尚勇武的民俗

從十六國開始到北朝末年的將近三百年之中，各族政權迭相更替，那此起彼伏的建國亡國，那說不盡的組合分裂，使人應接不暇的烽火、刀兵，不能不在歷史上留下深刻的烙印，作為人民生活和思想感情表現的民歌，不能不對此作出相應的反映。此反映即是尚武精神的表現，這股像洪水一樣的尚武精神的發生和蔓延決不是偶然的。它是時代的產物，是民族的產物，是一定社會制度的產物。北歌中直接描寫戰爭的作品，只是一小部分，而尚武精神，卻貫穿於整個北朝民歌之中，可以說它構成了北朝民歌的神韻和氣質。尚武精神表現在以下幾方面：

㈠熱愛武器：北歌中有勇士們欣喜若狂地讚賞自己的新式武器的詩歌，如：

新買五尺刀，懸著中梁柱。一日三摩娑，劇於十五女。〈琅琊王歌辭〉

這個場面極其生動真切。這可能是一首羌族民歌。詩中的健兒對自己的新刀愛不釋手，甚至遠遠超過了對少女的熱愛。這種「不愛佳人愛寶刀」的性格，正是特定的生產方式和生活方式造成的民族性格和心理的絕妙表現。對處於或剛脫離部落社會的中古游牧民族來說，戰爭和掠奪是他們的正常職業，作為戰爭工具的武器，既是保護財產的工具，也是獲得財產的工具。有了武器，就可以通過戰爭掠取財富和少女。拉法格在論述善的思想的起源時，曾引證過古希臘半開化的英雄的一段流傳下來的詩歌：

> 我的財富是我的槍，我的劍和我的盾牌，它們是我的防身之具；我靠他們耕鬆土地，我靠他們收穫，我靠他們擠出甜美的葡萄汁；因有它們我才被稱為mnoia（公社的奴隸群）的主人。⓮

各民族中這類讚美武器和搶劫的民歌如此驚人的相似，正說明那一時期以戰爭和搶劫為生的半開化的英雄們所共同具有的精神現象和心理特徵。

㈡崇尚戰馬：北歌中對戰馬的崇拜有突出的表現。在游牧民族看來，「馬是諸畜之王」，「馬是人的翅膀」。馬和他們的生活包括戰爭、生產、遷徙、交往密切地聯繫在一起，成為他們生活的組成部分。尤其是在五胡十六國和北朝這樣大動亂的時代，更顯示出馬的重要地位。〈琅琊王歌辭〉之八中有詩云：

> 懀馬高纏鬃，遙知身是龍。

⓮ 拉法格：《思想起源論·善的思想的起源》，王子野譯，香港三聯書店，一九七八年，頁一〇二。

這是一匹多麼漂亮、矯健的戰馬，奔騰起來像龍在飛舞。按：懀，快也。

此外，北歌中尚有如此充滿了力量，充滿了速度，充滿了節奏的詩句。

健兒須快馬，快馬須健兒。䟆跋黃塵下，然後別雄雌。〈折楊柳歌辭〉

健兒有了快馬，如虎之生翼，魚之得水，更顯出英雄氣慨。讀著這樣的民歌，我們彷彿看到健兒騎著快馬在滾滾黃塵中飛馳的情景。

對馬的崇尚，是這些民族的歷史和傳統，生活和環境，思想和文化，風俗習慣和心理特質的鮮明表現。在北方人民的觀念中，馬和英雄是如此密切和諧地聯繫著。

除了歷史的、傳統的、民族的因素之外，北朝民歌中對戰馬的崇尚和讚美也與由晉到南北朝騎兵得到突飛猛進發展的時代和社會因素有關。晉末以來，騎兵有了大的發展，這是戰爭的頻繁和匈奴、鮮卑等少數民族大批湧入中原地區的結果。曠日持久的戰爭要求軍事科學方面的相應配合。由於冶鐵事業的發展，特別是「百煉鋼」、「灌鋼法」等煉鋼術的發明和應用⓯，鋼開始大量用來製造武器。在騎兵這個兵種中，從規模、裝備到技術各方面都有了新的發展。鎧馬騎兵的出現，就是這一時期的新現象。這個時代的騎兵裝備，見於史書的記載很少。但是在考古上發現的敦煌二八五窟西魏壁畫、河南鄧縣北朝畫像磚、咸陽底張灣北周墓鎧馬騎俑等南北朝時期的壁畫圖象和北朝貴族墓葬中出土的騎兵、戰馬、武士俑，卻向我們展示了這一時期的騎兵（包括騎士

⓯ 楊寬：《中國古代冶鐵技術的發明和發展》、〈煉鋼技術的創造和發展〉節。

和戰馬）的裝備規模、程度和水準⑯，從中可以看出，當時的騎兵，有完善的馬具，騎在馬上的戰士穿起完善的甲冑來保護自己。這時前後胸甲分開用甲帶相聯的「裲襠甲」也很流行。為了減少戰馬的傷亡，也給馬披上鎧甲。有保護馬頭的「面帘」，保護馬頸的「雞頸」，和保護戰馬軀幹的「馬身甲」及「搭後」等幾個部分。並且常在馬頭上裝飾著漂亮的瓔珞，馬甲也分整塊的皮甲和一片片串起來的魚鱗甲兩種。由於防護設備日臻完善，騎兵的進攻力更強。這一點史書的文字材料雖然不多見，但是在北朝民歌中鮮明地，圖畫一般地表現出來了：

放馬大澤中，草好馬著臕。牌子鐵裲襠，鉅鉾鸐尾條。〈企喻歌辭之二〉

前行看後行，齊著鐵裲襠。前頭看後頭，齊著鐵鉅鉾。〈企喻歌辭之三〉

按：「牌子」：可能指盾。「鐵裲襠」：是鐵甲的一部分。「裲襠」亦作「兩當」。形狀似今之背心。「鉅鉾」疑是頭盔之類。「鸐尾條」指插在頭盔上的雉尾羽毛。第一首是對騎兵裝備的讚嘆，騎士與戰馬有了鐵裲襠、鐵鉅鉾和鸐尾條等精良的裝備和飾物，也更顯得英姿煥發。第二首是全副鐵甲裝備的騎兵對自己雄壯隊伍的讚嘆和自豪感。就像鎧馬騎俑成為判斷這一時代墓葬的一個典型標本一樣，反映這種鎧騎甲士的民歌，同樣成了我們認識北朝社會的經濟、軍事、民族和文化及人們的感情和心理的寶貴資料。

㈢崇拜英雄：崇拜英雄是尚武精神的主要內容，在北朝民歌中有突出的地位。

⑯ 柳涵：〈北朝的鎧馬騎俑〉，《考古》，一九五九年，第二期，頁六一。

　　儈馬高纏鬃，遙知身是龍。誰能騎此馬，唯有廣平公。〈琅琊王歌辭之八〉

此詩讚頌了廣平公這樣的英雄。《樂府詩集》引《晉書・載記》：「廣平公，姚弼興之子，泓之弟也。」詩中亦展現了廣平公的騎藝超群。

此外，《樂府詩集》列入〈雜歌謠辭〉中之〈長白山歌〉，亦屬崇拜英雄之北歌。

　　長白山頭百戰場，十十五五把長槍。不畏官軍千萬眾，只怕榮公第六郎。〈長白山歌〉

《北史》曰：「來整，榮國公護之子也。尤驍勇，善撫御，討擊群賊，所向皆捷。諸賊歌之。」從「不畏官軍千萬眾」這句看，是農民軍的口吻，正如《北史》所說，是「諸賊歌之」的歌曲；而「只怕榮公第六郎」，恐是民歌被用之演唱的改動之辭，也可能是榮國公護父子把農民軍的歌曲加以篡改，而合之於樂。

(四)盛讚勇健：北歌中反映出盛讚勇健的精神。如〈折楊柳歌辭〉中之「健兒須快馬」，不僅讚美了快馬，也讚美了騎在馬上的健兒，表現了健兒勇猛豪放的性格。再如：

　　男兒欲作健，結伴不須多。鷂子經天飛，群雀兩向波。〈企喻歌辭之一〉

這完全是一首勇者的讚歌。北朝的健兒們崇拜的是經天而過、嚇退群雀的凶猛鷂子，他們要做的也是勇猛頑強橫行於世的健兒。胡應麟曾說〈企喻歌辭〉是元魏先世風謠，其詞「剛猛激烈」，如「男兒欲作健」等語，「真秦風小戎之遺，其後雄據中華，幾一寓內，即數歌辭可徵」⑰，

⑰ 胡應麟：《詩藪》雜編卷三〈遺逸下〉，上海古籍出版社，一九七九年十月版，頁二八〇。

他深刻地指出了鮮卑等民族的性格。由於盛讚勇健，猛獸鷙鳥也為北朝少數民族所信仰。齊高祖時，「詔諸軍旗皆畫以猛獸鷙鳥之像」[18]，可見鷂子一類猛禽，一向為北朝人所崇拜。一直到現在，在西北各民族的畫兒中，也還以鷂子比喻勇健傑出的少年，足以見這種精神氣質、風俗習慣、表現形式的源遠流長。

(五)歌頌女豪：在北朝這樣的尚武社會中，豪放、勇武的風氣也影響到女性，出現了一些出類拔萃的巾幗英雄。取材自《北史》的〈李波小妹歌〉[19]就反映了這種時代特點：

> 李波小妹字雍容，褰裙逐馬如卷蓬。左射右射必疊雙。婦女尚如此，男子安可逢！

詩中的李波小妹的形象，逐馬如飛，左右開弓，顯示出高超的騎射技術。李波是後魏地方豪強家族的女子，從中我們可看出，當時北方包括上層統治者在內，不重纖細柔弱的閨秀，而重英武豪放的女性。

此外，《樂府詩集》中之〈木蘭詩〉，係歌頌女英雄木蘭喬裝代父從軍之故事。誠如李曰剛先生所云：

> 木蘭之英雄形象出現於樂府民歌，具有不平凡之意義。木蘭本一勤勞織作之普通姑娘，但當戰爭來時，竟勇敢承擔一般婦女所不能承擔之代父從軍任務。[20]

---

[18] 唐・李延壽：《北史・周本紀下第十》，卷一〇，臺北鼎文書局，民國七十九年，頁三四八。

[19] 唐・李延壽：《北史・李安世傳》，卷三三，臺北鼎文書局，民國七十九年，頁一二二四。

文學作品是時代的產物、社會的反映，於五胡亂華北國多事之秋，婦女中出現若木蘭如此勇敢善戰之人物，或可謂時勢造英雄。

尚武精神的表現，固然是時代的產物，但是最重要的卻是民族的產物。西晉末年，大量湧入中原地區的我國邊境各少數民族，多數還處在部落聯盟的時期。他們的社會發展速度儘管有快有慢，但有一點卻是相似的，即他的社會組織——部落或部落聯盟，卻維持了很長的時期。在魏道武帝入主中原之後，還長期保存著氏族關係，尤其是軍事編制中的部落組織更牢固地存在。

部落和部落聯盟階段在組織結構上的特徵是生產組織和軍事組織的統一；而在精神文化上的特徵是英雄崇拜的出現。在這個階段，氏族部落既是生產組織，又是軍事組織。這種以血緣關係聯結的部落組織大大促進了各少數民族的軍事組織的鞏固和發展。有效的軍事組織和長期的戰爭生活，鍛練和養成了他們凶猛驍勇，善於戰爭的民族特性。戰爭和掠奪在他們看來是生活的正常職能，是比辛勤勞動更容易甚至更榮耀的事情。這種「英雄理想」，被當作部落勇士們必須具備的德行和品質。同時，隨著部落聯盟的產生和擴大，部落首領的權力也日益增大。在頻繁的掠奪戰爭中，各部落湧現出一些驍勇善戰被人們視為英雄的軍事首領。於是在人類的精神文化史上便出現了「崇拜英雄」、「崇尚勇武」的時代。

從十六國到北朝的大動亂中，活躍馳騁於中國歷史舞臺上的，就是各民族、各部落的豪酋和

⑳ 李曰剛：前引書，頁一二七。

勇士們。這一類「英雄人物」，便成為各民族部落戰士們崇拜的對象。無論是對英雄崇拜、勇健盛讚，還是珍惜武器或崇尚戰馬，全是部落聯盟時期，尚武精神的具體表現。

尚武精神成為一種時代風尚，還有廣泛的社會原因。由於生產軍事組織和長期的戰爭生活，不僅造成了各少數民族的英勇善戰，也影響到廣大的漢族人民。在鮮卑族入主中原的初期，規定漢人不能服兵役，只是「勤服農桑，以供軍國」。魏孝文帝以後，此一禁律逐漸突破。到府兵制發展起來，漢人服兵役的現象日益加劇。史稱「是後夏人（漢人）半為兵矣！」這一歷史時期的一系列兵役制度、部曲制度等都促使整個社會軍事體制色彩和尚武風氣更加濃厚。所以，崇尚勇武在北朝得到廣泛的傳播，並在各族人民的歌謠中突出地反映出來，自有它特定的深厚的社會歷史條件。

三、客士擇主而事的風氣

在中國古代社會，每逢戰亂頻繁、動蕩不寧的時期，總有一批滿懷雄心壯志的人士活躍於政治、軍事大舞臺上，企圖幹一番稱王稱霸的大事業。所謂亂世英雄起四方，正是指這種情況。身居上層社會的權貴們可以招兵買馬、擴充勢力、獨霸一方；而出身於平民階層的仁人志士要實現自己建功立業的抱負，首先只能走一條「擇主而事」的道路。即投身於社會上已有相當勢力的某位「主人」門下，以為立足之地，而後再圖進取。春秋戰國時期，上層社會的權貴們就有所謂「養士」的風氣。蘇軾曾云：

自謀夫說客，談天雕龍、堅白異同之流，下到擊劍扛鼎、雞鳴狗盜之徒，莫不賓禮。[21]

「士」一旦被養，即成為「客」。戰國時期著名的孟嘗君等四公子，門下都有三千所謂「食客」。北朝時期，也有類似情況，十六國大亂後，中原士族及百姓紛紛南下遷往江南，北方留下的世族大地主為了抵禦胡人侵害，往往聚族而居，築起塢壁，選出族中地位最高、能力最強的人為宗主，統領整個宗族，這種塢壁裏聚集的人多則四、五千家，少則千餘家。《通鑑》卷一〇二載，前秦瓦解後：

東胡王晏據館陶，為鄴中（前秦苻丕）聲援，鮮卑、烏丸及郡縣民據塢壁，不從燕（後燕慕容垂）者尚眾。

這些千戶、萬戶的大族聚居，形成了一個個大地主塢壁莊園。大地主塢壁莊園裡，是一個自給自足的社會組織，除宗主外，其餘多是蔭庇的部曲、佃客。部曲、佃客的前身，是東漢時一批脫離自己土地而依附於大地主的賓客，他們或因土地不夠，或因家中勞動力過剩，來到土地較多的莊園裡租佃地主的土地，久而久之，隨著依附關係的加強，身份逐漸低落，變成了莊園主的佃客。部曲、佃客的身份完全是主人的人身依附，屬半農奴性質。投靠在這些塢壁內的人民，參加軍事

[21] 蘇軾：《東坡志林・遊士失職之禍》，卷五，臺北木鐸出版社，民國七十一年，頁一一〇。

防禦，並在塢壁所能防禦的土地上從事農業生產。〈琅琊王歌辭〉就反映了客士投身於主人以圖立功名的這種情況。

> 客行依主人，願得主人強。猛虎依深山，願得松柏長。〈琅琊王歌辭〉

這首詩寫客士依附主人的願望，反映的是北方人民聚居山澤，建築塢壁，推舉豪強作為「塢主」以抵抗侵略者，自古以來，客士都是擇主而事的，正是所謂「良禽擇木而棲，賢者擇主而事」。既經選定，便希望主人能夠強大，一則可以為之盡力，建立功名；二則可以求得庇護，保證安全，尤其是在動亂不定的北朝，更是如此。這四句話，真切地表達了當時客士的心聲，也反映了北朝擇主而事的社會民俗。

四、北國語言詞彙的民俗

人與人之間，能彼此傳達意思，是要依賴語言，而語言必須藉著語詞意義才能構成，這也就是語言不同一般聲音之處。而語言之所以能成為人類傳遞思想的工具，也是由於社會上的約定俗成，所以語言本就是屬於社會現象的。本書遂將北歌中語言詞彙的民俗歸於社會民俗中。

北歌詞彙中往往保留大量的方言，這些方言也能反映當時社會的特色，依詞性分別言之：

(一)名詞

北歌中名詞的發展表現在形態與功能兩個方面。就形態而言，萌生發展了一些前綴與後綴；就功能而言，名詞與其他類詞的結合關係有了新的變化。這兩方面的發展，使得漢語中名詞的特點更加突出，名詞的性質更加穩定。

甲、前綴與後綴

1. 前綴有「阿」

(1)綴於親屬稱謂之前的

用於尊輩稱謂之前，如：

……阿爺無大兒，木蘭無長兄……　〈木蘭詩〉

按：「爺」原來作「耶」，父親的意思。《古文苑》注云：「耶，以遮切，今作爺，俗呼父為耶。」《增音》：「俗謂父曰耶。」

「阿」是助詞，無實際意義，加在親屬稱呼之前，表示親切。如今我國不少地方仍有呼父親為「阿爸」（如四川）、「阿爹」（如浙江）、「阿叔」（如廣東）的。這裡的「阿爺」是指木蘭的父親，「阿」字是助詞無義。

又如：

門前一株棗，歲歲不知老，阿婆不嫁女，那得孫兒抱。　〈折楊柳枝歌〉

按：「婆」字，《稱謂錄》云：「方言稱母。」並引北朝李育呼母為「婆」為證。上舉北歌中的

「阿婆」一例，也顯然是稱「母親」。

用於平輩稱謂之前，如：

阿姊聞妹來，當戶理紅妝。……〈木蘭詩〉

(2)綴於代詞之前

用於疑問代詞之前，主要有「阿誰」，如：

十五從軍征，八十始得歸。道逢鄉里人，家中有阿誰？〈紫騮馬歌辭〉

羹飯一時熟，不知飴阿誰？〈紫騮馬歌辭〉

東平劉生安東子，樹木稀，屋裡無人看阿誰？〈東平劉生歌〉

按：「阿」作為詞頭，在漢代就出現了，它先用作疑問代詞「誰」的詞頭。北歌〈紫騮馬歌辭〉的「十五從軍征，……家中有阿誰？」為漢辭，出於〈漢橫吹曲〉，乃漢魏舊曲調。「阿」以後用作人名和親屬稱呼的詞頭，如曹操小名「阿瞞」、劉禪小字「阿斗」、呂蒙被人稱為「吳下阿蒙」、呼謝惠連為「阿達」、稱庾會為「阿恭」、喚周子文為「阿鼠」；叫爺爺為「阿翁」、母親為「阿母」、兄長為「阿兄」、姐姐為「阿姊」等。

2.後綴有「子、頭、兒」

(1)「子」字用作後綴是從小稱虛化而來的。它的起源很早，秦漢時期已經有了虛化的趨勢。此期完成了虛化過程，運用十分普遍，用法也有所擴展。由「子」字構成的名詞，在北歌中大體可以分為如下三類：

第一類表示人物，如：

車前女子年十五，手彈琵琶玉節舞。〈鉅鹿公主歌辭〉

誰家女子能行步，反著裌禪後裙露。〈捉搦歌〉

可憐女子能照影，不見其餘見斜領。〈捉搦歌〉

敕敕何力力，女子臨窗織。〈折楊柳枝歌〉

第二類表示動物，如：

鷂子經天飛，群雀兩向波。〈企喻歌辭〉

郎非黃鷂子，那得雲中雀。〈慕容家自魯企由谷歌〉

第三類表示器具，如：

牌子鐵裲襠，鉅鉾鸐尾條。〈企喻歌辭〉

(2)「頭」字本指頭部，後來引申出「頂端」的意義，如《搜神記》卷一〇：「夢二人乘船持箱，上泰床頭。」這類「頭」字具有一定的實義，尚未發展為後綴，不過後綴「頭」字正是從「頂端」義進一步虛化而來的。北歌「頭」字的後綴用法已經成熟，只是運用尚不夠廣泛，可以分為兩類。

第一類綴於方位名詞之後，如：

前頭看後頭，齊著鐵鈷鉾。〈企喻歌辭〉

第二類綴於表示事物的名詞之後，如：

隴頭流水，流離山下。
朝發欣城，暮宿隴頭。
隴頭流水，鳴聲幽咽。〈隴頭歌辭〉

(3)「兒」字本指小兒，常用來表示幼小之稱，如《宋書・文帝紀》：「太祖文皇帝諱義隆，小字車兒。」這類「兒」字具有相當實在的意義，尚未發展為後綴，不過後綴「兒」字正是從「幼小」義逐步虛化而來的。北歌「兒」字的虛化尚未完成，見到的例句不多，主要集中在表示人或動物的名詞之後，有時還很難說它們完全擺脫了詞義。如：

阿婆不嫁女，那得孫兒抱？〈折楊柳枝歌〉
懀馬常苦瘦，剿兒常苦貧。〈幽州馬客吟歌辭〉
下馬吹長笛，愁殺行客兒。〈折楊柳枝歌〉
我是虜家兒，不解漢兒歌。〈折楊柳歌辭〉

到唐代時，「兒」字完成了詞義上的虛化過程，經常用於表示動物的名詞之後，例如雁兒、衫兒、窗兒，更顯示出成熟的後綴性質。

乙、與其他類詞的組合關係

在名詞與其他類詞或詞組的組合關係上，此期較之先秦兩漢有了新的發展。主要表現是：名詞與數量詞組的組合愈加穩定㉒。

先秦兩漢時期，漢語中的名詞在需要表示數的概念時一般採用數詞與名詞直接組合的方式，有時為了強調事物的單位，也可以在數詞之後加上量詞。所採用的量詞，先秦時以表示度量衡單位的量詞為主體，兩漢時續增了一些表示天然單位的個體量詞。由於量詞的運用尚不普遍，此期之前的數量名詞組，尤其是由個體量詞組成的數量名詞組並不多見。此期開始，表示天然單位的個體量詞不斷湧現，量詞已經發展成為一個獨立的語法範疇，數詞與名詞在組合時通常也用量詞作為中介，因此數量名詞組的運用普遍增多，相互間的組合也愈加穩定㉓。

北歌中名詞與數量詞組組合的形式為：數詞＋量詞＋名詞，如：

門前一株棗，歲歲不知老。〈折楊柳枝歌〉

郎在十重樓，女在九重閣。〈慕容家自魯企由谷歌〉

華陰山頭百丈井，下有流水徹骨冷。〈捉搦歌〉

新買五尺刀，懸著中梁柱。〈琅琊王歌辭〉

願馳千里足，送兒還故鄉。〈木蘭詩〉

㉒ 柳士鎮：《魏晉南北朝歷史語法》，南京大學出版社，一九九二年八月，頁一〇六。

㉓ 同上。

㈡形容詞

北歌中之形容詞，以ＡＡ式重疊形容詞的增多為探討重點。在此討論ＡＡ式的重疊形容詞，當排除象聲形容詞，因為象聲形容詞常用疊音的方式來模擬聲音，如「唧唧、敕敕、力力」，外形上很像ＡＡ式的形容詞重疊，但它們並非兩個語素的疊用，而是只有一個語素的單純詞；並且這類用法是自古而然的，不僅此期沒有什麼變化，甚至到現代也沒有什麼變化。

真正的ＡＡ式重疊的形容詞是由兩個相同的單音節語素疊用而成，其意義同構成它的單音節語素大體相同，這就是通常所說的疊根形容詞。

ＡＡ式重疊形容詞起源很早，《詩經》中即有少數用例，如〈鄭風·子衿〉「青青子衿」。秦漢時期續有沿用。這一期間ＡＡ式形容詞的主要作用在於摹繪事物狀態，用上了ＡＡ式形容詞比單音節形容詞具有更為濃重的描寫性質。東漢以後，這種用法增多，同時在描寫性質的基礎上又加重了修辭上的強調作用。以下是北歌中的用例：

高高山頭樹，風吹葉落去。〈紫騮馬歌辭〉

遙看是君家，松柏冢纍纍。〈紫騮馬歌辭〉

歸歸黃淡思，逐郎還去來。歸歸黃淡百，逐郎何處索？〈黃淡思歌辭〉

月明光光星欲墮，欲來不來早語我。〈地驅樂歌〉

雨雪霏霏，雀勞利。〈雀勞利歌辭〉

天蒼蒼，野茫茫，風吹草低見牛羊。〈敕勒歌〉

(三)疑問代詞

疑問代詞在魏晉南北朝時期的演變，從規範化的角度看，先秦時期形式複雜多樣、用法有同有異的眾多疑問代詞經過淘汰後，在口語色彩較濃的北歌中，主要留下「誰、何」兩個；從新興發展的角度看，一是利用「誰、何」構成的某些新語法形式，二是產生了一些疑問代詞的新形式。

1.由「誰、何」構成的語法形式

北歌中主要有如下二個：

(1)阿誰

北歌中「阿」字運用甚為普遍，當它綴於疑問代詞「誰」字之前，構成了合成詞「阿誰」，意思與「誰」相同，可以充任主語、賓語。本節「名詞」中亦曾言及。

(2)何當

「何當」用於詢問時間，意思是「什麼時候」，在此期開始流行。丁聲樹說：

> 何當為晉、宋、齊、梁間翰墨習語，實乃問時之詞。㉔

在句中充任狀語。

> 一去數千里，何當還故處？〈紫騮馬歌辭〉

㉔參看《中央研究院歷史語言研究所集刊》，第二十本下，何當解，臺北維新書局，民國六十年，頁六三。

「何當」的這一用法一直沿用到後代，唐宋詩詞中尤為常見，所以丁聲樹於同文中又說：

> 及觀唐人所用，則源流相承，義訓無變。

2.新興的疑問代詞

北歌中「若為」為新興的疑問代詞。《助字辨略》云：「若為，猶云如何也。」王利器《顏氏家訓・歸心》集解引劉盼遂曰：「若為，晉、宋以來通語」，「蓋奈何之轉語，若猶那也，何也」。此期「若為」並不表示「做什麼」，主要詢問方式，意思是「怎麼、怎樣」。可以充任狀語、謂語。如：

> 食糧乏盡若為活？救我來！救我來！〈隔谷歌〉

此處「若為」充任狀語。

(四)數詞

北歌數詞的發展主要表現在序數與概數上，此一方式一直流傳到後世，有些甚至沿用到現代。

1.序數

排行也是一種順序，指同輩人中按年齡排列的順序。北歌中用帶有前綴「第」字的序數詞表示，如：

> 不畏官軍千萬眾，只怕滎公第六郎。〈長白山歌〉

西漢時，「第」字開始用在數詞之前，對於序數詞獨立形態的形成產生了重大影響。「第」本作

「弟」，原為名詞，義為次第，表示名位或位次。由於經常活用為動詞置於數詞之上，表示排位次為第幾，於是逐漸虛化為序數詞前綴。起初僅為序數詞單用，直至漢末才又可以同名詞等組合，形成「第＋數詞＋中心詞」的完整表達形式。這是一步關鍵性的演變，因為有了中心詞在後面，序數詞的性質就確定無疑了。在這種情況下，「第」字也完成了自身的虛化過程，成為純粹的序數詞前綴。北歌中「第」字的這一用法已經相當穩定通行。

2. 概數

概數，也稱約數，是與定數相對待的概念，表示大概，約略的數目。先秦兩漢時期，概數已出現多種表達方式；此期在前期基礎上萌生發展了一些新形式，如：

(1)用AABB式數詞重疊

這種方式唐代較為普遍，北歌中僅一例：

長白山頭百戰場，十十五五把長槍。〈長白山歌〉

(2)在數詞或數量詞組之後用表示約略義的詞語，如「強」字，意為「稍多、有餘」。

策勳十二轉，賞賜百千強。〈木蘭詩〉

(五)量詞

量詞在魏晉南北朝時期發展最為顯著。北歌中以表示天然單位的個體量為主要標誌的名量詞，如一日、五尺、二三月、百丈、一處等，已得到廣泛使用，進入全面成熟的階段；而值得一提的是AA式名量詞重疊的出現。如：

軍書十二卷，卷卷有爺名。〈木蘭詩〉

重疊的AA式名量詞在此充任主語，是北歌詞彙特色之一。

(六)介詞

介詞由於自身沒有形態變化，與之組合的其他類詞或詞組在各個時期又沒有多少不同，因此它的變化主要表現在新舊形式的更迭上。前期較為繁複的介詞體系，發展到魏晉南北朝，開始出現簡化、規範的趨勢，淘汰了一些意義、作用重複的介詞，保留了一些使用頻率較高的介詞；同時，也萌生了一些新興的介詞。見於北歌中的有「當、對」等表示時地的介詞。如：

喞喞復喞喞，木蘭當戶織。〈木蘭詩〉

「當」字先秦時期已經用作介詞，主要介紹時間，意為「正當」。漢代之後又發展出介紹處所的用法，意為「對著」。魏晉南北朝時運用逐漸增多，北歌中之「木蘭當戶織」即為一例。

又如：

當窗理雲鬢，挂（對）鏡帖花黃。〈木蘭詩〉

「對」字在魏晉南北朝之前主要用作動詞，意為「面對著」，但也已萌發介詞用法，意為「朝著」。北歌在介紹處所時「對鏡帖花黃」亦為介詞之一例。

(七)助詞

助詞發展到魏晉南北朝時期，主要變化之一是新的句末語氣助詞有了少量運用，北歌中即有一例：

食糧乏盡若為活？救我來！救我來！〈隔谷歌〉

「來」字表示祈使語氣，此期之前已有萌芽，此期運用有增多之勢。

綜上所述，可窺知北國語言詞彙的民俗。

第三節　北歌中的精神民俗與生活

精神民俗與社會民俗、物質民俗不同，是一種無形的心理文化現象。正是因為此類民俗事項表現出強烈的心理特徵，所以在民俗學研究中，有時將其稱為「心理民俗」或「心意民俗」。

精神民俗的研究，在民俗學研究中，是一個比較複雜的領域。當我們從宏觀研究去考察精神民俗的種種表現形式時，常常會發現它們與物質民俗、社會民俗發生密切連繫，即物質民俗與社會民俗中，往往表現出精神民俗特色，你中有我，我中有你，這正說明精神民俗乃是物質民俗和社會民俗的反映，或者說，它是社會的物質生產方式和生活方式的獨特表現形式之一。精神民俗所涉及的範圍是相當廣泛的，一般包括了愛情與婚姻、禮儀與風情、道德與契約、胡歌與樂器、宗教與信仰等，本節精神民俗之探討即以此範疇為核心。

一、愛情與婚姻

從晉末到北朝的漫長時期中，處於民族雜居和民族大融合的歷史時代。每個民族都因其時代背景、社會習尚之不同而有其獨特的愛情、婚姻觀。北朝民歌中，更具有鮮明的特點，分述如後：

㈠婚配的流行：北朝民歌中出現的婦女形象，是一些具有直率伉爽性格的女子，與南朝民歌中那嬌羞柔媚的「碧玉小家女」不同。

北朝婦女心目中理想的配偶，並不是南朝民歌所樂道的那種具有女性美的「百媚郎」，而是頑強的勇士：

郎在十重樓，女在九重閣。郎非黃鷂子，那得雲中雀。〈慕容家自魯企由谷歌〉

這首北歌以凶猛的黃鷂子才能得到雲中雀的形象比喻，表達了尚武民族的女性關於配偶的標準和要求。據《北史》載，流行在鮮卑等北方民族中的一首〈處女歌謠〉說：「求良夫，當如倍侯利。」倍侯利原是高車斛律部將帥，後奔魏。史稱「侯利質直，勇健過人，奮戈陷陣，有異於眾，北方民人畏之。嬰兒啼者，語曰：『倍侯利來』，便止。」㉕這位具有超人勇猛的倍侯利，便被北方民

㉕唐・李延壽：《北史》，卷九八，臺北鼎文書局，民國七十九年，頁三二七二。

族的處女們視為理想的配偶。北歌中反映的婚配觀念，既是歷史環境和時代條件的產物，但更重要的是由民族發展階段所決定的，它是部落和部落聯盟階段的道德觀念和英雄崇拜在愛情婚姻上的表現。

㈡爽直熱烈的愛情：北歌受胡風影響，與南方大異其趣。胡人久居邊塞，驅逐水草，放牧漠野，養成強悍豪壯之民族性。他們對愛情的追求是直接了當的。如：

誰家女子能行步，反著裌襌後裙露。天生男女共一處，願得兩個成翁嫗。〈捉搦歌之二〉

詩中云：「天生男女共一處，願得兩個成翁嫗」。在他們的觀念裡，男女成雙成對是天經地義的自然現象。誠如劉大杰所云：

北方人的情感多是直率的、熱烈的，沒有南方那種隱曲細密的手法。北方人並不是不講戀愛，他們不把戀愛看作是一種藝術，或是一種神祕的把戲。他們同吃飯穿衣一樣，看作是一件簡單的事體，毫沒有那種嬌羞隱藏的態度。㉖

他們理解的愛情和婚姻，最重要的只是具有繁殖種族的生物意義和保存種族的社會意義。男女感情建立和服從於這個大前提上。

又如：

南山自言高，只與北山齊。女兒自言好，故入郎君懷。〈幽州馬客吟歌辭〉

㉖ 劉大杰：《中國文學發展史》，臺北中華書局，民國六十九年十月，頁三〇六。

詩中云：「女兒自言好，故入郎君懷」，男女相配，自然是美好的。這與「天生男女共一處」，是同一觀念的不同表現形式。

㈢女子促嫁的風氣：出現在北歌中的愛情婚姻，沒有南朝民歌中那種空靈的幻想和浪漫的氣息，一切都是實際的、粗獷的、乾脆俐落的。「北歌沒有委婉纏綿的情思，也沒有娓娓動聽的傾訴，一切都是直率的、大膽的，是女子直接要求出嫁的呼聲。」㉗如：

黃桑柘屐蒲子履，中央有系兩頭繫。小時憐母大憐婿，何不早嫁論家計。〈捉搦歌之四〉

詩中「小時憐母大憐婿」即坦率地表達了一個女孩子的心理發展，和成長過程，發出了「何不早嫁論家計」的強烈要求。

長期戰亂，使女子尋找婆家也成了困難，在北歌中產生了不少表現女子迫切要求出嫁的作品，這是北朝的特殊產物。如：

驅羊入谷，自羊在前。老女不嫁，蹋地喚天。〈地驅歌樂辭〉

門前一株棗，歲歲不知老。阿婆不嫁女，那得孫兒抱。〈折楊柳枝歌〉

這些詩表現得十分真切、熱烈，把成年女子要求出嫁的心情，非常直率地說了出來，也迫切表達了要求母親盡早嫁女的願望。同時也反映出女子一再向家長要求婚配的權利，這正說明了古代婚姻的締結，都是由父母一手促成，當事人則安心順從。也說明進入中原的少數民族逐漸向漢民族

㉗李德芳：〈北朝民歌的社會風俗史研究〉，《北京師範大學學報（社會科學）》，一九八四年九月，頁五八。

的婚姻轉化。

㈣不留餘味的戀情：北歌中的男女戀歌，也是乾脆不留餘味的。「搬出真面孔，不留餘味，在詩的藝術上講，本是一種弊病。若是站在歌謠的立場，卻又是不能不承認這是一種特色。」㉘如：

月明光光星欲墮，欲來不來早語我。〈地驅樂歌〉

這首〈地驅樂歌〉只有這兩句，內容單純，表情直接、乾脆，頗具北朝民歌之特點，和南朝那纏綿悱惻的情歌大異其趣。試想，在一個金黃的月輪高掛晴空的夜裡，一個女子焦灼地等待著她的戀人，等啊等，一直等到星星快要落的時候了，可是他，不知為什麼還是沒有來。這種情況如果是在南朝民歌中，就出現種種複雜的情緒：懷疑、猜測、悲傷、怨恨等等不一而足。比如一首吳歌〈讀曲歌〉就是這樣：

思歡不得來，抱被空中語，月沒星不亮，持底明儂緒。〈讀曲歌〉

而上面引的〈地驅樂歌〉，只對失約的男子發出乾脆俐落的一聲「欲來不來早語我」，真是快人快語。

又如：

側側力力，念君無極。枕郎左臂，隨郎轉側。〈地驅歌樂辭〉

㉘ 同㉖。

詩中「側側力力，念君無極」，生動地描寫了女子的思想情態。「枕郎左臂，隨郎轉側」，則將男女交往的風情畫面生動的呈現出來。

再如：

摩捋郎鬚，看郎顏色。郎不念女，不可與力。〈地驅歌樂辭〉

詩中描述一個多情的女子，和不喜愛自己的郎君決裂了。在男女不平等的社會裡，癡心的女子往往會遭到負心漢的遺棄，這在過去的文學作品中頗為常見，《詩經．氓》就是有名的一篇。這種事給婦女造成的痛苦是很大的，甚至使許多年輕的婦女因此喪生。但是這首北歌，卻與眾不同，「郎不念女，不可與力。」你不愛我了，我就和你一刀兩斷，再沒有什麼可說的！既不委屈求全，也不傷感悲泣，而是「春夢了無痕」的強硬對抗。這個女子的堅強、爽朗性格是令人感到痛快的。這不留餘味的戀情，卻充滿了濃厚的「樸野」情調。

(五)小丈夫的風俗：北朝連年爭戰，男人們身赴沙場，客死他鄉。家中只留下了孤兒寡婦，北俗為了解決寡婦的社會安全與生活，遂產生婚配的亂象：

燒火燒野田，野鴨飛上天，童男娶寡婦，壯女笑殺人。〈紫騮馬歌辭〉

北朝民歌的價值，就在於多側面反映了當時的社會現實，詩中「童男娶寡婦」的小丈夫風俗，即為人類學所謂「夫兄弟婚」，俗稱「蒸報婚」，正有力地反映和揭露了現實生活的混亂和悲慘。考之史實，如「齊神武帝請釋芒山俘桎梏，配以人間寡婦。」㉙及「崔亮受暉撻三寡婦，令其自誣，稱壽興壓己為婢。」[30]可為此首北歌所云之佐證。

綜上所言，北歌中的情詩，除了反映中古時期，北方各民族人民的愛情與婚姻的精神民俗外，無疑的也提供了珍貴的北朝婚姻史、社會史資料。

二、禮儀與風情

北歌中反映男女相送的禮儀，既不同於吳歌之在都市庭院，也不同於西曲之碼頭船邊，而是在路頭馬背上，具有一種鮮明的北方民族生活的情調：

上馬不捉鞭，反折楊柳枝。蹀座吹長笛，愁殺行客兒。〈折楊柳歌辭〉

這是一首表現離別的詩歌，這位行客上馬後不去立即捉鞭策馬，卻反折一枝楊柳，表示留戀和惜別，在中國詩歌史上，折柳送別從《詩經》起就有所載，〈小雅・采薇〉中就曾云：「昔我往矣，楊柳依依；今我來思，雨雪霏霏。」而後「楊柳」就成為詩歌中典型的離別象徵。並且垂足坐在馬背上吹開了長笛，悠揚淒厲的笛聲更使外出的行客增添愁意。

又如：

---

29 唐・李延壽：《北史・高祖神武帝紀》，卷六，臺北鼎文書局，民國七十九年，頁二二八。

30 唐・李延壽：《北史・崔亮傳》，卷四四，臺北鼎文書局，民國七十九年，頁一六三〇。

腹中愁不樂，願作郎馬鞭。出入擐郎臂，蹀座郎膝邊。〈折楊柳歌辭〉

這是一首女子唱答的詩，面對著離別，恨不得變成情郎手中的馬鞭，出入在郎的手臂上，騎馬在郎的膝邊。這是一副鮮明、生動的北方民族離情依依的風情畫。

這些詩儘管是唱離情，但畢竟是健兒馬上的離情，在離愁別恨中仍然透露出粗獷豪放的氣息。

三、道德與契約

北歌中亦展現出北方人民進行買賣或借貸時，不憑「良心」，而任憑「契約」的民俗：

可憐白鼻騧，相將入酒家。無錢但共飲，畫地作交賒。〈高陽樂人歌〉

這裡展現出北人當時以「畫地記帳」代替契約的一種道德民俗。

四、胡歌與樂器

先民咨嗟吟歎，興發歌詠，皆本諸心聲，無庸譜器，故南風、卿雲、擊壤、康衢之作，寢以踵起。然若徒歌不足以言志，謳謠不足以表情，則抑揚其聲，擊節與舞。《禮記・樂記》云：

詩言其志也，歌詠其聲也，舞動其容也，三者本於心，然後樂器從之。

《文心雕龍・樂府篇》亦云：

> 故知詩為樂心，聲為樂體，樂體在聲，瞽師務調其器。

故樂府詩本係弦歌，需歌唱相應，譜器疊奏。如漢樂府詩之郊廟歌辭，仍襲周秦雅樂，不失鐘磬金石之聲；鼓吹歌辭存者有鐃歌十八曲，依瓛定軍禮，陸機鼓吹賦，《宋書・樂志》、《晉書・樂志》等知有鼓、鐃、笳、角四種樂器；橫吹曲辭則本謂之鼓吹。《晉書・樂志》云：「橫吹曲有鼓角，又有胡角。」惜今不存。相和歌辭之樂器，據《古今樂錄》云：

> 凡相和，其器有笙、笛、節歌（歌當作鼓）、琴、瑟、琵琶、箏七種。

南北朝樂府詩，經漢末大亂，及永嘉之禍，聲樂散亡，樂器殘缺，雖經宋武帝之收集聲伎，北魏孝武帝之嫻習舊樂，稍有可觀。若其郊廟、燕射、舞曲歌辭，仍沿習魏晉，甚少變改；鼓吹鐃歌則宋、齊、梁以來，並用漢曲；至於相和三調，亦得自關中，本為漢代舊曲，作品均係文士模擬而來，無聲歌可言；唯南朝新聲，即起於吳地之吳聲歌曲，及出自荊郢樊鄧間之西曲，與北朝傳入梁之梁鼓角橫吹曲，得言其樂器。

今存北歌大部分保存在〈梁鼓角橫吹曲〉中，大多敘北方尚武之民性，蒼涼慷慨，為胡人用胡語、鮮卑語來唱的胡歌，《樂府詩集》置於〈橫吹曲辭〉。《樂府詩集》卷二一有云：

> 《古今樂錄》有〈梁鼓角橫吹曲〉，多敘慕容垂及姚泓時戰陣之事。

其使用之樂器未曾說明。〈鼓角橫吹〉是北方興起的一種軍樂形式，使用的樂器是鼙鼓、胡角、簫、笳、橫笛等，是用於軍樂的一種軍樂。

官家出遊雷大鼓，細乘犢車開後戶。〈鉅鹿公主歌辭〉

車前女子年十五，手彈琵琶玉節舞。〈鉅鹿公主歌辭〉

蹀座吹長笛，愁殺行客兒。〈折楊柳歌辭〉

由上述北歌中，可知鼓、琵琶、長笛皆當時樂器。

五、宗教與信仰

佛教自東漢初年正式傳入中國，但當時社會安定，儒學權威正盛，且傳播佛法者缺乏組織，及無勇敢精幹之士出世，因此佛教並沒有多大的發展餘地。到東漢末年及魏晉時代，國內戰亂連年，人民備受災難困頓，生活痛苦，且感人生興敗憂樂變幻無常，精神上也缺乏寄託，而當時中國傳統思想的儒學，久已變成沒有靈魂的空架，因此佛教遂挾其深邃的義理乘虛進入中國思想界。它所主張的神不滅論、因果報應、六道輪迴等說法逐漸深入人心，廣受歡迎。兩晉南北朝的三百年間，佛教終由萌芽而壯盛。其發展雖曾遭遇若干頓挫，但其傳佈則終始未曾戢止，佛教的若干重要宗派，也於此時萌芽。更有甚者，佛教僧尼所居的寺院，在南北朝時竟形成了一個擁有廣土鉅資及人口萃集的經濟重地。

梁啟超在《中國佛法興衰沿革說略》中云：

> 其在北朝，則苻堅敬禮道安，其秘書郎趙正尤崇三寶，集諸僧廣譯經論。姚興時，鳩摩羅什入關，大承禮待，在逍遙園設立譯，集三千僧諮稟什旨，大乘經典，於是略備，故言譯事者必推苻姚二秦。北涼沮渠蒙遜供養曇無讖及浮陀跋摩，譯經甚多，其從弟安陽侯京聲亦有譯述。西秦乞伏氏亦尊事沙門，聖堅可譯焉。北魏太武帝一度毀佛法，及文成帝復興之，其後轉盛，獻文、孝文，並皆崇奉，宣武好之尤篤，長於宮中講經。孝明帝胡太后秉政，迷信尤甚，幾於偏國皆寺，盡人而僧矣。魏分東西，移為周齊，高齊大獎佛法，宇文周則毀之。隋既簒周，文帝手復佛教。[31]

南北朝是中國佛教的增長孳育時代。而北朝佛教益盛，甚至瀰漫著佞佛之風，至北魏孝明帝末年，寺院已達三萬餘所，僧尼眾至二百餘萬人。《魏書・釋老志》云：

> 正光已後，天下多虞，王役尤甚，於是所在編民，相與入道，假慕沙門，實避調役，猥濫之極，自中國之有佛法，未之有也。略而計之，僧尼大眾二百萬餘，其寺三萬有餘。流弊不歸，一至於此，識者所以歎息也。[32]

據楊衒之《洛陽伽藍記》所載，在洛陽城內胡太后所建之永寧寺，中有九層浮圖，離地千尺，去

---

[31] 梁啟超：《中國佛法興衰沿革說略》，間引自張仁青：《魏晉南北朝文學思想史》佛教部分。

[32] 北齊・魏數：《魏書・釋老志》，卷一一四，臺北鼎文書局，民國七十九年，頁三〇四四。

京師百里，已遙見之。上有金鐸一百二十，金鈴五千四百枚，高風永夜，寶鐸和鳴，鏗鏘之聲，聞及十餘里，僧房樓觀一千餘間，雕梁粉壁，青瑣綺疏，莫可名狀。北朝民間奉佛者，十室而九，更由於長期動亂，劫難相尋，人人皆有生不逢辰之感，是以妄想飛昇，或希求解脫。北歌之中之〈慕容垂歌辭〉，即充分反映出北朝時之宗教信仰。

慕容愁憤憤，燒香作佛會。願作牆裏燕，高飛出牆外。〈慕容垂歌辭〉

在北朝時，由於戰亂，民間宗教信仰成為亂世人民心中的依託，但在「北歌」中，有關宗教信仰的民歌不多，僅〈慕容垂歌辭〉一首，更顯得彌足珍貴，使我們了解在北朝時佛教已傳至民間，唐以後，佛教始大為盛行。

第四節　北歌中的物質民俗與生活

物質民俗，是指在人們的日常生活中，那些可感的、有形的居住、服飾、飲食、交通等文化傳承。我們知道，在人類社會中，物質生活是人們賴以生存的最重要條件。本節就北歌中觀看北朝人民的物質民俗。

一、居住

《禮記》云：「昔者先王未有宮室，冬則居營窟，夏則居橧巢」㉝。是說洞穴是初民的居處。《太平御覽・卷七八》云：

> 上古皆穴處，有聖人教之巢居，號大巢氏，今南方人巢居，北方人穴處，古之遺俗也。㉞

無論是巢居，還是穴處，都說明人類在最早的時候，是利用天然的山洞、樹洞作為休息和活動的場所。但這種穴居，或出於一時的需要，或僅作為人造的經常居住的住宅的附屬物存在的。許多史前洞穴，如北京周口店山頂洞人的洞穴，主要不是作為家庭住宅，而只是一種原始人類的群居場所。人類學的研究還告訴我們，現代許多古老的部落，喜用「風籬」作原始住宅。它是一種容易建築的古老的居住形式，結構很簡單，用樹幹或樹枝插入土中，構成一面坡式的牆，其上覆蓋樹枝、樹皮、茅草之類，用來遮避風雨。由於這種簡陋的「住宅」容易取材、容易建造、容易移動，很適合原始民族居食無定的生活，所以曾流行於世界許多原始部落之中。在我國，許多民族中也有風籬居所。

㉝《禮記・禮運篇》，臺北藝文印書館，十三經注疏本。

㉞《太平御覽・卷七八》引項峻〈始學篇〉。

後世的各類房屋形式，大都是由古老的風篱改進、發展而來。比原始的風篱更進一步的居住形式是古老的帳篷。它和風篱具有相同的特點，容易建造和移動。所以它幾乎成了一切游牧、狩獵民族的文化特徵。比如我國東北地的赫哲、鄂倫春、鄂溫克等民族的「撮羅子」（又稱歇人柱）是一種圓錐形的帳篷。它一般用上端帶叉的木杆搭成一個三角支架作為基架，然後再加二三十根助杆，木架上部用樺樹皮覆蓋，下部用布圍子（夏季）、獸皮（冬季），上面留通風、出煙口，朝日出的方向開一門。東北少數民族的這種「撮羅子」居室與美洲平原印弟安人的帳篷十分相近。他們稱之為天幕。蒙古族的蒙古包也是在圓錐形的「撮羅子」基礎上形成的。

我國古代各民族的居室類型也是多種多樣的。由《敕勒歌》可得知北朝時期北方敕勒族的居住民俗。

> 敕勒川，陰山下。天似穹廬，籠蓋四野。天蒼蒼，野茫茫，風吹草低見牛羊。〈敕勒歌〉

按：「穹廬」，古代稱為「穹閭」[35]、「窮廬」[36]，俗稱「氈房」、「帳篷」、「蒙古包」等。這是我國古代民族，特別是北方游牧民族喜好的一種居住形式。它的形式是多種多樣，前邊提到的「撮羅子」，可能是最原始的形態。帳篷型住室容易拆遷，絕大多數牧民，都按季節轉移牧場。春、夏、秋三季，住可以拆卸和攜帶的圓形氈房。氈房的屋架用草原上特有的紅柳作成圓柵和頂，然

[35]《史記・天官》有言：「故北夷之氣，如群畜穹閭」。

[36]《淮南子・齊俗訓》，臺北世界書局，民國八十年三月。

後圍上芨芨草成的牆籬，再包上毛氈，頂部的天窗上苫活動氈子，用來通風。氈房的門朝東開。蒙古包一般由圓形圍壁（哈那）和傘形（窩尼）組成，其上圍以和覆以厚氈，然後用毛繩從四面縛起來。上開天窗作採光和通風用。氈房和蒙古包都便於搬運，是牧人理想的住宅。

二、服飾

居住，是人類較早形成的民俗事象之一。人們建造住所的功利目的，是為了躲避風寒和抵禦野獸的侵襲。和這種為求安居目的相聯繫的，是服飾和服飾民俗的形成。

服飾民俗，是指人們有關穿戴衣服、鞋帽、佩戴、裝飾的風俗習慣。服飾的產生和服飾民俗的形成除和人類居住的自然環境、氣候條件有著密不可分的關係外，各地生產方式和生活方式的不同，對服飾的形成和發展，也起著很大作用。比如我國北方的游牧民族，自古以來，生活在大漠南北的廣大地區，在很長的一段歷史時期裡，過著「逐水草而居」的游牧生活。服飾上也具有游牧民族的特色。現將北歌中反映之特殊服飾民俗說明如下：

㈠「裲襠」之服飾

北歌中屢見「裲襠」之服飾，諸如：

放馬大澤中，草好馬著臕。牌子鐵裲襠，鉦鉾鸐尾條。〈企喻歌辭之二〉

前行看後行，齊著鐵裲襠。前頭看後頭，齊著鐵鋋鉾。〈企喻歌辭之三〉

琅琊復琅琊，琅琊大道王。陽春二三月，單衫繡裲襠。〈琅琊王歌辭〉

獨柯不成樹，獨樹不成林。念郎錦裲襠，恒長不忘心。〈紫騮馬歌〉

按：裲襠又名兩襠，《釋名・釋衣服》曰：「其一當胸，其一當背也」。類似今天的坎肩或背心，無袖無領，由前後兩片組成，肩上有帶聯結，最早用於戰服，穿在戰襖或戰袍之上，有皮的、也有金屬的，起保護身體的作用。如〈企喻歌辭〉之二、之三中「鐵裲襠」，即是戰士們保護身體的鐵甲背心。而魏晉南北朝時「裲襠」，亦廣泛被用作便服，有絲綢類的，也有夾的、錦的。如〈琅琊王歌辭〉中的「繡裲襠」，〈紫騮馬歌〉中的「錦裲襠」。而婦女穿的「裲襠」類似後世的抹胸，是貼身穿的褻衣。然而最早在魏晉時就有一些大膽的女子把它穿在衣衫之外了，這種內衣外穿的情形，見於惠帝元康年間，「婦人出兩襠，加乎交領之上，此內出外也。」[37]此外，晉人干寶撰的《搜神記》就曾記載鍾繇遇到一個美麗非凡的女鬼，「著白練衫，丹銹裲襠」，雖然這故事的可信度值得懷疑，但是當時婦女在白練衫之外穿銹花的裲襠是比較可信的。

㈡「袴褶」之服飾

郎著紫袴褶，女著綵裌裙。男女共燕遊，黃花生後園。〈幽州馬客吟歌辭之四〉

按：北齊文宣帝的「數為胡服」又是魏晉南北朝時期一個十分重要的服飾現象。胡服即指北方少

[37] 唐・房玄齡：《晉書・五行志》，卷二八，臺北鼎文書局，民國七十九年，頁八二四。

數民族的一種服裝，實際上就是上褶下袴，又名袴褶。《釋名・釋衣服》說：「袴，跨也，兩股各跨別也；褶，襲也。覆上之言也。」最早採用胡服的趙武靈王，完全是出於軍事上的需要，因為它衣身狹小合體，袖口、褲口也都比較狹小，乾淨俐落，不像漢族的衣裳那麼寬大，衣長曳地，行動不便。到了魏晉南北朝時袴褶服在南北已經廣泛地傳播開來，成為人們的便服。北歌中這首〈幽州馬客吟歌辭〉之四即係男子著輕便之紫袴褶偕女出遊之歌。

㈢「著屐」之民俗

黃桑柘屐蒲子履，中央有系兩頭繫。小時憐母大憐婿，何不早嫁論家計。〈捉搦歌之四〉

按：魏晉南北朝時的人最喜歡穿的鞋子是木屐。木屐的製作簡單、結實耐用，因此，上至天子，下至老百姓皆尚穿屐。如《宋書・武帝紀》記載：「(宋武帝)性尤簡易，常著連齒木屐，好出神武門」。謝靈運的謝公屐更是聞名遐邇。當時的屐不僅種類多，而且屐形變化也很快。《晉書・五行志》曰：

初作屐者，婦人頭圓，男子頭方。圓者順之義，所以別男女也。至太康初，婦人屐乃頭方，與男無別。

而到了劉宋「孝武世，幸臣戴法興權亞人主，造圓頭屐，世人莫不效之。其時圓進之俗大行，方格之風盡矣。」這樣屐又由方頭變成圓頭了。木屐由楄、系、齒三部分組成，楄即底板，系就是繫鞋的帶子或絲繩。而最重要的就是齒，又曰楮，王先謙曾說：「案楮者，柱砥，所以承柱使不陷入泥中，屐以楮足，使可踐泥，雖雨甚泥濘，不陷於泥中也。」㊳為了使屐牢固耐用，人們採用榫卯結構來固定，防止其脫落。

北歌中的〈捉搦歌〉之四，以身邊最常著之「黃桑屐」、「蒲子履」為喻，即明顯的反映出北朝人喜著屐的民俗。

㈣「服妖」之新尚

傅江說：

魏晉南北朝時期的服飾新潮具有三個特點，一是變化快，式樣不斷翻新；二是流傳廣，漢族與北方少數民族在服飾上的交流頻繁，有一種取長補短，互相融通的趨勢；三是服飾及妝扮追求新、奇、怪，敢於顯示個性與創造力，有一種反傳統，追求自由的放達風尚，從而開創了我國古代服飾發展史上的一個嶄新時代。㊴

傅江這一說法，在北歌中有明顯之反映：

誰家女子能行步，反著裌襌後裙露。天生男女共一處，願得兩個成翁嫗。〈捉搦歌〉

這首〈捉搦歌〉中「反著裌襌後裙露」句，是「奇裝異服」的俏皮、活潑表現。這種「奇裝異服」

㊳ 清・王先謙：《釋名疏證補》，臺北臺灣商務印書館，民國五十七年六月，頁一八六。

㊴ 江蘇省六朝史研究會編：《六朝史論集・「服妖」的一點思考》，黃山書社出版，一九九三年九月一版，頁一八一。

在當時稱為「服妖」。

按：「服妖」，作為正史中〈五行志〉的一項重要內容，最早始於漢代。《漢書．五行志》為之定義為：

風俗狂慢，變節易度，則為剽輕奇怪之服，故有服妖。

服妖相當於我們今天所說的奇裝異服，當時如果穿用與自己的性別、身份、地位或與所處場合不相符合的服裝，甚至因衣物的命名不當，都會被認為是「服妖」。歷代史書的撰修者都把「服妖」與地震、雷鳴、旱、澇、冰雹等自然界的災害現象相提並論，視之為洪水猛獸，是發生天災人禍的根源和預兆。如《晉書．五行志》記載：

孝懷帝永嘉中，士大夫竟服生箋單衣。識者指之曰：「此則古者穗衰，諸侯所以服天子也。今無故服之，殆有應乎！」其後遂有胡賊之亂，帝遇害焉。

這樣的因果關係在我們今天看來顯然是無稽之談，然而撇開這層因果關係不談，單就它所記載的具體的服飾現象來看，卻是我們研究當時人們服飾風尚的十分珍貴的史料。從《晉書．五行志》、《宋書．五行志》、《南齊書．五行志》以及《隋書．五行志》中關於魏晉南北朝時期的「服妖」記載，我們可以捕捉到北歌中的服飾信息。

㈤「花黃」之妝飾

……脫我戰時袍，著我舊時裳。當窗理雲鬢，挂（對）鏡帖花黃。出門看火伴，火伴皆驚惶。

……〈木蘭詩〉

詩中「挂鏡帖花黃」句，「帖花黃」是當時婦女化妝的習尚。

按：「花黃」，係指花子和額黃，是婦女臉上額角的裝飾。女子臉上飾以花子，則始於秦代，《中華古今注》說：

> 秦始皇好神仙，令宮人梳仙髻，貼五色花子，畫為靈鳳。

至於額黃，塗黃於額，六朝時婦女化妝的習尚。面上塗黃作妝飾，原是印度的風俗。大概在漢代以後經過西域傳入中國。最初在漢代宮廷中已有效仿。明代張萱云：「額上塗黃亦漢宮妝」[40]。王安石詩句也有「漢宮嬌額半塗黃」。也有專塗於眉上稱為黃眉。明代田藝蘅也說：「蓋黃眉起於漢宮也。」[41]但在漢代的詩文中，卻還找不到關於塗黃的妝飾，或許在民間並不流行。但在南北朝詩文中，關於「花黃」的妝飾則為常見。因為當時正是漢民族文化與邊境各少數民族文化大交流的時期。塗黃這妝飾直到隋唐時代還盛行。

所謂「花黃」的妝飾，就是用一種黃的顏料（古代把這種女子妝黃的顏料專稱為鴛粉）在額角眉間塗一個圓點。南朝梁簡文帝〈贈麗人詩〉云：

> 同安鬟裡撥，異作額間黃。

---

[40] 明・張萱：《疑耀》，卷三，叢書集成新編，臺北新文豐出版公司，民國七十四年，頁二四四。

[41] 明・田藝蘅：《留青日札》，廣文書局，民國五十八年，頁一三五。

又庾信詩云：

眉心濃黛直，點額角輕黃。

後一句都是指的花黃。花黃又名額黃，唐代李商隱〈蝶〉詩：

壽陽公主嫁時妝，八字宮眉捧額黃。

壽陽公主是南朝宋武帝的女兒，額黃就是花黃。花黃又名約黃。梁簡文帝〈美人篇〉詩：

散誕披紅帔，生情新約黃。

約黃也是花黃。

婦女臉上的妝飾一般都是塗敷的，可是詩中說「挂鏡帖花黃」。「帖」就是「貼」，而不是塗。因此當時一定還有用黃紙或金紙剪成各種形狀，貼在額上作花黃的。梁簡文帝〈美人篇〉詩云：

約黃似新月，裁金巧作星。

就可作為旁證。詩中明確說明是用金紙剪成星形、月形而作花黃的妝飾。木蘭回家以後，一定也是用紙剪的花黃貼在額上的，所以才說「挂鏡帖花黃」。「花黃」出現於〈木蘭詩〉中，亦是北歌中所反映之服飾民俗。

又據胡文英云：「案花黃，未嫁之飾也。今俗謂女子未嫁者曰黃花女。」㊷也可作為一說備錄參考。

㊷ 清・胡文英：《吳下方言考》，卷二，佛蘭草堂鈔本。

(六)「桑柘」之種植

絲綢在我國的歷史源遠流長，它是我國古代服飾製作的主要原料，在人民生活及民眾心目中佔著十分重要的地位。六朝時期的蠶桑生產是農民家庭的一項重要副業。北魏人賈思勰的《齊民要術》一書，反映了當時南北蠶桑生產的一些共同面貌。該書〈種桑柘第四十五〉載有種桑柘之法，並附載養蠶法，系統記錄了當時種桑養蠶的方法與經驗。北歌中亦有此項民俗之記錄。

黃桑柘屐蒲子履，中央有系兩頭繫。小時憐母大憐婿，何不早嫁論家計。〈捉搦歌〉

詩中首句「黃桑柘屐蒲子履」，即可看出「黃桑柘屐」是用桑樹的木材做成的木屐，這種民俗，後來各地也有類似的木屐，只是北朝是就地取材，用桑柘的木材做成的木屐底板。

三、交通

交通在人類社會發展和人類文化交流中占著十分重要的地位，它是用來代步的工具，北歌中反映出的交通工具至少有下列二類：

(一)使用畜力

使用畜力作交通工具，古已有之。牛、馬、駱駝、馴鹿等，無論騎人或馱運都是十分方便的。而北歌中使用畜力者僅見「牛」、「馬」二類。

1.「犢車」

官家出遊雷大鼓，細乘犢車開後戶。〈鉅鹿公主歌辭〉

「犢車」即牛車。可見北朝時「牛車」是交通工具。

2.「騎馬」

懀馬高纏鬃，遙知身是龍。誰能騎此馬，唯有廣平公。〈琅琊王歌辭〉

懀（與快同）馬高鬃，一看就知道是千里馬。驍勇善戰的廣平公，騎著千里馬。語曰：「南船北馬」，可知「馬」是北朝時主要交通工具。

(二)勒勒車

車的發明比較晚。傳說中，黃帝是車的發明者，故名軒轅氏。中國在進入奴隸社會商周時期，車的製作已相當進步。最初的車是木輪車，俗稱「大軲轆車」。魏晉南北朝時期，北方草原的「鐵勒」（敕勒）部落，曾因「車輪較大，輻數至多」，被稱為「高車部」。且看此北歌中的突出藝術成就：

敕勒川，陰山下。天似穹廬，籠蓋四野。天蒼蒼，野茫茫，風吹草低見牛羊。〈敕勒歌〉

北朝時，敕勒川為敕勒部所居之地，由敕勒部族的「勒勒車」可知，北方交通工具除牛車、馬之外，亦以車來代步了。

總言，在北歌中探討當時的民俗與生活，是最有效的資料，本章已歸納北朝的民俗與生活為三大類，其中細節的部份，可由文中窺知與南朝的民俗有很大的差別，因北人尚武好勇，而南人尚鬼，重愛情，纏綿婉約，且有人神之戀的傳說，這些都因時空的差異成不同的生活方式，而民俗也就自然不同。近人劉師培曾撰〈南北文學不同論〉，他僅就大體而言，而本章卻縮小範圍，僅就三世紀到六世紀的北歌加以分析，便有許多新發現。

第五節　民族融合與文化同化

中國是一個多民族的國家，而且自古以來就是一個多民族的國家。儘管歷代疆域有大有小，有時統一，有時分裂，但這一總的情況並沒有改變。在長期的發展中，有的民族在歷史舞臺上活躍過一時，然後銷聲匿跡了，或者是與別的民族融合在一起了，或者是與今天活動著的民族仍有著歷史的淵源關係，不管屬於那種情況，前人都為我們留下了極其珍貴的記錄。

從時間方面觀察，南北朝是中國歷史上民族融合的重要階段；從空間角度審視，北朝又是民族融合的主要地域。北朝版圖內，除入主中原的鮮卑族和當地土著漢人外，還有來自四面八方的各族居民。北魏首都洛陽城南有四夷館、四夷里，專門安置南朝歸附者，境外各族的使者、客商及投誠人員等，最多時達到一萬多戶。當時人形容這是「四方風俗，萬國千城」[43]，確實是名不虛傳。洛陽是整個北朝的縮影，北朝疆域裡多數地區都是幾種民族混居，四方風俗錯雜。在民族融滙的過程中，各族的風俗也互相滲透，經歷了一次空前的化合反應。民族融合對北朝民俗的影響是多方面的，所產生的效果也是複雜的。

本節試圖從民族學的觀點，來看北朝的民族融合與文化同化。

一、民族學的名稱與涵義

民族學這個名稱是由外文翻譯來的。英文為Ethnology或Ethnography，兩字可互相通用。西元一九〇九年，蔡元培在德國留學時，譯為「民族學」[44]。蔡元培是國內學術界，最早採用「民族學」這個名詞，並倡導這門科學的，他於西元一九二六年發表〈說民族學〉一文，開始引起我國學術界的重視。

關於民族學的涵義，楊堃說：

一般說來，民族學是研究民族的科學。惟此處所說的民族，指民族學一詞的詞根ethnos而

---

[43] 後魏・楊衒之：《洛陽伽藍記》，卷三，臺北臺灣商務印書館四部叢刊，民國七十年，頁三三。

[44] 蔡氏在一九〇九年，在德國留學時，似曾用過民族學這一名稱。參見高平叔編著《蔡元培年譜》，中華書局，一九八〇年，頁二四。

言，亦即廣義的民族，包括氏族、部落和民族。因此，原始社會史的主要部分，即除去人類形成階段的原始群以外，都屬於民族學研究的範圍。㊺

所以，民族學應是研究各具體民族發展規律的科學。每一個民族，不論大小，都有它發生和發展的過程。而這一發展過程，總是和它所處的自然環境和歷史條件以及和周圍其他民族的關係分不開的。

二、胡漢民族的融合

自從永嘉風暴後，先是匈奴，次羌，以至最後崛起的鮮卑拓跋氏，先後在中原建立政權。但在這些胡族政權瓦解後，他們並沒有退回草原故鄉，而大部分仍滯留在中原與漢民族雜處，他們若想退回故鄉，在實質上也有很大的困難。一因其故地的居民漸移居塞內，原有的地盤常被另一支邊疆民族的勢力所取代，他們若想再回歸故鄉，則勢必要與新興的勢力作武裝衝突不可。但由於他們是因武力衰弛纔遭遇瓦解的惡運，其實力已不能與新興勢力相抗衡。二從移居塞內並建立政權的邊疆民族的本身而言，他們可說已在某種程度上受到「漢化」生活的浸蝕，要他們重返塞北再從事游牧或半游牧的生活，亦有其困難。北魏自鮮卑拓跋部侵入中原，開國之後，即信用清

㊺ 楊堃：〈論民族學的幾個問題〉，《民族研究》，一九七九年，第二期，頁五一。

河崔氏，施行漢化政策，例如解散「部落」，同於「編戶」等類，即是顯著的改變。到孝文帝時，更是積極漢化，其漢化政策，第一步驟是通婚，因為中原士族自成一個婚姻集團，孝文帝的目的即在於以強力摧毀這一集團，使其與鮮卑混合通婚，其影響，逯耀東說：

> 在孝文帝所作的許多改革中，最有意義的便是「婚禁詔令」的頒佈，他利用政治力量，打破魏晉以來鞏固門閥制度的婚姻鎖鍊，這樣不但使其家族透過婚姻關係，獲得和中原世族大家同等的社會地位，同時使其文化能夠和中國文化澈底凝固在一起，對中國文化而言，由於這些新血液加入的刺激，又變得活潑生動，迸發出新的創造力量，此後隋唐兩代盛世，也是多有這些混合血統的人在領導，這個新經融合的民族，又創造出一個在有些方面，能超越前代的燦爛文化，這是兩種不同類型的文化過程中，很重要的問題。[46]

同時，又強迫三十歲以下的鮮卑人講漢語改漢姓，造就了一批新鮮卑世族。這種急速的改革，至宣武、孝明時代（四九九～五二八年）達到最高峰。就胡漢融合關係而言，孝文帝有絕對的貢獻，即所謂「拓跋氏原是一個長統幽都之北，廣漠之野，畜牧遷徙，射獵為業」的草原民族，進入中原以後，和源遠流長的中國文化接觸，後來又經過孝文帝所作一連串政治、經濟、社會的改革，促使拓跋氏文化迅速的融合在中國文化裡。孫同勛也說：

> 中國的道德觀念，向以儒家為中心，而儒家則不強調民族觀念的重要，故言入中國則中國

---

46 逯耀東：〈拓跋氏與中原士族婚姻關係〉，《新亞學報》，第七卷第一期，一九六五年二月，頁一三七。

之，入夷狄則夷狄之。中國的民族觀念始終家族鄉邦的觀念濃厚，西晉末年五胡雲擾，漢人久處夷狄蹂躪之下，民族意識更是淡薄，保身保家的傾向益形顯著。五胡亂華期間，漢人之輕於去就，歷仕數國的情形，屢見不鮮。㊼在這樣的觀念之下，邊疆民族活躍於南北朝時期的主要意義，代表中原農業民族單獨活動的結束，並使得中國歷史巨流中，又匯納了一股多源的支流。

從民族學或文化人類學的角度而言，自晉惠帝永興元年到隋的統一（西元三〇四～五八一年）可謂是游牧民族與農業民族互相衝突，互相融合並行「採借文化」㊽的時期。胡漢如此密切的互動結果，形成了文化整合或涵化，其最終的表現則是隋唐帝國光輝的胡漢混合文化的締造。自永嘉五年以後，雖有大批中原的世族南渡，但留在北方的漢人亦大有人在，新遷入的游牧民族自然也挾帶他們固有的生活方式，於是引起了雙方的「文化採借」。當然，在文化交流的過程中，思

㊼　孫同勛：〈北魏初期胡漢關係與崔浩之獄〉，《幼獅學誌》，第三卷第一期，民國五十年一月十五日，頁一。

㊽　按《雲五社會科學大辭典》第十冊，「人類學」，頁四三：「『文化採借』(Cultural Adoption)是指接受經過選擇的文化素材(Cultural Materials)。這名詞在德國學者中特別常用。Walter Scheidt用德文作 Kulturelle Adoption (*Kultur-biologie, Jena 1930*)。W. E. Muhlmann 作 Kultwelle Siebung (*Methodik der Volkerkunge Stuttgart, 1938*)。」臺灣商務印書館，民國六十五年九月三版。

想衝突、種族衝突、種族糾紛、政治鬥爭等現象難免會經常發生，甚至導致若干悲劇的上演，但隨著時勢的推移以及雙方的努力，這些北方民族終因長期與漢族錯居雜處，在漢族影響下，社會經濟得到較快發展，並在加速漢化的過程中，形成了共同經濟體制。從民族特點而言，他們與漢族的共同性日益增多，隔閡及差異性逐漸減少，最後多融合於漢族。而在南方，由於大批北方漢人南遷及少數民族出居平地，也造成某些雜居局面，使一部分與漢族關係密切的少數民族逐漸漢化。南北雙方共同經營，於是日久天長，終於完成了「民族融合」這一艱鉅偉大的歷史任務。

三、文化的同化

從西晉末年以來，隨著入居中原的各少數民族以及拓跋部族先後和漢族的漸趨融合，他們自己的文化也日益融合於漢文化的軌道。在這個過程中，具有特殊藝術情調的北方民歌逐漸興起。這種北方民歌，既不同於漢民族的傳統樂歌，也不同於江南的民間樂歌，它是在北方少數民族社會經濟的特殊形態下產生的。這些來自邊塞的少數民族，他們的經濟生活是以畜牧為主，以騎射為業，所以音樂、歌辭就具有塞外畜牧業類型的特徵，以亢爽明朗著稱，內容又多反映畜牧經濟的生活習俗。當然，這種從外族傳入的樂歌，很不容易被完整地保其原來面目。開始傳入的樂歌，多是「其詞虜音，竟不可曉」㊾之作；後來，這些少數民族在關內定居，開始從事農業生產，於是他們的文化中也就滋長有農業文化。但由於這時是固有的畜牧經濟生活和新生的農業經濟生活處於一種混合的形態，所以當時的樂歌是「胡風國俗，雜相糅亂」[50]混合而不諧調。到了以後，隨著進入中原的少數民族投入漢民族的大海之中，他們自身的經濟、政治發展要求走向漢化，其音樂、歌辭也像它們的主人一樣走上了漢化的道路。至於那些不能為漢族融化的歌曲，遂被日益淘汰。被傳統漢樂融化了的少數民族「外樂」，又受到傳入北朝的南方新聲的影響。正由於北方樂歌吸收了各種樂曲的優美傳統，但也保留有少數民族「外樂」的特點，這就形成了一種內容豐富而富有特色的新樂歌。

這些北方民間樂歌，出於不同的民族，有北方漢人的，也有羌、氐、鮮卑等民族的。〈折楊柳歌辭〉說：「我是虜家兒，不解漢兒歌」，對此作了清楚的告白。北方民歌中提到的慕容垂是鮮卑族，廣平公（姚弼）是羌族，至於高陽王、琅琊王等都是「虜家兒」的豪酋貴族。這些少數民族歌曲，有些可能是音樂、歌辭俱不可曉的胡歌，但現存的全是漢語。這一方面是經過翻譯，如〈鉅鹿公主歌辭〉就是譯為漢語的；另一方面是由於鮮卑諸民族的漢化，如北魏孝文帝遷都洛陽之後，下令禁用鮮卑話和其他各族語言，以漢語為北魏唯一通行的語言，他下令要「詔斷北語，一從正音」[51]。這裡所謂的「北語」即「胡語」，所謂的「正音」即漢語。《北史・辛昂傳》載，

[49] 宋・郭茂倩：前引書，頁三六三。
[50] 梁・蕭子顯：《南齊書・魏虜傳》，卷五七，臺北鼎文書局，民國七十九年，頁九九〇。

昂「令其眾皆作中國歌」，可知現在的歌辭中，有相當一部分就是漢語創作的。綜上所述，可知北朝民歌係「胡人」用「胡語」、「胡人」用漢語以及漢人染「胡風」所唱之歌。更可說：北朝民歌，是中古時代我國各少數民族在中原地區和廣闊的北方邊境生活和歷史的見證，是我國歷史上又一次民族大融合的形象反映與文化同化的精神表徵。

四、民族融合之花、文化同化之果

北歌中之〈木蘭詩〉是我國文學史上一篇著名的長篇敘事民歌，它產生、流傳於南北朝時期的北魏，在漫長的古代社會，這首民歌，傳唱於藝人之口，潤色於文人之手，音韻鏗鏘，歌詞優美，全詩六十二句，三百五十二個字。它通過木蘭女扮男裝，替父從軍；殺敵衛國；屢建奇功；輕蔑功名利祿、不受封賞、返里歸鄉的生動描述，塑造了女英雄木蘭的光輝形象。本節試從民族學、文化人類學的角度說明木蘭的形象是北朝民族融合的產物、文化同化的表徵。而〈木蘭詩〉是民族融合之花、文化同化之果。且分析其原由如下：

(一)木蘭是鮮卑族女子，身為一位北朝初期的鮮卑族女子，木蘭代父從軍，以及「萬里赴戎機，關山度若飛。朔氣傳金柝，寒光照鐵衣，將軍百戰死，壯士十年歸。」的英雄氣概和英勇行為，

---

51 北齊・魏收：《魏書・咸陽王傳》，卷二一上，臺北鼎文書局，民國七十九年，頁五三六。

正是鮮卑族長於馬背生活的民族傳統和英勇善戰的民族性格的表現。

㈡在〈木蘭詩〉中，我們從木蘭這個鮮卑族女子身上，除了看到他們本民族的傳統性格之外，也呈現了許多漢人的文化習俗，諸如：

1.「唧唧復唧唧，木蘭當戶織」，這說明木蘭從事的家務主要是紡織，這是游牧民族進入中原之後生活方式上的變化。

2.「東市買駿馬，西市買鞍韉，南市買轡頭，北市買長鞭。」這顯示他們居住於城鎮之中，所以才有東、西、南、北四市之設。「開我東閣門，坐我西間牀。」則更呈現出這是一個完全定居的家庭，他們所住的再也不是穹廬，而是有「東閣門」、「西間牀」的宅院。

3.「阿爺無大兒，木蘭無長兄。願為市鞍馬，從此替爺征。」這是木蘭從軍的主要動機和因素，也是「孝」和「悌」的具體表現。

綜上所述，可知這是一個充滿了漢族的生活情調和倫理觀念的家庭。在移居中原的鮮卑等少數民族當中，出現這種家庭形態和倫理觀念，決不是偶然的，它是歷史的產物，亦是進入中原的少數民族與漢族之間的民族融合和漢胡兩種文化同化的產物。拓跋鮮卑是一個善於吸收外民族文化的集團。他們在統一中國北部以前，就嘗試開始了封建化的過程，在鮮卑完全進入中原以後，他們開始了長期與漢族人民雜居和交往的過程。社會歷史的進程就是這樣，先進的生產方式和生活方式總是具有誘惑力的，一個文明程度較低的民族可以依靠武力取得軍事和政治的控制權，但它要長期站住腳跟，必須適應新的社會環境和生活方式。鮮卑族的漢化政策，不但包括禁胡服、胡語、喪葬婚禮等生活習俗上的改革，還包括一系列思想文化的改革。總之，鮮卑族的這一系列漢化政策無疑縮短了鮮卑人向封建制飛躍的過程，形成了各族人民的大融合。木蘭及其家庭，正是這一歷史演變過程的產物。木蘭的故事，是鮮卑族進入中原後逐步漢化的過程中產生的。

木蘭的身上，有鮮卑族的勇健，也有漢族的道德和倫理觀念。她參加戰爭的目的，就其個人來講，沒有表現出少數民族豪酋所特有的那種野蠻性；也沒有像一般落後少數民族勇士般的追求財產和掠奪人口，她對可汗的賞賜和策勛毫不動心；她也沒有漢族封建勇士傳統觀念中那種立功異域，封萬戶侯，留名青史的功業觀念，而是對高官厚祿不屑一顧。她所追求的是返回故鄉和親人團聚，恢復平凡、勤勞但是美好幸福的生活。可以體會出，這正是處於大動亂中的一般人民，人心思定的普遍願望。木蘭的形象，既不是十六國時期李波小妹那樣帶有狂野色彩的女中豪傑，也不是被軟化的後期北朝民歌中那種艷麗的婦女，她勇敢、勤勞、善良、純潔，胡漢民族的優點在她身上達到了高度的和諧統一，她已不是某一個民族的女英雄形象，而是千古傳唱的中華民族的英雄人物。

第七章　南北民歌的比較

第十章　西方形勢的上遊

探討北朝民歌，必然牽涉到南朝民歌，宋·郭茂倩《樂府詩集·清商曲辭》卷四四到卷五一，是屬於南朝民歌，其中包括〈吳聲歌曲〉和〈西曲歌〉兩大部分。〈吳聲歌曲〉簡稱〈吳歌〉約三百六十首，〈西曲歌〉簡稱〈西曲〉，約一百七十六首（文人仿作者不算）❶。〈吳歌〉乃古吳地的民歌，流行在長江下游及五湖間；〈西曲〉是長江中游和漢水之間的民歌。〈吳歌〉、〈西曲〉發生在江南，大抵為吳越、荊楚一帶的民歌，歌辭綺靡，性質又絕大部分屬於情歌，風格以清新艷麗和真摯纏綿見長，故有「江南音，一唱值千金」的美譽。與北朝民歌迥然不同，北歌乃五胡亂華後，胡人入主中原，流行在燕、趙、河、渭間的民歌，多為胡人騎在馬上所歌之牧歌。北歌歌辭樸質，歌聲慷慨悲涼，與江南民歌相異。

本章擬先就南朝民歌作一探究，再從南北民歌之內容、形式、風格、音樂諸方面作一比較分析。

❶ 此數據參考邱燮友：〈吳歌西曲與梁鼓角橫吹曲的比較〉，《師大國文學報》，創刊號，民國六十一年，頁七九。

第一節 南朝民歌

現存的南朝民歌，基本上都保存在宋、郭茂倩編撰的《樂府詩集．清商曲辭》一類中，分為〈吳歌〉、〈西曲〉兩部分。〈吳歌〉、〈西曲〉之名稱，則是依產生的地域而得名。本節除探討〈吳歌〉、〈西曲〉的分布區域、產生時代、興盛原因外，亦概略探討其內容、形式、風格、音樂，以便與北歌作一比較。

一、分布區域、產生時代

〈吳歌〉一詞，最早見於《宋書．樂志》：

吳歌雜曲，並出江東，晉宋以來，稍有增廣。……又有西傖羌胡雜舞，隨王誕在襄陽造襄陽樂，南平穆王為豫州，造壽陽樂，荊州刺史沈攸之又造西烏飛歌曲。並列於樂官，歌詞多淫哇不典正。❷

❷ 梁．沈約：《宋書．樂志》，臺北鼎文書局，民國七十九年，頁五五二。

《宋書》明白指出〈吳歌〉的產地在江東，也就是長江下游以及太湖一帶古吳地的所在地。亦即建業（今南京）周圍，這是東晉迄陳的首都，相襲為吳地，故其民間歌曲稱為〈吳歌〉。換句話說，〈吳歌〉發生在今日的江蘇、浙江一帶，以南京為中心。

〈西曲〉一詞，《宋書》說「西傖羌胡雜舞」，因為〈西曲〉中舞曲居多。「西傖」一詞，在南北朝時，稱南渡的人士叫「傖人」，稱楚地的人士為「傖楚」、「西傖」。《齊書・王融傳》：

> 招集江西傖楚數百人。❸

又《齊書・始安王道生傳》：

> 遙光召親人丹陽丞劉渢及諸傖楚。❹

所以「西傖雜舞」，當指吳人稱荊楚人所編製的歌舞，也就是指〈西曲歌〉。可知〈西曲〉發生地區在西方荊楚一帶，亦即長江中流和漢水之間的地方，如果從〈西曲〉中所提到的地點來看，包括今日的四川、湖南、湖北、河南、安徽、江西等地方。《樂府詩集》卷四七云：

> 按西曲歌出於荊、郢、樊、鄧之間，而其聲節送和與吳歌亦異，故依其方俗謂之西曲云。❺

江漢流域的荊（今湖北江陵）、郢（今江陵附近）、樊（今湖北襄陽和樊域）、鄧（今河南鄧縣）

---

❸ 梁・蕭子顯：《南齊書・王融傳》，臺北鼎文書局，民國七十九年，頁八二三。
❹ 梁・蕭子顯：《南齊書・始安貞王道生傳》，臺北鼎文書局，民國七十九年，頁七九〇。
❺ 宋・郭茂倩：前引書，頁六八九。

幾個主要地區，正是南朝西部軍事重鎮和經濟文化中心，故其民間歌曲稱為〈西曲〉。

關於〈吳歌〉、〈西曲〉產生之時代，據《宋書・樂志》云：

吳歌雜曲，並出江東，晉宋以來，稍有增廣。❻

又《樂府詩集》卷四四論〈吳聲歌曲〉也說：

蓋自永嘉渡江之後，下及梁、陳，咸都建業，吳聲歌曲起於此也。❼

上述兩段史料都說明〈吳歌〉的產生時代在東晉南渡以後。《南北朝文學史》中云：

吳聲中的〈前溪歌〉、〈阿子歌〉、〈歡聞歌〉、〈子夜歌〉、〈碧玉歌〉、〈桃葉歌〉、〈團扇郎歌〉、〈長史變歌〉、〈懊儂歌〉九曲產生於晉代；〈丁督護歌〉、〈華山畿〉、〈讀曲歌〉三曲產生於劉宋；〈歡聞變歌〉、〈子夜四時歌〉、〈子夜警歌〉、〈子夜變歌〉，其時代當然要晚於〈歡聞歌〉和〈子夜歌〉，可能已是晉亡以後的樂曲；另有〈上聲歌〉等八曲不可確考。❽

以上合計〈吳歌〉中這二十四種曲子，大多產生於晉、宋兩代。

關於〈西曲〉的時代，略晚於〈吳歌〉，多數是宋、齊兩代的樂曲。《樂府詩集》引《古今樂錄》曰：

---

❻、同❷。

❼ 宋・郭茂倩：前引書，頁六四〇。

❽ 曹道衡、沈玉成：《南北朝文學史》，人民文學出版社，一九九一年，頁三〇一。

西曲歌有〈石城樂〉、〈烏夜啼〉、〈莫愁樂〉、〈估客樂〉、〈襄陽樂〉、〈三洲〉、〈襄陽蹋銅碲〉、〈採桑度〉、〈江陵樂〉、〈青陽度〉、〈青驄白馬〉、〈共戲樂〉、〈安東平〉、〈女兒子〉、〈來羅〉、〈那呵灘〉、〈孟珠〉、〈翳樂〉、〈夜度娘〉、〈長松標〉、〈雙行纏〉、〈黃督〉、〈黃纓〉、〈平西樂〉、〈攀楊枝〉、〈尋陽樂〉、〈白附鳩〉、〈(枝)拔蒲〉、〈壽陽樂〉、〈作蠶絲〉、〈楊叛兒〉、〈西烏夜飛〉、〈月節折楊柳歌〉三十四曲。〈石城樂〉、〈烏夜啼〉、〈莫愁樂〉、〈估客樂〉、〈襄陽樂〉、〈三洲〉、〈襄陽蹋銅蹄〉、〈採桑度〉、〈江陵樂〉、〈青驄白馬〉、〈共戲樂〉、〈安東平〉、〈那呵灘〉、〈孟珠〉、〈翳樂〉、〈壽陽樂〉並舞曲。〈青陽度〉、〈女兒子〉、〈來羅〉、〈夜黃〉、〈夜度娘〉、〈長松標〉、〈雙行纏〉、〈黃督〉、〈黃纓〉、〈平西樂〉、〈攀楊枝〉、〈尋陽樂〉、〈白附鳩〉、〈(枝)拔蒲〉、〈作蠶絲〉並倚歌。〈孟珠〉、〈翳樂〉亦倚歌。[9]

《樂府詩集》收錄的〈西曲〉歌辭共三十三種[10]，其中舞曲十四種，倚歌十四種；〈孟珠〉、〈翳

---

[9] 宋・郭茂倩：前引書，頁六八八～六八九。

[10] 西曲的總數：《古今樂錄》說：「西曲歌有〈石城樂〉、〈烏夜啼〉、……〈月節折楊柳歌〉三十四曲。」但智匠在這一段文字裡僅列三十三種曲名，在下文敘述「倚歌」時列有不見於上述三十三種的〈夜黃〉，可見「三十四」的總數不誤，「夜黃」二字當是傳抄刊刻時略去。又，三十四種之中，〈黃纓〉之名只見於《古今樂錄》，而《樂府詩集》未收，當是歌辭已經佚失，所以實收三十三曲。

樂〉為舞曲兼作倚歌；〈楊叛兒〉、〈西烏夜飛〉、〈月節折楊柳歌〉三種性質不明。《古今樂錄》特別說明其中一部分屬於舞曲，這正是西曲在性質上的特點之一。又，所謂「倚歌」，《樂府詩集》引《古今樂錄》曰：

〈青陽度〉，倚歌。凡倚歌悉用鈴鼓，無弦有吹。⓫

可見倚歌並非伴舞的樂曲，而且不用弦樂而僅用管樂。

在〈吳歌〉、〈西曲〉之外，還有一類〈神弦歌〉。《樂府詩集》把〈神弦歌〉列入〈吳聲歌曲〉，共十一曲，即〈宿阿〉、〈道君〉、〈聖郎〉、〈嬌女〉、〈白石郎〉、〈青溪小姑〉、〈湖就姑〉、〈姑恩〉、〈採蓮童〉、〈明下童〉、〈同生〉。這十一曲都是民間祀神的樂曲，性質與〈吳歌〉、〈西曲〉中的其他歌曲完全不同。郭茂倩之所以把它歸入〈吳歌〉，當是這些歌曲產生和流行於建康附近，聲調仍屬於〈吳歌〉這一系統的緣故。〈神弦歌〉中所祀之神，很少道貌岸然的正統神靈，而多屬年輕貌美的男女神鬼。祀神的巫覡也不乏漂亮的女子，這類樂曲置之於歌唱男女之情的南朝民歌之中，並無格格不入之感。

現存的南朝民歌，基本上都保存在郭茂倩編的《樂府詩集．清商曲辭》一類中，分為〈吳聲歌曲〉和〈西曲歌〉兩大部分。沈約編《宋書．樂志》時，稱前者為「吳歌雜曲」，將後者與其他舞曲一起稱為「西傖羌胡雜舞」，並沒有把兩者歸為一個總類。又《南史．徐勉傳》說：

⓫ 宋．郭茂倩：前引書，頁七一〇。

普通末，（梁）武帝自算擇宮中〈吳聲〉、〈西曲〉女伎各一部，並華少，賚勉。也沒有提到「清商」這個概念。「清商」本是漢魏的舊樂（即相和歌。「清商」以音樂性質而言，「相和」以演唱方式而言），至南朝已經衰落。《宋書・樂志》載王僧虔於宋順帝昇明二年所上奏章說：

> 今之清商，實由銅雀。魏氏三祖，風流可懷。京洛相高，江左彌重。而情變聽改，稍復零落，十數年間，亡者將半。自頃家竟新哇，人尚淫俗，務在噍危，不顧律紀，流宕無涯，未知所極，排斥典正，崇長煩淫。⑫

又《南齊書・蕭惠基傳》說：

> 自宋大明以來，聲伎所尚多鄭衛，而雅樂正聲鮮有好者。惠基解音律，尤好魏三祖曲及相和歌，每奏輒賞悅不能已。⑬

這正說明舊清商樂的衰微，同時也說明南朝宋、齊時猶未將〈吳歌〉、〈西曲〉歸入清商。最早將其歸入清商樂的，是《魏書・樂志》：

> 初，高祖（孝文帝）定淮、漢，世宗（宣武帝）定壽春，收其聲伎，江左所傳中原舊曲……，及江南吳歌、荊楚西聲，總謂清商。

---

⑫ 梁・沈約：《宋書・樂志》，又見於《南齊書・王僧虔傳》，臺北鼎文書局，民國七十九年，頁五九五。

⑬ 梁・蕭子顯：《南齊書・蕭惠基傳》，臺北鼎文書局，民國七十九年，頁八一一。

北魏孝文、宣武時代相當於南朝的宋末齊初。北方少數民族統治者，將新起的江南民間歌曲視作「華夏正聲」。之後隋、唐相沿不改，遂成定制。郭茂倩編《樂府詩集》，就把漢魏的清商歸為〈相和歌辭〉，而把南方新興的歌曲合為〈清商曲辭〉。清商樂不同於其他用於典禮、儀式的音樂，是專用於娛樂的。〈吳歌〉、〈西曲〉最終取代了舊清商樂的事實，正說明了它的興旺。《宋書・樂志》云：

吳歌雜曲，並出江東，晉宋以來，稍有增廣。⓮

又《晉書・樂志》：

蓋自永嘉渡江以後，下及梁陳，咸都建業，吳聲歌曲，起於此也。⓯

這也都充分證明〈吳歌〉在漢族政權南移之後，開始興盛發展起來。〈西曲〉之情況亦然。

二、發達興盛的原因

〈吳歌〉、〈西曲〉，純然是一種平民文學，它的興起，是由於江南流行的歌謠所形成的，後來得到士大夫、文士的喜愛，被樂官所採集，配以管弦，列入清商曲中，流傳下來。邱燮友云：

⓮　同❷。

⓯　同❼。

> 我們瞭解俗文學的產生，必然有一個生活安定、物產富庶的社會，做為它發展的必要因素，
> 西曲當然也不例外。……吳歌和西曲產生的時代相同，社會背景一致。⑯

今可從幾個方面來探討南朝民歌發達興盛之原因：

其一是地理環境：南朝民歌產生於長江流域，這裡氣候溫潤，物產富饒，山川明媚，花木繁榮，容易陶冶居民熱烈而浪漫的情思，對享樂生活的追求，以及以艷麗優美為特徵的藝術趣味。《南史·循吏傳》序說，宋世社會太平之際：

> 凡百戶之鄉，有市之邑，歌謠舞蹈，觸處成群。

又說齊永明時：

> 都邑之盛，士女昌逸，歌聲舞節，袨服華裝，桃花淥水之間，秋月春風之下，無往非適。⑰

其實這種風氣決不只是出現在宋、齊兩代某些特別的時期。作為一種民間習俗，只要有適當的條件，隨時都會活躍起來。而且總的來說，南方的民間歌舞在此前此後都是比較發達的。〈吳歌〉發生在江東吳地，以六朝的京都建業為中心。換句話說，在今日的江蘇、浙江一帶，以南京為中心。建業歷吳、東晉、宋、齊、梁、陳六朝，文物之盛，衣冠宮柳相屬，秦淮河的商女，聲歌不輟，加以江南富庶，無形中助長了吳地民歌的發展，形成了六朝人所矚目的〈吳

---

⑯ 邱燮友：〈吳歌西曲與梁鼓角橫吹曲的比較〉，《師大國文學報》，創刊號，民國六十一年，頁八〇。

⑰ 唐·李延壽：《南史·循吏傳》，卷七〇，臺北鼎文書局，民國七十四年三月，頁一六九七。

歌〉。民間詩人見春景之美，自然有「春林花多媚，春鳥意多哀」的句子。江南的交通，自古即是水路盛於陸路，《魏書．崔楷傳》云：

江、淮之南，地勢洿下，雲雨陰霖，動彌旬月，遙途遠運，惟有舟艫。⑱

說明了當地的交通運輸皆靠水路舟楫的情形。於是民間詩人看眼前景，見江水浮舟，自然有「布帆百餘幅，環環在江津」的句子流入歌謠中。古人所謂「地留孤嶼小，天入五湖深」，在長江五湖水澤深處，不知蘊藏了多少歌聲。於是壟頭採桑，便有〈採桑歌〉，澤畔採蓮弄舟，便有〈採蓮曲〉、〈江南弄〉，溪頭留連，接送歡子，便有〈前溪歌〉、〈桃葉歌〉的產生。〈吳歌〉起源於三國時的東吳，盛行於晉宋，以迄齊、梁，陳、隋而後衰。

其二是經濟的發展：江南地區的物產，經濟情形，據《史記》云：

楚越之地，地廣人稀，飯稻羹魚，或火耕而水耨，果隋蠃蛤，不待賈而足，地埶饒食，無飢饉之患，以故呰窳偷生，無積聚而多貧。是故江淮以南，無凍餓之人，亦無千金之家。⑲

故西漢時的江南，當草萊未闢，卻也仗恃著優良的天然條件，而能「無飢饉之患」；比起天寒地凍的中原，動輒旱災水患、飢荒連年的生存環境，實有天壤之別。到了東漢，經過歷任太守的努力，遂使江南的開發略具規模，《後漢書．循吏傳》云：

---

⑱ 北齊．魏收：《魏書．崔楷傳》，卷四四，臺北鼎文書局，民國七十九年七月，頁一二五五。

⑲ 漢．司馬遷：《史記．貨殖列傳》，卷一二九，臺北鼎文書局，民國七十九年，頁三二七〇。

（衛颯）遷桂陽太守，郡與交州接境，頗染其俗，不知禮則。颯乃鑿山通道五百餘里，列亭傳、置郵驛。……（王景）明年（建初八年）盧江太守。先是，百姓不知牛耕，致地力有餘而食常不足。郡界有楚相孫叔敖所起芍陂稻田，景乃驅率吏民，修起蕪廢，教用犁耕，由是墾倍多，境內豐給。……（李忠）忠以丹陽俗越，不好學，嫁娶禮義，衰於中國，乃為起學校，習禮容，春秋鄉飲，選有明經，郡中向慕之，墾田增多。

由此可見，東漢對江南地區的開發，非惟使其地盡其利，充實其物產經濟；亦且設禮修教、移風易俗。三國時，由於吳大帝的積極開發，加上中原殘破，中原人士因戰亂而南遷，使得中原與江南的重要性呈消長之勢。永嘉之亂後，淮河以北淪入胡虜之手，東晉政權南渡，中原士庶大舉南遷，政治、文化、經濟中心遂由北方移轉到南方。當時江南盛況為：

江南之為國盛矣！……自晉氏遷流，迄於太元之世，百許年中，無風塵之警，區域之內，晏如也。及孫恩寇亂，殲亡事極，自此以至大明之季，年餘六紀，民戶繁育，將曩時一矣。地廣野豐，民勤本業，一歲或稔，則數郡忘飢。會土帶海旁湖，良疇亦數十萬頃，膏腴之地，畝值一金，鄠杜之間，不能比也。荊城跨南楚之富，揚郡有全吳之沃，魚鹽杞梓之利，充牣八方；絲棉布帛之饒，覆衣天下。⑳

當時會稽（今浙江紹興）一帶，土地肥沃，地價昂貴，過去農業最發達的漢中地區也無法相比。

⑳ 梁・沈約：《宋書・孔季恭傳》，卷五四，臺北鼎文書局，民國七十九年，頁一五四〇。

而且農業和手工業的發展，又促成了城市經濟繁榮。建業「貢使商旅，方舟萬計」㉑，「市廛列肆，埒於二京（長安、洛陽）」㉒。長江中游，則「荊州物產，雍、岷、交、梁之會」㉓。總之，南方經濟最繁榮的地區，一是江浙，其中心城市建業為〈吳歌〉的土壤；一是荊楚，其中心城市江陵等地為〈西曲〉的滋生地。

其三是社會思想觀念的改變：漢末以來，傳統道德規範失去了束縛力，魏晉南北朝成為一個思想解放、或者說思想混亂的時代。不僅男子，女性也不願遵守傳統的規範。干寶《晉紀・總論》說，晉時婦女往往「先時而婚，任情而動，故皆不恥淫佚之過，不拘妒忌之惡」。思想的解放，可溯自東漢末年。建安十五年曹操頒求賢令，令云：

> 今天下未定，此特求賢之急時也。……若必廉士而後可用，則齊桓其何以霸世？今天下得無被褐懷玉而釣於渭濱者乎？又得無盜嫂受金而未遇無知者乎？二三子其佐我明揚仄陋，唯才是舉，吾得而用之。

十九年、廿二年又各下一令，云：

> 夫有行之士未必能進取，進取之士未必能有行也。……由此言之，士有偏短，庸可廢乎？

㉑ 梁・沈約：《宋書・五行志》，卷三一，臺北鼎文書局，民國七十九年，頁八八五。

㉒ 唐・魏徵：《隋書・地理志》，卷三一，臺北鼎文書局，民國七十九年，頁八八七。

㉓ 唐・李延壽：《南史・張敬兒》，卷四五，臺北鼎文書局，民國七十九年，頁一一三六。

> 有司明思此義，則士無遺滯，官無廢業矣。今天下得無有至德之人，放在民間，及果勇不顧，臨敵力戰，若文俗之吏，高才異質，或堪為將守，負污辱之名，見笑之行，或不仁不孝，而有治國用兵之術。其各舉所知，勿有所遺。㉔

三令的求才重點，皆在於其治術、能力，而不計較其私德。曹操此舉顯然是對儒家所標榜的倫理道德的反動。曹丕受禪，崇慕道家的無為思想，士大夫受其影響，也興起一股崇尚玄學和曠達的風氣。所謂「魏武好法術，而天下貴刑名；魏文慕通達，而天下賤守節。」㉕儒家保守嚴謹的禮教思想，在此時受到了考驗。正始以後，值魏晉易代興廢之時，「天下多故，名士少有全者」，朝野人士為求保命全身，都競尚虛無，談玄說理，或含垢忍辱，與時推移；或嬉笑怒罵，縱情任性；或袒裼裸裎，違禮叛教，種種行徑，似癡似顛似狂，無不反映了當時人士消極地逃避現實的心理。魏晉之際，思想禮教的解放，原本只是亂世中保命全身的權宜之策；然而後學者遂競以為時尚，效玄虛之談，仿放達之行，以博取令名清譽。既得令名，又不知奔競之恥，以求官職；既得官職，復不羞寵賂之彰，懷私苟得；一登高位，又以清談玄虛為幌，不恤國事。《晉書》云：

> 悠悠之徒，闡貴無之議，而建賤有之論。是以立言藉其虛無，謂之玄妙；處官不親所司，謂之雅遠；奉身散其廉操，謂之曠達，故砥礪之風，彌以陵遲。放者因斯，或悖吉凶之禮，

㉔ 晉·陳壽：《魏志·武帝紀第一》，卷一，臺北鼎文書局，民國七十九年，頁三二。

㉕ 唐·房玄齡：《晉書·傅玄傳》，卷四七，臺北鼎文書局，民國七十九年，頁一三一七。

而忽容止之表，瀆棄長幼之序，混漫貴賤之級。其甚者至於裸裎，言笑忘宜，以不惜為士，行又虧矣。㉖

不僅禮教崩弛，社會風氣也流於虛誕浮誇。南渡以後，國勢岌岌，僅士人懷抱著「為我」、「貴生」的思想，自暴自棄地追求個人享樂；即普通百姓在歷經魏晉以來的干戈擾攘之後，也不免有著人世無常，及時行樂的想法。尤其是都市中的居民，在積聚足夠的金錢後，也沈迷於享樂。現存〈吳歌〉、〈西曲〉中，充滿大膽熱烈的戀歌，部份是受到傳統禮教思想解放的影響，而柔靡巧艷的〈吳歌〉、〈西曲〉，之所以能搖蕩人心，獲得上下階層的共鳴，正是當時人民及時行樂心理的反應。

其四是偏安的局勢：東晉至梁代，是〈吳歌〉、〈西曲〉在民間普遍流行的時期；也是〈吳歌〉、〈西曲〉受到統治階層注意，並採入樂府的時期。因為被採入樂府，才得以保留至後代；現存的歌辭，大概即是東晉至梁代的作品。東晉至南朝，正值中國內亂紛擾、五胡亂華之際，晉室南渡之後，在政治上造成偏安江南的局面，永嘉之亂後，中原經過連年征戰與胡虜肆虐，早已殘破不堪，晉室遂將政權南移，藉著長江天塹，得以暫避胡人的侵擾。南渡之後，理應以江南為根據地，趁機恢復中原；然而當政者卻意氣消沈，只圖苟安偷生，無意收復失土。既然恢復中原無望，統治階層乃將心力投注於開發江南上。而此時的江南，一方面藉著長江天塹，阻撓胡人南下；一方面也因北朝各族互相攻戰，無法興兵南侵，得以倖免於胡人蹂躪。其後，南朝政權雖然屢有

㉖ 唐・房玄齡：《晉書・裴頠傳》，卷三五，臺北鼎文書局，民國七十九年，頁一〇四五。

興替，皆以和平禪代方式，取得政權，使生靈免於塗炭。就在內無干戈之禍，外無風塵之警的情況下，江南維持了百餘年的偏安局勢。當此之時，「凡百戶之鄉，有市之邑，歌謠舞蹈，觸處成群，蓋宋世之極盛也。永明繼運，垂心政術，都邑之盛，士女昌逸，歌聲舞節，炫服華妝，桃花淥水之間，秋月春風之下，無往非適。」[27]提供了〈吳歌〉、〈西曲〉孳生漫衍的最佳環境；而現存歌辭中，也反映了這種兵燹之後，繁華昇平的偏安現象。

其五是貴族的崇尚：魏晉以來，上層人士就不很重視傳統道德所要求的所謂「節儉」，公然對人生抱享樂主義的態度。西晉齊王司馬攸就說，時人追逐奢華，是「魏之遺弊」[28]。東晉王導也說：「自魏氏以來迄於太康之際，公卿世族，豪侈相高。」[29]此風南朝相沿不改。

而魏晉以來的世族政治，不僅成為世族把持政權的工具；社會上也因「上品無寒門，下品無世族」，被畫分成貴賤兩個階段。世族既擁有大量土地，掌握經濟大權；在政治上，也可坐至公卿。即使改朝易代，世族階級的地位仍穩固不搖。梁蕭子顯謂曰：

> 自金張世族，袁楊鼎貴，委質服義，皆由漢氏，膏腴見重，事起於斯。魏氏君臨，年祚短促，服禍前代，官成後朝。晉氏登庸，與之後事，名雖魏臣，實為晉有。故主位雖改，臣

---

[27] 同[17]。

[28] 唐．房玄齡：《晉書．文六王傳》，卷三八，臺北鼎文書局，民國七十九年，頁一一三二。

[29] 唐．房玄齡：《晉書．王導傳》，卷六五，臺北鼎文書局，民國七十九年，頁一七四六。

任如初。自是世祿之盛，習為舊準，羽儀所隆，人懷羨慕，君臣之節，徒致虛名。貴任素資，皆由門慶，平流進取，坐至公卿。則知殉國之感無因，保家之念宜切。市朝亟革，寵貴方來，陵闕雖殊，顧盼如一。㉚

生活既然安適，仕進又有保障，世族子弟惟致力於物質生活的享受，消磨光陰於娛樂之中。盛蓄妓妾，是當時最普遍的現象。如《宋書・阮佃夫傳》：「阮佃夫妓女數十，藝貌冠絕當時。」〈沈慶之傳〉：「妓妾數十人，競美容工藝；慶之優游無事，盡日歡愉，非朝賀不出門。」〈孫瑒傳〉：「居家頗失於侈，家庭建築，極林泉之致，歌鐘舞女，當世罕儔。」等等，史籍多有所載，茲不列舉。物質上的享受，也競以浮奢相尚。《梁書・賀琛傳》云：

浮奢之弊，其事多端，粗舉二條，言其尤者。夫食方丈於前，所甘一味，今之燕喜相競誇豪，積果如山岳，列肴同綺繡，露臺之產不周一燕之資，而賓主之間，裁取滿腹，未及下堂，已同臭腐。又歌姬舞女，本有品制，二八之錫，良待和戎，今言妓之夫，無有等秩，雖復庶賤微人，皆盛姬姜，務在領污，爭飾羅綺。故為吏牧民者，競為剝削，雖致貲巨億，罷歸之日，不支數年，便已消散。蓋由宴醑所費，既破數家之產；歌謠之具，必俟千金之資。所費事等丘山，為歡止在俄頃，……其餘淫侈，著之凡百，習以成俗，日見滋甚。

上層階級如此，百姓也相從於下，而商賈尤甚。《宋書・周朗傳》云：「凡厥庶民，制度日侈。

㉚梁・蕭子顯：《南齊書》，卷二三贊，臺北鼎文書局，民國七十九年，頁六〇三。

商販之室，飾等王侯；傭賣之身，製均妃后。」而「尚方今造一物，小民明已睥睨；宮中朝製一衣，庶家晚已裁學。侈麗之原，實先宮闈。」正說明了這種上行下效，奢華相尚的社會風氣。

追求享樂生活並不限於物質方面，也轉化到精神方面。所以整個魏晉南北朝，貴族對藝術的興趣顯得空前強烈。在南朝，繪畫、書法、棋藝成了貴族階層的普遍的愛好，發展提高之快，也相當驚人。音樂更為特出，不過世人的興趣已不在舊的典雅的清商樂，而在新異的，活潑艷麗的江南民歌。《宋書．樂志》引裴子野言：「王侯將相，歌伎填室，鴻商富賈，舞女成群，競相誇大，互有爭奪。」又前引《南史．徐勉傳》的記載，說明帝王宮廷中也專門蓄養了演唱〈吳歌〉、〈西曲〉的樂部。南朝貴族對民歌十分熟悉。《晉書》載，謝石曾於會稽王司馬道子的宴席上「因醉為委巷之歌」。《南史》載，沈文季曾在齊高帝的宴席上唱〈子夜來〉。《南齊書》載，王仲雄曾在齊明帝面前唱自作的〈懊儂曲〉。至今尚存世的文人擬民歌之作，及依照民歌新制樂曲的歌辭，為數不少。這些對南朝民歌的發達興盛，必然給予極大的推動。

三、主要的曲調

〈吳歌〉現存約三百六十首，其中主要曲調有如下幾種：

(一)〈子夜歌〉，現存四十二首。據《宋書．樂志》說，這歌曲是一個名叫子夜的女子所作，又說晉孝武帝太元年間，在王軻和庾僧虔家裡，都發生過鬼唱〈子夜歌〉的事，所以子夜應該是孝武以前的人。所謂〈子夜歌〉為名子夜的女子所作，可能是由曲名附會出來的傳說；所謂鬼歌〈子夜〉，更是荒誕之說。但從中可以知道：這種歌曲在東晉已經流行了，其聲調是淒婉動人的。《唐書・樂志》也說它「聲過哀苦」。今錄六首：

宿昔不梳頭，絲髮被兩肩。婉伸郎膝上，何處不可憐。

始欲識郎時，兩心望如一。理絲入殘機，何悟不成匹。

高山種芙蓉，復經黃蘗塢。果得一蓮時，流離嬰辛苦。

年少當及時，蹉跎日就老。若不信儂語，但看霜下草。

夜長不得眠，明月何灼灼。想聞散喚聲，虛應空中諾。

儂作北辰星，千年無轉移。歡行白日心，朝東暮還西。

就今存之歌辭觀之，〈子夜歌〉實為男女相思之情歌，上錄之第一首，是描寫女子楚楚可憐的神態。第二首是描寫女子原有和情郎兩情相悅的憧憬，誰知好夢難圓，最終卻不能成為匹配。第三首描寫女子傾訴，要得到情郎的憐愛，並不容易。像高山上種植了荷，若欲採擷一株蓮子，就必須歷經苦辛（黃蘗味苦）。第四首是規勸少年人愛惜光陰。第五首是描寫相思之苦。第六首是描寫女子對情郎愛情不專一的訴怨。

由以上所舉之例，可以察覺，〈子夜歌〉在遣辭用字上的幾項特色。第一，多用雙關語，諧聲義。如「婉」之為「腕」，「理絲」之「絲」意為「情思」之「思」，「蓮」之諧「憐」。第二，善用比興。如用「理絲入殘機」以比喻愛情的殘破。「芙蓉」以象徵美好，「黃蘗」以象徵苦辛，「蓮」以象徵同情。「霜下草」以代表衰老。「北辰星」以比喻永遠不變的心，「白日」比喻朝東暮西的善變。都能運用得十分生動且貼切。第三，使用特殊的稱代詞。如女子喜用「儂」以稱代「我」，用「歡」以稱代「情郎」，含意輕柔而多情，是吳儂軟語的最大特色。

(二)〈子夜四時歌〉，現存七十五首。這是〈子夜歌〉的變曲(此外還有〈大子夜歌〉、〈子夜警歌〉、〈子夜變歌〉，都是變曲)。唐・吳兢《樂府古題要解》說：「後人依四時行樂之詞，謂之〈子夜四時歌〉。」與〈子夜歌〉比較，其文字更為精緻，並有明顯引用典故和前人詩句之處，出於文士之手或經彼等修飾的成份當更多。今錄五首：

光風流月初，新林錦花舒。情人戲春月，窈窕曳羅裾。　春歌

青荷蓋淥水，芙蓉葩紅鮮。郎見欲采我，我心欲懷蓮。　夏歌

秋風入窗裡，羅帳起飄颺。仰頭看明月，寄情千里光。　秋歌

塗澀無人行，冒寒往相覓。若不信儂時，但看雪上跡。　冬歌

何處結同心，西陵松柏下。晃蕩無四壁，嚴霜凍殺我。　冬歌

此處所選五首，都是晉、宋、齊代民間流傳的樂曲。每首皆以五言四句，而且在措詞上和〈子夜歌〉大體是一致的。

就以上所舉數首觀之，它對唐宋人的影響是很大的。如李白的〈夜思〉：「床前明月光，疑是地上霜。舉頭望明月，低頭思故鄉。」其實是脫胎於〈子夜秋歌〉的「秋風入窗裏，羅帳起飄颺；仰頭看明月，寄情千里光。」

又如蘇軾〈和子由澠池懷舊〉詩中有「人生到處知何似？應是飛鴻踏雪泥。泥上偶然留指爪，鴻飛那復計東西？」和〈子夜冬歌〉中的「若不信儂時，但看雪上跡」有異曲同工之妙。

又如吳文英〈唐多令〉詞中的「何處合成愁，離人心上秋」和〈子夜冬歌〉中的「何處結同心，西陵松柏下」句型又完全相似。

可見〈子夜歌〉在詩史上的地位及價值是不容輕忽的。

(三)〈讀曲歌〉，現存八十九首。《宋書・樂志》與《古今樂錄》中所載的本事並不相同。《宋書》曰：

〈讀曲歌〉者，民間彭城王義康所作也，其歌云：死罪劉領軍（劉湛），誤殺劉第四。其事並見於〈彭城王義康傳〉：上（文帝）以為嫌隙既成，將致大禍，十七年乃收湛；……義康時入宿，留止中書省，遣人宣旨告以湛等罪。義康上表遜位，改授江州刺史，出鎮豫章，實幽之也。……扶令育上表申明義康，奏，即收付建康獄賜死。

然《古今樂錄》卻記載不同本事：

元嘉十七年，袁后崩，百官不敢做聲歌，或因酒讌，止竊聲讀曲細吟而已，以此為名。

兩椿史實雖同發生於元嘉十七年，彼此卻不相干。〈吳歌〉既多起於民間，則《宋書》所載，似較可信。至於「讀曲」或即是「獨曲」，義為但歌，徒歌㉛。按《玉臺新詠》收其中〈柳樹得春風〉一首，題為「獨曲」，當為不配樂的徒歌之意。今存作品八十九首，為〈吳歌〉、〈西曲〉中數量最多之一組，內容多屬哀婉悲悽的思慕之情。然而由於用語淒厲，歌辭中又多碑、闕、石板、方相等與喪葬有關的意象，王運熙以為，〈讀曲歌〉最初可能是〈吳聲〉中的輓歌。六朝人素喜唱輓歌，史書《世說新語》中多有記載；而《宋書．樂志》、《古今樂錄》所載的兩段本事，又有悼亡哀傷之意，此說法別具心思，卻頗為可採。選錄五首：

花釵芙蓉髻，雙鬢如浮雲，春風不知著，好來動羅裙。

思歡久，不愛獨枝蓮，只惜同心藕。

桐花特可憐，願天無霜雪，梧子解千年。

逋髮不可料，憔悴為誰睹？欲知相憶時，但看裙帶緩幾許。

暫出白門前，楊柳可藏烏。歡作沈永香，儂作博山罏。

此選第一首是讚美女子貌美的詩，寫女子的髮釵、髮髻、髮鬢之美，再以春風的輕動羅裙來造成動感。第二首是寫情人思慕成雙成對的殷切心情。所以蓮花雖美，畢竟獨枝，藕根雖沈於污泥，卻能同心。第三首是寫女子期盼男子了解自己心意的詩。用「桐花特可憐」比喻自己，以「梧

㉛ 王運熙：《六朝樂府與民歌》，臺北新文豐出版社，民國七十一年，頁八八～八九。

子〉解千年」來比喻對方。第四首是寫女子為相憶情郎而消瘦、憔悴的詩。末句「但看裙帶緩幾許」和古詩十九首〈行行重行行〉中之「衣帶日已緩」的用法相同。但比起「衣帶漸寬終不悔，為伊消得人憔悴」來，力量就顯得薄弱了。第五首也是情人相盼能彼此長聚首的詩。前二句只是「興」體。「沈水香」是比喻愛人，「博山鑪」以比喻自己。

(四)〈懊儂歌〉，現存十四首。「懊儂」即吳語之「懊惱」，煩悶愁苦之意。錢大昕《十駕齋養新錄》云：

> 《南史・王敬則傳》有「懊儂」字。《一切經音義》：懊儂，今皆作惱，同奴道反。懊儂，憂痛也。予謂農，惱聲相近。

《樂府詩集》引《古今樂錄》曰：

> 懊儂歌者，晉石崇綠珠所作，唯「絲布澀難縫」一曲而已。後皆隆安初民間訛謠之曲。宋少帝更製新歌卅六曲。齊太祖常謂之「中朝曲」，梁天監十一年，武帝敕法雲改為〈相思曲〉。

此段記載較《宋書》、《晉書・樂志》詳細。唯「齊太祖」《宋書・樂志》作「宋太祖」（《舊唐書》、《通典》等或根據《古今樂錄》，皆言為作「齊太祖」、「齊高帝」）。中朝，則是江左以後稱西晉的名詞[32]，則〈懊儂歌〉自西晉以來即有流傳。石崇為綠珠所作之曲，可能即仿作當時流傳

---

[32] 《通志・樂略》：「三調者，乃周房中樂之遺聲。漢魏相繼，至晉不絕。永嘉之亂，中朝舊曲，散落江

於民間的〈懊儂歌〉。綠珠為西晉豪貴石崇之妾，美貌善歌。現存「絲布澀難縫，令儂十指穿。黃牛細犢車，遊戲出孟津。」一首，很難看出與她有什麼關係。此曲內容多言情，而辭意尤為沈切。選錄二首：

我有一所歡，安在深閤裡。桐樹不結花，何由得梧子。

江陵去揚州，三千三百里。已行一千三，所有二千在。

第一首是盼望男女能早日結婚生子的詩。用「桐樹不結花，何由得梧子」的「梧子」以象徵「吾子」。第二首是反映歸思心情之急切。但文字十分簡樸，只有一些里程的數字。可是旅客的心情就是如此「歸心似箭」。

(五)〈華山畿〉，現存二十五首。為〈懊儂歌〉的變曲，風格也與之相近。關於歌曲的起源，《古今樂錄》記載了一個動人的故事：

（宋）少帝時，南徐一士子，從華山畿往雲陽。見客舍有女子年十八九，悅之無因，遂感心疾。母問其故，具以啟母。母為至華山尋訪，見女具說。聞感之因。脫蔽膝令母密置其席下臥之，當已。少日果差。忽舉席見蔽膝而抱持，遂吞食而死。氣欲絕，謂母曰：「葬時車載，從華山度。」母從其意。比至女門，牛不肯前，打拍不動。女曰：「且待須臾。」

右；而清商舊樂，猶傳江左，所謂梁宋新聲是也。」是以中朝稱西晉。又《晉書・王獻之傳》：「時議以為義之草隸，江左中朝，莫有及者。」亦以中朝稱西晉是也。

妝點沐浴，既而出。歌曰：「華山畿，君既為儂死，獨活為誰施？歡若見憐時，棺木為儂開。」棺應聲開，女透入棺，家人叩打，無如之何，乃合葬，呼曰神女冢。

情節哀婉感人，漢詩〈孔雀東南飛〉中亦有「兩家求合葬，合葬華山傍」的詩句，顯示這些民間傳說的故事或有不同，但先民口耳相傳，或改情節、地名，敷陳附會，作歌詠歎，以人民質樸自然的語言，來讚頌這些愛情故事。今存第一首即此傳說中少女所唱，餘二十四首亦為情歌，但與此傳說無關。僅錄第一首：

華山畿，君既為儂死，獨活為誰施？歡若見憐時，棺木為儂開。

(六)〈神弦歌〉，共十一種，現存歌辭十八首。《宋書・樂志》謂〈神弦歌〉的產生年代為：

何承天曰：或云今之神弦，孫氏以為宗廟登歌矣。

何承天為晉、宋間人，晉亡時何氏年五十餘，可見〈神弦歌〉於晉時已流行於民間，何氏並將其年代上溯至孫吳之時。另據《圖書集成・博物部》，題其為「晉神弦歌」；則保守地推測，神弦歌的產生年代，當在三國至晉之間。而〈神弦歌〉的產生地點，近人蕭滌非曾云：

以歌中青溪、白石及赤山湖等地名考之，知其發生仍不離建業左右。㉝

因此，就其產生時代、地點與〈吳歌〉相近的情形而言，〈神弦歌〉可視為〈吳歌〉的一支，但因其內容專門頌述鬼神，與一般民間歌謠相異，故另歸類為〈神弦歌〉。其所寫神靈往往具有人

㉝ 蕭滌非：前引書，頁二〇八。

的姿容和情感，頗類似《楚辭》中的〈九歌〉，然〈九歌〉中所頌述的乃是東皇、司命、河伯等山川大神，〈神弦歌〉所祭祀的卻是當地的「雜鬼」。現存〈神弦歌〉共十一曲，全錄於下：

1. 蘇林開天門，趙尊閉地戶。神靈亦道同，真官今來下。（宿阿曲）
2. 中庭有樹，自語梧桐，推枝布葉。（道君曲）
3. 左亦不佯佯，右亦不翼翼。仙人在郎旁，玉女在郎側。酒無沙糖味，為他通顏色。（聖郎曲）
4. 北遊臨河海，遙望中菰菱。芙蓉發盛花，淥水清且澄。弦歌奏聲節，彷彿有餘音。
   蹀躞越橋上，河水東西流。上有神仙居，下有西流魚。行不獨自去，三三兩兩俱。（嬌女詩二首）
5. 白石郎，臨江居，前導江伯後從魚。
   積石如玉，列松如翠。郎艷獨絕，世無其二。（白石郎曲二首）
6. 開門白水，側近橋梁。小姑所居，獨處無郎。（青溪小姑曲）
7. 赤山湖就頭，孟陽二三月，綠蔽貰荇藪。
   湖就赤山磯，大姑大湖東，仲姑居湖西。（湖就姑曲二首）
8. 明姑尊八風，蕃謁雲日中。前導陸離獸，後從朱鳥麟鳳凰。
   苕苕山頭柏，冬夏葉不衰。獨當被天恩，枝葉華葳蕤。（姑恩曲二首）

9. 泛舟採菱葉，過摘芙蓉花。扣楫命童侶，齊聲採蓮歌。
東湖扶菰童，西湖採菱芰。不持歌作樂，為持解愁思。（採蓮童曲二首）

10. 走馬上前阪，石子彈馬蹄。不惜彈馬蹄，但惜馬上兒。
陳孔驕赭白，陸郎乘班騅。徘徊射堂頭，望門不欲歸。（明下童曲二首）

11. 人生不滿百，常抱千歲憂。早知人命促，秉燭夜行遊。
歲月如流邁，行已及素秋。蟋蟀鳴空堂，感悵令人憂。（同生曲二首）

十八首〈神弦歌〉中所出現的鬼神有：蘇林、趙尊、道君、聖郎、嬌女、白石郎、青溪小姑、湖就二姑、明姑等。其中於典籍中有記載可考者，僅蘇林、趙尊、白石郎、青溪小姑四位，餘則據〈神弦歌〉歌辭所述，殆可想見：道君，或指被民間淫祀的梧桐樹神；聖郎，則為一男神，祭祀時由女巫歌唱以娛神，即歌辭中所謂之「玉女在郎側」之玉女；嬌女，據歌辭所述，可能是一位水濱女神；湖就姑，有大姑與仲姑二女神，可能是管理赤山湖的姊妹神；明姑，似是一位侍從如雲的大神，其出巡時的場面氣勢「前導陸離獸，後從朱鳥麟鳳凰」，顯然較其他諸神盛大。

王運熙則認為〈神弦歌〉十一曲係一整套的娛神樂曲，他說：

〈宿阿曲〉，審其文意，當是道士祭祀時的一首迎神曲：當那大神蘇林把天門開啟後，那些居住天上的神靈真官便都下來赴祭了。而〈同生曲〉則是當作送神曲用的，所以歌辭中並不專頌神祇，而為感傷人命早促，歲月流逝之辭。

王之說法，頗為周全。

〈西曲〉現存約一百七十六首。其中大部分為舞曲，部分為倚歌，樂曲的起源情況較複雜。有的可能與南方少數民族音樂有關，如〈莫愁樂〉，《古今樂錄》說：「亦云〈蠻樂〉」，有的可能與北方少數民族音樂有關，如〈安東平〉即為北歌〈東平劉生〉之變曲。因為南朝的西部城市距北朝的政治文化中心較近，南北的交往也較多，因而北方文化的影響在西曲中較明顯。又據史籍記載，許多種舞曲都是文人在民歌的基礎上制作的。但這僅指樂曲而言，至於現存歌辭，則大抵出於民間。今略取數種：

(一)〈石城樂〉，為舞曲，現存五首。《唐書・樂志》謂為宋・臧質（西元三九九～四五四年）所作，臧質在《宋書》中有傳，他做竟陵江夏內史時，大概三十歲左右。則〈石城樂〉應寫在四二三年左右。《唐書・樂志》云：

> 〈石城樂〉者，宋臧質所作也。石城在竟陵，質嘗為竟陵郡，於城上眺矚，見群少年歌謠通暢，因作此曲。

石城為竟陵郡治，今湖北鐘祥縣。今存歌辭五首，記敘石城少年冶遊佚樂的情景；雖署名為臧質作，但辭語自然通暢，不失民間歌謠之風味。今錄其中二首。

生長石城下，開窗對城樓。城中諸少年，出入見依投。

布帆百餘幅，環環在江津。執手雙淚落，何時見歡還。

(二)〈烏夜啼〉，舞曲，現存八首。《唐書・樂志》謂為宋臨川王劉義慶所作：

〈烏夜啼〉者，宋臨川王義慶所作也。元嘉十七年，徙彭城王義康於豫章。義慶時為江州，至鎮，相見而哭。文帝聞而怪之，徵還宅，慶大懼，伎妾夜聞烏夜啼聲，扣齋閣云：「明日應有赦。」其年更為南兗州刺史，因此作歌。故其和云：「夜夜望郎來，籠窗窗不開。」今所傳歌辭，似非義慶本旨。

又《教坊記》說：

烏夜啼者，元嘉二十八年，彭城王義康有罪放逐，行次潯陽，江州刺史衡陽王義季留連宴飲，歷旬不去，帝聞而怒，皆囚之。會稽公主，姊也。嘗與帝宴洽，中席起拜，帝未達其旨，躬止之。主流涕曰：「車子歲暮，恐不為陛下所容。」車子，義康小字也。帝指蔣山曰：「必無此，不爾，便負初寧陵。」武帝葬於蔣山，故指先帝陵為誓。因封餘酒寄義康。且日，曰：「昨與會稽姊飲樂憶弟，故附所飲酒往。」遂宥之。使未達潯陽，衡陽家人扣二王所囚院曰：「昨夜烏夜啼，官當有赦。」少頃使至，二王得釋，故有此曲。㉞

大概從劉義慶以後，「烏烏夜啼」就變成了一種親人平安、歸鄉的訊息。所以樂府詩〈烏夜啼〉被廣泛使用後，就代表相思盼歸之意。今錄二首：

辭家遠行去，儂歡獨離居。此日無啼音，裂帛作還書。

㉞ 宋・郭茂倩：前引書，頁六九〇。

可憐烏臼鳥，彊言知天曙。無故三更啼，歡子冒闇去。

第一首描寫辭家遠行客對家人的思念。只要一日聽不到烏鳥的啼聲，就急忙修書報平安，流露濃厚的關心之情。第二首對烏臼鳥的逞強亂啼，致使情人以為天欲曙而竟冒暗離去，有責怪的意思。也意味著作者對聚少離多的一份傷感。《樂府詩集》中所選的八首，大多是同樣的感情。

㈢《莫愁樂》，舞曲，現存二首。《唐書・樂志》記云：

《莫愁樂》者，出於《石城樂》。石城有女子名莫愁，善歌謠，《石城樂》和中復有莫愁聲。故歌云：莫愁在何處？莫愁石城西，艇子打兩槳，催送莫愁來。

由本事可看出，此歌的創作題名經過，與《吳歌》之《子夜歌》相似；同樣以作歌女子的名字為題目，歌名即是其和送聲。今將僅存二首錄於下：

莫愁在何處，莫愁石城西。艇子打兩槳，催送莫愁來。

聞歡下揚州，相送楚山頭。探手抱腰看，江水斷不流。

第一首即為《唐書》所載原詞，莫愁是我國民間傳說中一位很有名的年輕女子。此詩與大多數南朝民歌出自女性口吻不同，而是出自一個翩翩少年之口。首二句是少年明知而故問，自問自答，顯然出自對女方的神祕感。後二句是寫莫愁的活動，但少年輕鬆、暢快的心情卻躍然紙上。這種效果，正如李白的「兩岸猿聲啼不住，輕舟已過萬重山」一樣，乍看無一字寫內心活動，其實卻把詩人不可抑制的喜悅心情活脫脫端出來。這首小詩，四句用了三個「莫愁」，而且前兩句句式也相同，這種重複歌唱的手法，正是民歌的基本特點之一。全詩抒情之中夾有敘事，語言樸實、簡潔、準確、歡快，且富有動感，是南朝樂府民歌中一首優秀的代表作。第二首為相思離別的歌曲，《樂府詩集》說：

西曲歌出於荊、郢、樊、鄧之間，而其聲節送和與吳歌亦異，故其方俗而謂之西曲云。

按荊、郢、樊、鄧一帶，即古時楚地。所以它在形式上雖然和〈吳歌〉的五言四句相同，但〈吳歌〉所敘多江南農村之兒女戀情，而〈西曲〉則多賈客商婦之離情，此詩即為反映商婦賈客相送相憶之代表作。

(四)〈襄陽樂〉，舞曲，現存九首。《舊唐書・音樂志》云：

宋隨王誕之所作也。誕始為襄陽郡，元嘉二十六年，仍為雍州，夜聞諸女歌謠，因作之。故歌和云：襄陽來夜樂。其歌曰：朝發襄陽來，暮至大堤宿，大堤諸女兒，花艷驚郎目。裴子野《宋略》稱：「晉安侯劉道產為雍州刺史，有惠化，百姓歌之，號〈襄陽樂〉。」其辭皆非也。

《通典・樂略》則持另一種看法：

〈襄陽樂〉者，劉道產為襄陽太守，有善政，百姓樂業，人戶半贍，蠻夷順服，皆緣沔而居，由此有〈襄陽樂〉歌也。隨王誕作〈襄陽樂〉，……（與《舊唐書》同）。

《舊唐書・音樂志》不知為何認為《宋略》一說為「其辭皆非也」？《宋書》、《南史》的〈劉道產傳〉皆云：「由此有〈襄陽樂〉歌，自道產始也。」劉道產於元嘉八年出鎮雍州，隨王誕則於元嘉二十六年（西元四五〇年）為雍州刺史，在道產之後。隨王誕因「夜聞諸女歌謠」，而作〈襄陽樂〉；則諸女所歌者，當是襄陽民謠，未嘗不可能是歌頌劉道產治化的〈襄陽樂〉歌呢？隨王誕所作的可能只是編改的工作，如配上音樂，加入「襄陽來夜樂」的和聲等等。則〈襄陽樂〉仍是來自民間，其創作者仍是襄陽當地的百姓。今錄三首：

朝發襄陽城，暮至大堤宿。大堤諸女兒，花艷驚郎目。

人言襄陽樂，樂作非儂處。乘星冒風流，還儂揚州去。

女蘿自微薄，寄託長松表。何惜負霜死，貴得相纏繞。

第一首，首兩句，開門見山，點出審美時空：一朝一暮；襄陽城，大堤。著重渲染典型環境。魏晉南朝以來，襄陽地處江漢之間當南北交通要衝，經濟繁榮，形勢險要。大堤，固城坡，在襄陽城北，面臨漢水，附近一帶，「風物秀美」㉟。商賈往來頻繁，遊客踏春如雲。一、二句凸出地名，饒富濃郁的地方色彩，在讀者眼前展現一幕優美的舞臺背景。三、四句接著介紹主要人物出場：「大堤諸女兒，花艷驚郎目」。大堤上遊春少女們美艷如花，風流少年目不暇顧，凝眸注視，顯得驚奇、驚異、驚嘉、驚羨、驚讚不已。詩人善於化美為媚，從大堤女兒之媚所產生的效果去暗示其美。即通過審美主體——「郎目」所表示的「驚」，由那雙「靈魂之窗的眼睛」去說

㉟ 王萬芳（清）：《襄陽府志・卷四・風俗》，臺北成文出版社，民國六十五年，頁二四九。

話，充分顯示出少女的嫵媚及其迷人的魅力。這樣，諸女兒之美，雖「不著一字」，卻「盡得風流」。末句「驚郎目」三字，畫龍點睛，可謂傳神之筆，給人留下深刻難忘的印象。

第二首富有濃厚的揚州市民習性。揚州地處長江中下游，其風土人情，在《揚州府志·風俗》中如此描述：

土壤膏沃，擅魚鹽布穀之利，商賈懋遷有無，百貨麇積。故歷代繁華，喜奇險而惡樸拙，都美盛麗之風，靡靡成習。……婦人無事，居恆修冶容，鬥巧妝，鏤金玉為首飾，雜以明珠翠羽，被服綺繡，……其侈麗相矣。此皆什九商賈之家。閭左輕薄子弟率起效之。

又云：

四方富貴宦游者，置妾皆稱揚州，麕至而蠅聚，填塞衢市。或為媒妁所給，誤入樂籍者，往往有之。

南朝揚州富裕市民的風俗傳統，於此也可見一斑。

詩中的揚州女就是在這樣繁華奢靡的都市裡生長的。揚州的民俗習尚，自小耳濡目染，深入腦際，家鄉習俗，地方觀念，相當強烈。她由於種種原因，流寓襄陽，他鄉異域的生活，她總覺得不順眼，不習慣，開頭兩句，即直吐其內心的積怨與不滿：「人言襄陽樂，樂作非儂處。」人們常說襄陽是個行樂的好地方，然而，襄陽作樂雖好，不是自己享樂之處。襄陽雖云樂，究竟不是自己故鄉，始終不如揚州好，所謂「人言揚州樂，揚州信自樂。總角諸少年，歌舞自相逐。」

這才是揚州女心目中所認為的真正作樂處。在襄陽，她有許多難言的苦衷。她不甘寂寞，受人擺弄，發憤追求自由的愛情生活：「乘星冒風流，還儂揚州去。」詩裡巧妙地運用雙關語：字面之意是說，趁著星光，冒著急風流水，返回我的出生地——揚州去；言外之意實說，回我揚州去，稱心如意地盡情過著自由自在的風流生活。

第三首開頭二句，別開生面，以女蘿攀附高大魁梧的松樹表皮自喻，顯得謙遜而又一往情深，誓死相從：「何惜負霜死，貴得相纏繞。」女蘿只要能纏著松樹寄生，相依為命，難解難分；那麼，被霜凍死亦心甘情願，毫不痛惜。這首詩，託物寓志、抒情，全用象徵手法。寫女蘿實即寫女主人。女蘿「寄託長松表，不惜負霜死」，象徵女主人將自己全副身心委託給戀人，視愛情重於生命。其感情出自肺腑，纏綿綢繆，深厚熱烈，真摯誠懇而又純潔樸實，的確動人心弦。詩的語言，鏗鏘響亮，擲地有聲；比喻貼切得體；想像新穎別緻；形象奇異瑰瑋。全詩沿著女蘿纏繞長松這一意象而展開，顯得新鮮、樸素、單純明朗，寓意深長。風格質實無華，剛勁拙樸，可謂獨樹一幟；一掃六朝宮體詩濃艷柔媚的脂粉氣，給人留下耳目一新，深刻難忘的審美感受。

㈤〈三洲歌〉，舞曲，現存三首。《唐書・樂志》曰：「〈三洲〉，商人歌也。」《樂府詩集》引《古今樂錄》曰：

〈三洲歌〉者，商客數遊巴陵三江口往還，因共作此歌。其舊辭云：「啼將別共來。」梁天監十一年，武帝於樂壽殿道義竟留十大德法師設樂，敕人人有問，引經奉答。次問法雲：

「聞法師善解音律，此歌何如？」法雲奉答：「天樂絕妙，非膚淺所聞。愚謂古辭過質，未審可改以不？」敕云：「如法師語音。」法雲曰：「應歡會而有別離，啼將別可改為歡將樂，故歌。」歌和云：「三洲斷江口，水從窈窕河傍流。歡將樂，共來長相思。」

此曲屬西曲之舞曲。《樂府詩集》錄三首：

送歡板橋彎，相待三山頭。遙見千幅帆，知是逐風流。

風流不暫停，三山隱行舟。願作比目魚，隨歡千里遊。

湘東酃醁酒，廣州龍頭鐺。玉樽金鏤椀，與郎雙杯行。

《唐書・樂志》說：「〈三洲〉，商人歌也。」《古今樂錄》說：「〈三洲歌〉者，商客數遊巴陵三江口往還，因共作此歌。」巴陵，即今湖南省的岳陽縣，三江口，在今湖北省的黃岡縣附近。這說明此類歌是當時京城建康（今南京市，南朝六朝的京城皆在此）的商客在往還於巴陵、三江口這些商業發達的都市間所作的情歌。根據《唐書・樂志》和《古今樂錄》的說法，以及從詩的口氣和詩中所提到的地名看，此〈三洲歌〉當為建康商客俏擬身在建康的妻子、情人的口氣而作的女子之歌。它表現了商女「送歡」、「待歡」、「願隨歡遊」的水邊離思與行旅的情景。

㈥〈採桑度〉，現存七首。《唐書・樂志》曰：「〈採桑〉因三洲曲而生，此聲調也。〈採桑度〉，梁時作。」說明聲調上與〈三洲曲〉的承襲關係，然而兩者在歌辭內容上卻大異其趣，今錄〈採桑度〉二首：

蠶生春三月，春桑正含綠。女兒採春桑，歌吹當春曲。

採桑盛陽月，綠葉何翩翩。攀條上樹表，牽壞紫羅裙。

第一首，歌詠春桑含綠，女兒採桑養蠶之歡樂；第二首，陽春三月，風和日麗，少女們採春桑，唱春曲，還頑皮地爬上樹去，結果鉤破了紫羅裙子，生活氣息多麼濃厚的一首歌；與〈三洲曲〉所表現行旅相思不同。

(七)〈安東平〉，舞曲，現存五首。按北歌有〈東平劉生〉一曲，首句為「東平劉生安東子」，本曲名當與之有關。今錄一首：

東平劉生，復感人情。與郎相知，當解千齡。

這首前二句意思就是說〈東平劉生〉歌曲能感人。可知本曲當為北歌〈東平劉生〉之變。

(八)〈那呵灘〉，舞曲，現存六首。〈那呵灘〉一共六首，分兩組，第一組為夫妻之別，第二組為戀人之別。《樂府詩集》引《古今樂錄》說：「〈那呵灘〉，舊舞十六人，梁八人。」可知這個舞曲梁以前早就存在了。當時南朝和北朝相比，社會比較安定，農業、手工業、商業、交通運輸業都很發達。長江沿岸出現了許多經濟中心城市，如建康（即揚州，今之南京）江陵等。建康為六朝的國都，史稱「貢使商旅，方舟萬葉」，是長江水路的交通中心，它與江陵之間的船隻來往，尤其頻繁。兩地之間有一些險流急灘。《古今樂錄》說：「〈那呵灘〉多敘江陵及揚州事。那呵，蓋灘名也。」那呵應是其中最險急最著名的一個，是商旅船工最耽心的一個處所。今錄六首如下：

我去只如還，終不在道邊。我若在道邊，良信寄書還。
沿江引百丈，一濡多一艇。上水郎擔篙，何時至江陵。
江陵三千三，何足持作遠。書疏數知聞，莫令信使斷。
聞歡下揚州，相送江津彎。願得篙櫓折，交郎到頭還。
篙折當更覓，櫓折當更安。各自是官人，那得到頭還。
百思纏中心，憔悴為所歡。與子結終始，折約在金蘭。

第一組三首，是船工夫妻之間送別的歌。船工迫於生計，駕船欲往江陵，他的妻子恐行船危險，進行勸阻。詩歌極為簡潔，這一層意思並未在篇中直接寫出，而由第一首船工對其妻的勸慰中可以推知。船工來往江中，對急流險灘自然熟悉，他豈不耽心？但為了安慰妻子和家人，把逆流去江陵，說得很輕鬆：「我去只如還。」我去，表示別人去可能還有危險，但我，駕船技巧熟練，有豐富經驗，到江陵這樣地方去，不過像平時回家一樣，是安全，不值得耽心的。這起首一句，包含了他對自己工作經驗的信心，對妻子家人安慰的深刻用心，也反映出了他豪邁的性格。但途中有像那呵這樣的險灘，真很安全嗎？這從緊接的「終不在道邊，我若在道邊」的補充說明中可以看出，就連這技巧熟練的船工也是無把握的。但他還是安慰妻子，萬一有這樣的事，會託可靠的使者寄信回來的。這首詩反映了這個船工與妻子相別時，豪邁、精細、曲折而複雜的思想感情。與丈夫豪爽性格相對照，妻子則是十分溫柔，對丈夫是體貼入微的。經丈夫這麼一說，對可能出現不測事件的耽心已然放下，但對丈夫操勞的關心，又湧上心頭。逆水行舟，船工們彎腰向地，一步一蹬背著縴索向前的艱難情景使她痛心。怎麼才能減輕丈夫沈重的負擔呢？她沒有什麼特別的法門。那百丈縴索是很容易沾濡在水裡的。俗話說：「寧願帶個人，不願拖根繩。」縴索沾在水裡，就等於多拉一個艇子，所以她充滿感情地要丈夫注意這一點，這是她關心的第一件事。再就是，逆水行舟，前途緩慢，江陵那麼遙遠，何時能夠達到呢？這個問題既反映了她對丈夫的關心，也表達了她難忍與丈夫久別的依戀之情。短短二十個字，把妻子送別之情細緻委婉地表現了出來。丈夫見妻子放心了，他也就高興了。「江陵三千三，何足持作遠」，性格的豪邁，對妻子的安慰，見到妻子放心後的愉悅，混和著緊緊擠滿在這十個字裡，與第一首頭十個字，豪邁中滲透著懊喪的情緒，格調大不相同。這一首的三四句與第一首的三四句，也互相照應，前邊是說自己向家中寄書，這裡是要妻子多給自己寫信。這相當於一根感情的繩索，兩頭牽繫著自己和妻子兩顆心，牽繫著揚州與江陵兩個地方，牽繫組詩的首與尾，把兩顆心兩個地方整個組詩綑束得十分緊密。

第二組與第一組不同，前組為夫妻之別，本組為戀人之別。前組是離開揚州往江陵，本組為離開江陵往揚州。前組首尾為男子所歌，中間為女子所唱。本組首尾為女子所唱，中間為男子所歌。女子聽說所愛的人要順水到揚州去，依依難捨，一路相送到江津灣。江津灣是一個很大的碼頭，江陵送人水行，往往送到這裡，看著行人揚帆遠去。〈石城樂〉說：「布帆百餘幅，環環在江津。執手雙淚落，何時見歡還。」本詩中女子送到這裡也十分痛苦，難以離別，但她有什麼辦法阻止這種不可挽回的離別呢？她頓時異想天開：「願得篙櫓折，交郎到頭還。」這種藝術想像，非常深刻地表現了她不願分離的強烈感情。而且很切合她的身分，又具有鮮明的民歌特色。這個船工聽到戀人的這種歌唱，他的感情將會怎樣？看樣子他們相愛應有一段時間了，女子對他的感情十分真摯而強烈。她們的相愛是雙方自願的性質，與那種父母之命媒妁之言不同。那麼，在這個時候，他也應該和女子一樣是悲傷的。然而他的答歌卻萬分地出人意外，即使篙折櫓斷，他也沒有打轉之意。這是為什麼？是他不愛這個女子嗎？不可能；是他真是鐵石心腸沒有依戀之情嗎？也不可能。真正的原因是他們「各自是官人」，身不由己。由於身不由己，無法相守在一起，若在這時也充分表現自己的感情，不願與相愛女子離開，那恐怕這只能徒增女子的悲傷，而無濟於事吧。為了減輕對方的悲傷，他怎麼辦呢？我們想，這就是他唱了一首這樣冷冰冰答歌的原因。在這冷冰冰後面，隱藏著一顆無限關懷情人的火熱的心啊！他這種深藏的用心，這位女子能理解嗎？如不理解，那必然的結果就只能是分手了。然而沒有，她最終表示願與所歡的人立下金蘭之約，始終不渝之盟，就說明了她還是理解對方的。組詩通過這種曲折的筆法，表現了男女雙方之間無限深長的愛情，而沒有落入任何舊套，真是一組別出心裁的好歌。

(九)〈作蠶絲〉，倚歌，現存四首。四首內容都是寫女子的相思。《樂府詩集》引《古今樂錄》曰：「〈作蠶絲〉，倚歌也。」「倚歌」是用鈴鼓、管樂伴奏的歌曲，聽起來是相當婉轉清脆、悠揚悽惻的。今錄其二首：

春蠶不應老，晝夜常懷絲。何惜微軀盡，纏綿自有時。

素絲非常質，屈折成綺羅。敢辭機杼勞，但恐花色多。

第一首，從字面看，全詩詠的是蠶，但實際上寫的是女子刻骨相思。「懷絲」的「絲」與「相思」的「思」諧音；「纏綿」可以形容蠶絲的綿長縈繞，也是指女子一日而九回的纏綿相思。詩人巧妙地運用了諧音雙關和同音同字雙關的手法，把春蠶的生物特徵和女子的心理情感特點融會得天衣無縫，使相思這種看不見、摸不著、說不清的潛在心理活動外化一種可知可感的形象，從而使讀者的心靈受到深深的震撼，留下極其深刻的印象。唐・李商隱〈無題〉詩曰：「春蠶到死絲方盡，蠟炬成灰淚始乾。」前一句在構思上無疑是受到這首〈蠶絲歌〉的啟發。「何惜微軀盡，纏綿自有時。」春蠶不停吐絲，至死方休，它絲毫不顧惜自己微小的身軀性命，因為它相信自己吐出的蠶絲終會纏繞成片片絲棉；恰如那不顧一切熱戀情人的少女，期待與愛人終於相聚，贏得溫柔纏綿的愛情一樣。

第二首，借紡織絲綢寫女子的疑慮和擔憂。「素絲非常質，屈折成綺羅。」「素」，潔白；「絲」，「思」的諧音；「非常質」，不同尋常，特別出色的質地。這一句是說，我對你的愛情是純潔無心的。「屈折成綺羅」的「屈折」二字用得很巧，既說在織造過程中白絲屈屈折折地織成絲綢，又指愛情歷盡風波曲折終獲成功，是一個巧妙的雙關語。這一句表達出女子的勇氣與信心。

三、四句對仗工整，是說織造絲綢的人，一點也不嫌勞累，她願意也能夠用自己的辛勤勞動，將一絲一線織成美麗的綢緞；她的心裡只有一個顧慮，就怕你心裡的花樣太多，多得讓我織不成功啊。「花色」也是一個意義雙關的詞語，就字面看，它指的是絲綢圖案的花紋，實際上它指的是別的眾多的顏色如花的女子。這個女子所擔心的，既不是愛情歷程中難免的曲折艱難，也不是為追愛情必將付出的辛苦勞累，她只害怕自己的情人愛情不專，讓自己的一切努力付諸東流，使她的美好嚮往變成泡影。

這兩首民歌，將一女子在熱戀時的種種情思，追求與期待，勇氣與擔憂，堅定不移的信念和前途未卜的惶惑，寫得細致入微，而這一切，又是緊緊扣住〈作蠶絲〉中春蠶吐絲與女工織綢這兩個環節來抒寫的，使人不得不驚嘆民歌作者非凡的藝術功力。

㈡〈月節折楊柳歌〉，現存十三首（每月一歌，加閏月）。此歌有固定格式，以第一句與第三句押韻，第四句為無實義的和聲「折楊柳」，以下即轉韻。今錄二首：

春風尚蕭條，去故來入新。苦心非一朝，折楊柳，愁思滿腹中，歷亂不可數。（正月歌）

素雪任風流，樹木轉枯悴，松柏無所憂。折楊柳，寒衣履薄冰，歡詎知儂否？（十一月歌）

此外，尚有一首〈西洲曲〉。《樂府詩集》收錄在〈雜曲歌辭〉一類中，被稱為古辭的〈西洲曲〉，可能是經過文人加工的南朝民歌。五言三十二句，大抵四句一換韻，似是用八個小曲聯綴而成。內容寫一個女子對情人的懷念，情意纏綿，辭樂艷麗，音律和諧，達到了高的藝術境界。今錄於下：

憶梅下西洲，折梅寄江北。單衫杏子紅，雙鬢鴉雛色。西洲在何處，兩槳橋頭渡。日暮伯勞飛，風吹烏臼樹。樹下即門前，門中露翠鈿。開門郎不至，出門採紅蓮。採蓮南塘秋，蓮花過人頭。低頭弄蓮子，蓮子青如水。置蓮懷袖中，蓮心徹底紅。憶郎郎不至，仰首望飛鴻。鴻飛滿西洲，望郎上青樓。樓高望不見，盡日欄干頭。欄干十二曲，垂手明如玉。卷簾天自高，海水搖空綠。海水夢悠悠，君愁我亦愁。南風知我意，吹夢到西洲。

此歌保留著民歌的本色，詩中純真的思想感情、濃郁的生活氣息以及民歌所獨具的想像方式與表現方式，都是與文人創作大異其趣的。但從格調的纏綿、詞句的工巧以及將烏臼樹下女子的居處寫成青樓、樓上並有垂簾與十二曲欄杆等描寫看來，可能又是經過文人潤飾改定的。

〈吳歌〉發生在江東吳地，以南朝的京都建業為中心，也就是現在江蘇浙江一帶，以南京為中心，包括長江下流的地方。〈西曲〉發生於荊楚樊鄧一帶，以雍州的襄陽和荊州的江陵為中心，就是今日湖北、湖南、安徽、江西、河南一帶。包括了漢水和長江中流的地方。因此，長江下流的〈吳歌〉，無形中便影響到長江中流與漢水之間的〈西曲〉了。邱燮友云：

〈西曲〉是受〈吳歌〉影響的西方民歌。因南朝政治商業關係，人們往來於建業及江陵、襄陽間，〈西曲〉便成了商旅仕宦的別歌。南朝時派往鎮守荊雍的宗室諸王不少，他們便利用當地歌謠編成歌舞，作為豪門高第的娛樂品，像宋臧質的〈石城樂〉，宋隨王劉誕的〈襄陽樂〉，齊武帝的〈估客樂〉等便是。〈西曲〉受〈吳歌〉影響，最主要的還是長江水域做了媒介，商旅仕宦從建業溯流而上，坐船可直抵湖北江陵，從夏口（即漢口）沿漢水北上，可抵達襄陽。地理環境和商旅仕宦的尋歡作樂，荊楚〈西曲〉也隨〈吳歌〉之後，漸次蔓延開來。㊱

因此，〈吳歌〉與〈西曲〉在形式上大多為五言四句的小詩，且內容絕大多數是情歌。雖同為情歌，然〈吳歌〉所敘多江南農村之兒女戀情，而〈西曲〉則多賈客商婦之離情，是為二者在內容上之特色。

第二節　南北民歌的異同

南北朝的樂府民歌，雖然是同一時代的產物，但由於南北地域不同，且政治上南北長期對立，所以呈現出迥然不同的藝術風貌。地域不同，歌聲亦異，邱燮友云：

地域影響文學很深，從詩經的十五國風已可看出。左傳襄公二十九年，便有一段季札觀樂、

㊱ 邱燮友：〈吳歌西曲產生原因及時代背景〉，《書和人》，第二〇九期，民國六十二年，頁一六六六。

縱論國風的文字。我國南北文學不同，也是地域使然。詩經中沒有楚風，楚辭中沒有整首四言的詩歌，便是顯著例子。㊲

《隋書．文學傳序》說：

江左宮商發越，貴於清綺；河朔詞義貞剛，重乎氣質。氣質則理勝其詞，清綺則文過其實。理深者便於時用，文華者宜於詠歌。此其南北詞人得失之大較也。

近人劉師培也說：

南聲之始，起於淮漢之間；北聲之始，起於河渭之間。故神州語言，雖隨境而區，而考厥指歸，則析分南北二種。陸法言有言：「吳楚之音，時傷清淺；燕趙之音，多傷重濁。」此則言分南北之確證也。㊳

《顏氏家訓》亦云：

南方水土和柔，其音清舉而切詣，失在浮淺，其辭多鄙俗。北方山川深厚，其音沈濁而鈋鈍，得其質直，其辭多古語。㊴

㊲ 同上。
㊳ 許文雨：《文論講疏．劉師培南北文學不同論》，臺北正中書局，民國五十六年一月，頁三八七～三九〇。
㊴ 隋．顏之推：《顏氏家訓．音辭篇》，臺灣商務印書館，民國六十八年。

南北文學不同，由此可見。〈吳歌〉、〈西曲〉同屬南朝民歌，與北朝北歌當然迥異。前人的論著，從《隋書・文學傳序》到《顏氏家訓》到劉師培的〈南北文學不同論〉，都以水土的不同來解釋南北文風的差別，雖然只是從地域來觀察問題，但應該說這種現象是確實存在的，自然條件的確在某種程度上影響人的氣質，更重要的，還是文學創作的生活背景。遼闊的草原上不可能產生「春林花多媚，春鳥意多哀」的情歌，江南水鄉也不會有「健兒須快馬，快馬須健兒」的豪語。南北民歌有顯著不同的風格和特色，這是由於：

其一，南北的經濟條件、社會狀況不同，人民的生活方式不同，人民的處境，遭遇也有很大的差別，所以反映社會生活的民間口頭創作，自然就不一樣。

其二，北朝民歌的作者，除漢人以外，還有許多少數民族。而南朝民歌不少是出自市民、商人的家庭婦女，或者婢妾、歌妓等人之口。可見南北民歌的作者不同，彼此的風俗習慣、社會地位、文化教養、生活要求、社會理想以及性格、氣質，是有很大差異的。因此他們各自唱出的歌，就會表現出不同的特色來。

其三，北朝的少數民族，沒有或很少受到禮教的束縛，所以北朝的情歌和南朝比較，有顯著不同的特點。

其四，南北方的自然景色不同，人們的生活環境相異，南方山青水秀，而北方蒼茫遼闊。不同的自然景色會引起人們的不同聯想以及不同的感情色彩，因此也會使南北民歌染上不同的色調。

北朝民歌不論從內容題材、風格展現、形式結構、音樂民俗來看，都有其不同於南朝民歌的特點，今分述如下：

一、內容題材之比較

北朝民歌，是北方各族人民共同創造的文化碩果，它在數量上雖然遠不及南朝民歌，但就內容題材而言，卻有其獨到之處，非南朝民歌能代替，南朝民歌的題材比較狹窄，百分之九十都是情歌，《南北朝文學史》中云：

> 南朝樂府歌辭絕大部分都是情歌，從發展線索來看，它上承《詩經》中的「鄭、衛」之音，漢樂府中的〈鐃歌〉和〈瑟調曲〉中的愛情詩，即《宋書・樂志》所說的「淫哇不典正」的歌辭。南朝樂府和前代樂府相比，它缺少尖銳地反映社會矛盾的作品；和同時代的北朝樂府相比，又看不到多色彩的社會生活。技巧上雖然精致，內容上卻顯得比較單調。[40]

這些詩大都以女子為中心，並且以女子的口吻，來抒寫愛情的歡樂和相思的痛苦，或寫表現婚姻不自由的苦悶。南朝民歌其所以有如此局限性，正如李曰剛所云：

> 原因有二：首先由於其產品並非來自廣大農村，而是以城市都邑為其策源地。……其次，

---

[40] 曹道衡、沈玉成：前引書，頁三〇四。

由於貴族階層有意識之采集，但依其低級趣味，享樂需要而事選擇潤色，絕尠顧及「觀風俗，知薄厚」之詩教作用，故見存之詩幾全為靡靡之音。41

而曹道衡、沈玉成也說：

雖然當時的社會風氣自上而下偏於逸樂，但並不等於民歌中就沒有反映其他社會內容的作品。《樂府詩集・雜歌謠辭》中根據留存的史料收錄過少量如〈鄱陽歌〉、〈雍州歌〉、〈宋時謠〉之類的作品，都是關於政治的民歌。《樂府詩集》不收而散見的片段材料，如《太平御覽》卷八八五所錄〈時人為檀道濟歌〉、《隋書・五行志》所錄〈陳人為齊云觀歌〉，不被為聲色之娛服務的有關官署收錄而被之管弦，大約也是由於政治傾向過於明顯。這樣，它們就逐漸湮沒散失，現今所見，就只剩下了情歌的一枝獨秀。

而北歌，則不局限於道情一項，除了歌詠北地的千姿百態：塞北苦寒的情景、行役軍戎的苦況、戰後殘餘的愴涼、戰爭荼毒的殘酷、爭權奪利的嘲諷、貧富社會的懸殊、英雄人物的歌頌、北國大漠的風光外，亦涵蓋了北地的特殊風情：縱馬放牧的樂趣、豪健尚勇的精神、爽直俠義的形象、待嫁女兒的心態、男女相戀的情歌、戀鄉思鄉的情長、哲理諺諺的意味，不愛紅裝愛武裝等，所以李曰剛也說：

鼓角橫吹，雖云流傳二十三曲六十六首，數量遠不及南朝之清商曲，但內容特別豐富，反

---

41 李曰剛：《中國詩歌流變史》，文津出版社印行，民國七十六年，頁一〇一。

映北朝二百多年間之社會狀況及時代特徵既全面且生動，不遜漢樂府。㊷北歌內容多采多姿於此可見。總言，南朝民歌數量多，題材狹；北朝民歌數量少，題材廣。

二、風格展現之比較

南北民歌，由於描寫的內容不同，必然帶來作品風格的差異。今就道情、寫景、民情風尚三方面觀之：

㈠道情：由於南北民族性本質之差異，表達情感之方式自然相異。北人個性慷慨豪爽，剛直敦厚，坦率勇武，其於道情，乃奔迸而出，一瀉無遺，全然亢進狀態。例：

月明光光星欲墮，欲來不來早語我。〈地驅樂歌〉

此歌敘男女約會，女子等待情郎久久未至而歌此，其坦率勁直可見。南朝民歌則不然。南人個性較陰柔，與北人陽剛不同，其於表情，迴盪婉轉，以濃厚之情感蟠結胸中，猶春蠶抽絲，曲折多樣，全然糾結狀態。若以北歌為直線表情，則南歌為曲線式。例：

一坐復一起，黃昏人定後，許時不來已。〈華山畿〉

黃生無誠信，冥強將儂期，通夕出門望，至晚意不來。〈黃生曲〉

㊷ 李曰剛：前引書，頁一一八。

二首皆男女約會之辭。前首寫女子等待，心中焦急之情；次首亦寫女子之等待，埋怨情郎無誠信。二首大抵情思曲折，與北歌〈地驅樂歌〉：「欲來不來早語我！」情調全然不同。

此外，南北民歌於歌辭的使用手法，亦有顯著之差異，即南歌歌辭中，大量使用諧音雙關語，這是北歌中較少見的。北歌中使用諧音雙關語者，僅見於下列二首：

以「柳」諧「留」，例：

上馬不捉鞭，反拗楊柳枝。〈折楊柳枝歌〉

以「棗」諧「早」，例：

門前一株棗，歲歲不知老。〈折楊柳枝歌〉

而南朝民歌的諧音雙關語，則不可勝數，今舉數例如下：

以「絲」諧「思」，例：

春蠶易感化，絲子已復生。〈子夜歌〉

春蠶不應老，晝夜常懷絲。〈作蠶絲〉

以「蓮」諧「憐」，憐，詩中多有「憐愛」的意思，例：

果得一蓮時，流離嬰辛苦。〈子夜歌〉

芙蓉始懷蓮，何處覓同心。〈月節折楊柳歌・四月歌〉

以「梧子」諧「吾子」，例：

桐樹生門前，出入見梧子。〈子夜歌〉

桐樹不結花，何由得梧子。〈懊儂歌〉

以上是異字諧音雙關語。以下舉數例同字別義雙關語：

以布匹的「匹」，諧匹偶的「匹」，例：

空織無經緯，求匹理自難。〈子夜歌〉

成匹郎莫斷，憶儂經絞時。〈青陽度〉

以關門的「關」，諧關懷的「關」，例：

攤門不安橫，無復相關意。〈子夜歌〉

以黃蘗的「苦心」，諧情人的「苦心」，例：

黃蘗鬱成林，當奈苦心多。〈子夜歌〉

黃蘗向春生，苦心隨日長。〈子夜春歌〉

這種南歌表情，恆用雙關語，而北歌較少的情形，亦為南歌道情曲折，北歌道情勁直之一證。北歌道情，直爽明朗，如〈捉搦歌〉云：

誰家女子能行步，反著裌禪後裙露。天生男女共一處，願得兩個成翁嫗。

〈折楊柳枝歌〉更是率真，歌辭云：

問女何所思，問女何所憶。阿婆許嫁女，今年無消息。

又〈地驅歌樂辭〉云：

驅羊入谷，自羊在前；老女不嫁，蹋地喚天。

北歌描寫女子思春，想早日出嫁的歌辭，真是心直口快；南方民歌則委婉綺靡的用諧音雙關語，像〈子夜夏歌〉云：

春傾桑葉盡，夏開蠶務畢；晝夜理機縛，知欲早成匹。

因此，南朝民歌委婉含蓄、纏綿細膩是其風格展現的特色。

蕭滌非曾對南北道情作過生動的概述，他說：

北朝女兒沒有南朝女兒那樣多的眼淚，說什麼：「淚落枕將浮，身沈被流去。」「長江不應滿，是儂淚成許。」在北歌中，我們簡直找不到一個淚字。她們更大膽、更乾脆、更潑辣。南歌說：「誰能空相憶，獨眠度三陽？」北歌卻說：「天生男女共一處，願得兩個成翁嫗！」（捉搦歌）南朝女子當失戀或婚姻不自由時，往往採取「自經屏風裡」的辦法，北朝則不然：「老女不嫁，蹋地喚天！」完全是另一種形象。43

可謂道破南北戀歌風格之迴異現象。

(二)寫景：北朝民歌所寫的景色，與北方的地理環境有關，北國不是春暖花香，水澤荷鮮，而是大漠走馬，白雪紛飛的景色，例：

43 蕭滌非：《樂府詩詞論藪》，濟南齊魯書社，一九八五年，頁一二一。

放馬大澤中，草好馬著臕；牌子鐵裲襠，鉅鉾鸐尾條。〈企喻歌辭〉

雨雪霏霏，雀勞利。長嘴飽滿，短嘴飢。〈雀勞利歌辭〉

敕勒川，陰山下。天似穹廬，籠蓋四野。天蒼蒼，野茫茫，風吹草低見牛羊。〈敕勒歌〉

南方民歌所寫的景色，則是就江南景色入篇，水澤帆影、春暖花香、淥水荷鮮，一派和平安詳的景象。例：

春林花多媚，春鳥意多哀；春風復多情，吹我羅裳開。〈子夜春歌〉

青荷蓋淥水，芙蓉葩紅鮮；郎見欲採我，我心欲懷蓮。〈子夜憂歌〉

布帆百餘幅，環環在江津；執手雙淚落，何時見歡還。〈石城樂〉

㈢民情風尚：南北生活背景不同，影響的民情風尚也南北迥異：北方詠婦女牧羊，男子騎馬射獵的情趣，如：

驅羊入谷，自羊在前。老女不嫁，蹋地喚天。〈地驅歌樂辭〉

青青黃黃，雀石頹唐。槌殺野牛，押殺野羊。〈地驅歌樂辭〉

放馬兩泉澤，忘不著連羈。擔鞍逐馬走，何見得馬騎。〈折楊柳歌辭〉

江南便是兒女採桑、採蓮、採菱，記載操舟、養蠶、織紝的樂事，如：

春傾桑葉盡，夏開蠶務畢，晝夜裡機縛，知欲早成匹。〈子夜夏歌〉

素絲非常質，屈折成綺羅；敢辭機杼勞，但恐花色多。〈作蠶絲〉

沿江引百丈，一濡多一艇。上水郎擔篙，何時至江陵。〈那呵灘〉

南北民歌，反映出南北民情風尚迥異：南方詠婦女採桑，北方則詠婦女牧羊；南方詠男子坐船行賈，北方則詠男子騎馬射獵；南方詠春園、綠水、翠鳥、荷花，北方則詠草原、黃塵、鷹鷂、棗樹。生活背景不同，作品風格自然也會兩樣。沈德潛針對這點說：

梁時橫吹曲，武人之歌居多，北音竟奏，鉦鐃鏗鏘。〈企喻歌〉、〈折楊柳歌辭〉、〈木蘭詩〉等篇，猶漢魏人遺響也。北齊〈敕勒歌〉亦復相似。㊹

他所說的「漢魏人遺響」，自然包含有樸實剛健、粗獷坦率的意思，而這正是北朝民歌風格特色。

三、形式結構之比較

南北朝民歌形式結構之異同，可從下列幾方面來探討：

㈠句法形態：南北朝民歌就歌辭的句法形態而言，都是以五言四句為主的小詩。除了五言四句的基本句法外，還有四言、七言，或雜言的小詩。無論南音北歌，它們在體制上的共同特點是篇章短小，所謂篇章短小，當然只是就一般情況而言，個別例外的情況也有，譬如：南朝就出現了抒情長詩〈西洲曲〉，代表著南朝樂府民歌的最高成就；北朝就出現了敘事長詩〈木蘭詩〉，代

㊹ 清・沈德潛：前引書，頁一八八一。

表著北朝樂府民歌的最高成就。

〈吳歌〉三百六十首中，有三百零四首都是五言四句的小詩。其餘五十六首，依然以五言句法為主，但變化參差。一百七十六首的〈西曲〉中，有一百十一首，都是整齊的五言四句的小詩。其他六十五首，有四言、七言的句法，也有雜言的，變化上比〈吳歌〉複雜些[45]。

北歌七十九首中，五言四句的句法形態有四十六首，餘則四言、七言、雜言體[46]。魏晉以來，不論是南方或北方，五言小詩的體式已很流行，到南北朝時，小詩的體式，已擴展成七言兩句或四句的詩，而五言四句的小詩，已由民間的流行漸次臻於成熟，其間也留下不少絕妙的好詩，為唐代五、七言絕句體的形式奠定了基礎。

㈡演唱形式：南朝民歌中的情歌，在〈子夜歌〉、〈子夜四時歌〉、〈前溪歌〉、〈歡聞變歌〉、〈估客樂〉、〈青驄白馬〉、〈那呵灘〉中，還有屬於一問一答的對唱形式，即所謂的男女贈答的歌辭。今舉〈子夜歌〉為例：

（女唱）

自從別郎來，何日不咨嗟？黃蘗鬱成林，當奈苦心多。

（男唱）

---

[45] 邱燮友：前引文，頁八三。

[46] 北歌之句法，詳見本書第五章第一節。

高山種芙蓉，復經黃蘗塢。果得一蓮時，流離嬰辛苦。

再舉〈那呵灘〉為例：

（女唱）

聞歡下揚州，相送江津灣。願得篙櫓折，交郎到頭還。

（男唱）

篙折當更覓，櫓折當更安。各自是官人，那得到頭還。

通過這種贈答式的唱和，將男女相思之情，非常真切地表現出來。

至於北歌，則基本上是獨唱的形式，北歌中也有情歌，卻沒有男女贈答的現象。

㈢創作語言：南朝民歌都是用漢語創作的。北朝民歌除一部分是用漢語創作的以外，不少是原用少數民族語創作後譯為漢文的。如〈敕勒歌〉，起初就是用鮮卑語寫的，它的句式長短不齊，很可能是翻譯時保存下來的原貌。再如〈折楊柳歌辭〉中的「我是虜家兒，不解漢兒歌。」從這兩句可知，此歌是從當時的少數民族語言譯成漢語的。

㈣和聲與送聲：南朝民歌中有顯著的和聲與送聲，《樂府詩集》中云：

西曲歌出於荊、郢、樊、鄧之間，而其聲節送和與吳歌亦異，故其方俗而謂之西曲云。㊼

可知西曲有送和，而吳歌也有，只是它們的「聲節送和」不同罷了。

㊼ 宋・郭茂倩：前引書，頁六八九。

甚麼是「和聲」和「送聲」呢？所謂和送聲，是指歌唱時，插入別人的和唱或眾人合唱的句子，而這些句子，在歌辭上並無多大意義，只是增加音節的調和與強度而已。在歌唱進行中插入的，叫做「和聲」，在一支歌的終了加入的，就稱為「送聲」。《樂府詩集》卷二六云：

> 吳聲西曲前有和，後有送也。[48]

又《古今樂錄》云：

> 凡歌曲終，皆有送聲。[49]

和送都是眾人加入和唱的句子，只是加入的位置不同，因此名稱也有差異。和送聲可以增加音節的調和及強度，使歌聲更為活潑和熱鬧，同時使唱歌的人和聽眾打成一片，以達到眾人娛樂的最高效果。不過「和聲」的位置每每因前人的記載不詳，不能確定其位置，究竟是每句配以和聲呢？還是每兩句配以和聲？便不可詳考了。至於「送聲」，它的位置是在曲終的地方。依《樂府詩集》引《古今樂錄》的記載：

> 〈歡聞歌〉者，晉穆帝升平初歌，畢輒呼「歡聞不」？以為送聲，後因此為曲名。今世用莎持乙子代之，語稍訛異也。[50]

---

[48] 宋・郭茂倩：前引書，頁三七七。

[49] 宋・郭茂倩：前引書，頁六四一。

[50] 宋・郭茂倩：前引書，頁六五六。

又說，晉穆帝升平初，建業一帶有童謠，道旁以「阿子聞」和，曲終，便以「阿子汝聞不？」為送聲。陳時用「莎持乙子」作送聲。如果以〈歡聞歌〉為例，配以和送聲，便成下列形態：

遙遙天無柱，流漂萍無根阿子聞；單身如螢火，持底報郎恩阿子汝聞不？

而北朝民歌中，則全然無和聲與送聲的情形。

四、音樂民俗之比較

南北朝民歌，從音樂方面來看，亦有分別。近人劉師培曾云：

南聲之始，起於淮漢之間。北聲之始，起於河渭之間。故神州語言，雖隨境而區，而考厥指歸，則析分南北為二種。陸法言有言：「吳楚之音，時傷清淺；燕趙之音，多傷重濁。」此則言分南北之確證也。[51]

南音「時傷清淺」，北歌「多傷重濁」，此大致的分別。從音樂方面來看，〈吳歌〉、〈西曲〉同屬清商曲。清商曲簡稱「清樂」，是我國漢魏六朝以來主要俗樂的總稱。清樂的特色，是採自民間的，樂器以絲竹為主。《樂記》有云：「絲聲哀，竹聲濫。」如〈大子夜歌〉云：

歌謠數百種，子夜最可憐；慷慨吐清音，明轉出天然。

---

[51] 同[38]。

> 絲竹發歌響，假器揚清音；不知歌謠妙，聲勢出口心。

「絲」是弦樂器的代稱，「竹」是管樂器的代稱。絲竹的聲調是清越的、哀濫的。〈吳歌〉不僅可以徒歌，也可以用樂器伴奏或演奏，如〈子夜警歌〉所云：「朱口發艷歌，玉指弄嬌絃。」從使用的樂器來看，《古今樂錄》曰：

> 吳聲歌舊器有篪、箜篌、琵琶，今有笙、箏。52

歌辭中所提到的樂器，不離絲竹管絃，如：

> 弦歌秉蘭燭　〈子夜冬歌〉
> 直動相思琴　〈子夜夏歌〉
> 改調促鳴箏　〈上聲歌〉
> 黃絲咡素琴，汎彈弦不斷。　〈讀曲歌〉

〈西曲〉是直接受〈吳歌〉的影響，使用的樂器大致相同。〈西曲〉除了可以徒歌外，有些已演變成「倚歌」和「舞曲」，作為宦遊商賈的娛樂品。倚歌即今所謂的伴奏，只是不用絃樂，而用管樂。〈西曲〉多舞曲，「歌舞」二字，在歌辭中屢見，如：

> 歌舞諸少年，娉婷無種跡。　〈烏夜啼〉
> 陽春二三月，相將舞翳樂。　〈翳樂〉

52 宋・郭茂倩：前引書，頁六四〇。

總角諸少年，歌舞自相逐。〈翳樂〉

在舞曲中，曲調繽紛，所使用的樂器，自然更是絲竹管弦互陳了。在歌唱中，清商曲是清越哀濫的聲調，多半為商聲，相當於今日的D調，其次為徵、羽聲。相當於今日的G調、A調。邱燮友云：

清商曲的主聲為商聲，商調多哀歌，聲韻清越哀傷，古人以五音配四季，商調便應秋天，所以清商曲的特色是用絲竹管絃，而聲調清越哀濫，這是清商曲的特色，同樣也是吳歌西曲的特色。53

由此可知，南朝民歌從音樂方面來看，屬清商曲，樂器則是絲竹管絃。

至於北歌，以〈梁鼓角橫吹曲〉六十六首為主，本是胡人的牧歌，用胡語、鮮卑語來唱的，經漢人翻譯而收錄。《樂府詩集》引《古今樂錄》曰：

〈梁鼓角橫吹曲〉，多敘慕容垂及姚泓時戰陣之事，其曲有〈企喻〉等歌三十六曲。54

南北朝時，胡人長期佔據中原，北歌流行中原，本為牧歌，內容卻是多敘慕容垂及姚泓時征戰之事。既而作為軍樂，樂器不以絲竹，而以鼓、角、簫、笛、笳為主，這些樂器都適合騎在馬背上吹奏的，在音色上的特色是節短音長，適於表現雄健悲壯的聲調；與江南纏綿哀致，綺靡繽紛的

---

53 邱燮友：前引文，頁八二。
54 宋・郭茂倩：前引書，頁三〇九。

聲調迥異。北歌的音樂性質，可從下列歌辭中知悉其旋律和樂器，如：

蹀座吹長笛，愁殺行客兒。〈折楊柳歌辭〉

下馬吹長笛，愁殺行客兒。〈折楊柳枝歌〉

車前女子年十五，手彈琵琶玉節舞。〈鉅鹿公主歌辭〉

在漠野沙塞間，上馬弄刀，下馬吹笛，長笛幽怨，豪邁中帶有悲涼，是為北歌之特色。

南北朝民歌雖然出於同一時代，但由於南北對峙和種種條件的不同，呈現出不同的風采。南朝民歌產生於長江中下游的城市，內容狹窄，百分之九十以上情歌，故可稱為「城市之歌」、「女兒之歌」。從形式上看，多五言四句，且抒情多於敘事，可說是抒情的小型之歌。詩的語言自然清新，多用雙關隱語，風格纏綿婉轉，給人以清新之感。北朝民歌繼承了漢樂府精神，廣泛地反映了社會現實，有戰歌、有戀歌、有牧歌。形式上除五言外，還有四言、七言、雜言；語言質樸剛健，風格粗獷豪放，與南朝民歌形成了鮮明的對照。李曰剛說得好：

> 由於南北長期對峙，北朝兼在外族統治之下，政治、經濟、文化以及民族風尚，自然環境，均有區別，因而南北樂府亦呈現不同之色彩與情調。大抵北方男兒多高吼其輕生尚武之壯歌，南方女子愛低吟其多愁善感之情歌。故其時樂府亦大別為「鼓吹」、「清商」兩類。「鼓吹」為北方之民歌，多以戰爭殺伐為題材，即有寫戀情之處，亦多見慷慨爽朗之英雄氣息。「清商」為南方之民歌，多以少艾怨慕為題材，即有詠物傷時之懷，仍不免宛轉溫柔之兒

女本色。55

正給南北民歌之差異，作了簡明扼要的說明。

55 李日剛：前引書，頁九八。

第八章　結論

從各個不同的角度研究北歌，可以直接、廣泛、深刻地反映了北朝的社會風貌和時代特徵，展現了許多重要的社會問題，表現了當時人們最關心的事情及其生活狀況。人們用自己的口，唱出了自己的思想感情，用自己的詩，表達了自己的要求和理想。把這些民歌連繫起來，就可構成北朝社會歷史的巨幅畫卷。這些詩，出自人民大眾之手，有高度的真實性、獨創性具有不可忽視的藝術成就，並在詩體發展上有突出貢獻與影響。因此，本章特於此作一全面性的總結。

一、藝術成就

北歌的藝術成就，概括來說主要表現在：表情乾脆，直抒心曲，伉爽、潑辣；剛健清新，氣勢蒼茫，風格豪放；語言粗獷，質樸無華，淺顯易懂。這和表情細膩，艷麗纏綿，委曲婉轉的南朝民歌，是迥然不同的。

就情歌而論，南北兩地便各是一種情趣。北朝民歌的表情方式是直截了當的，心理有什麼，就毫無遮攔地脫口而出。而南朝民歌卻含蓄曲折，多用雙關隱語。如：

〈捉搦歌〉寫的：「小時憐母大憐婿，何不早嫁論家計。」同樣一種感情和願望，〈子夜春歌〉則表現為：「那能閨中秀，獨無懷春情。」

〈折楊柳枝歌〉直言不諱地說：「阿婆不嫁女，哪得孫兒抱。」而南朝的〈懊儂歌〉則用雙關語來暗示：「桐子不結花，何由得梧（諧吾）子。」

還有「女兒自言好，故入郎君懷。」（北朝〈幽州馬客吟歌辭〉）是直爽坦率的大膽相愛；而「感郎千金意，慚無傾城色。」（南朝〈碧玉歌〉）卻是忸忸怩怩的柔媚情戀。二者對比之下，北歌的特點就突出地顯示出來了。

又如，「男兒欲作健」、「放馬大澤中」、「前行看後行」、「健兒須快馬」等，表現北方人那種慓悍的尚武精神和豪邁氣概，刻劃英勇性格的詩歌，都是剛健豪放，激昂慷慨的軍樂戰歌。這些詩大都寫得格調高昂，音韻鏗鏘；那飛揚生動的文字與響亮的旋律，和所描寫的形象性格，精神氣質，達到了和諧的統一。王士禎在《香祖筆記》中評「新買五尺刀」一詩時說：

> 是快語。語有令人「骨騰肉飛」者，此類是也。

這種快語是南朝民歌中所沒有的。

北歌的語言質樸，毫不矯飾，近似口語，極少巧妙的雙關語，也少有所謂的嫋嫋餘音。這與南朝民歌纖麗、委婉，指東說西，常用風、花、月、露表現微妙的情感，也成了鮮明的對比。例如，〈地驅歌樂辭〉：「老女不嫁，蹋地喚天。」和〈子夜春歌〉：「春風復多情，吹我羅裳開。」一北一南，分明可辨。

詩歌的藝術技巧有賴意象之巧妙運用，意象之運用，乃是透過聯想的作用，產生暗示與象徵的效果，北歌中的「暗示」與「象徵」，即《詩經》中所謂「興」、「比」的語言藝術。比、興手法，是我國民歌的優秀傳統和顯著特色之一，在國風和漢樂府民歌裡，這種手法的運用就已十分普遍和純熟了。北朝民歌也繼承了這一傳統的表現方法，並且有所創新，如〈雀勞利歌辭〉就是由「雨雪霏霏，雀勞利」起興，而引起下文「長嘴飽滿，短嘴飢」的。紛紛的大雪下個不停，漫山遍野覆蓋了一層白被，無處覓食的雀鳥淒厲地叫著，吟飢號寒，這使窮苦飢餓之人即連想到了自己飢寒交迫的處境，並進而引起了對當時社會的不滿，就非常自然。再如〈幽州馬客吟歌辭〉，以「快馬常苦瘦」起興，並與「剿兒常苦貧」對舉，鮮明深刻地說明了「有錢始作人」的實質。〈折楊柳枝歌〉，由「門前一株棗，歲歲不知老」起興，觸景生情，因而產生了「阿婆不嫁女，那得孫兒抱」的感歎。這些起興手法的運用，都是很巧妙的。

比喻，也是民歌慣用的藝術手法。然而，由於時代、地區以及作者身分不同，往往所用的比喻也各有特點。一般地說，人民總是愛拿自己最熟悉的、體驗最深刻的事物作比。這樣就更覺親切、生動、易懂，更能達到深入淺出的效果，以增強作品的藝術力量。現舉二首和南朝民歌作一比較，以說明北歌在運用比喻上的特點：

北：郎在十重樓，女在九重閣。郎非黃鵠子，那得雲中雀？　〈慕容家自魯企由谷歌〉

南：張罾不得魚，不櫓罾空歸。君非鸕鷀鳥，底為守空池？　〈歡聞變歌〉

北：腹中愁不樂，願作郎馬鞭。出入擐郎臂，蹀座郎膝邊。　〈折楊柳歌辭〉

南：風流不暫停，三山隱行舟。願作比目魚，隨歡千里游。　〈三洲歌〉

這裡的「黃鷂子」、「雲中雀」、「郎馬鞭」這些十分恰當而又非常親切、樸素的比喻，都是北方常見之物，又與北方人的強悍尚武，直爽樸實的性格及喜愛騎射的特點，緊密地聯繫著。和產生在水鄉澤國的南方民歌那與泛舟、捕魚、桑蠶等有關的比喻，平分秋色，二者剛柔特點和地方色彩，便由此可見。

北歌中，還有一些作品，往往一開頭就開門見山地寫出形象的特點，或某種情緒的突出表現，一語點破性格的特點和感情的實質。如〈木蘭詩〉起筆就是「唧唧復唧唧」的嘆息聲，這樣，詩的一開頭就提出了矛盾，有力地抓住了讀者。這個「當戶織」的女子為什麼這樣發愁呢？要了解其中的原因，要知道其命運到底如何，就非得讀下去不可。這種筆法，既節省筆墨，又能使矛盾突出，形象鮮明。類似這種開頭的北歌還有很多，如：〈地驅歌樂辭〉的「側側力力」，〈黃淡思歌辭〉的「心中不能言」等，都是如此。

北歌的突出藝術成就，更表現在〈木蘭詩〉、〈敕勒歌〉等成熟的作品中。從基本創作傾向看，〈木蘭詩〉用現實主義的方法，塑造了一個「彎弓征戰男兒」的女性英雄形象，這個形象的創造，是根植在北朝現實生活的土壤之中的。在北朝的戰爭環境和盛行尚武風氣的社會裡，產生這樣一個英勇善戰的人物，並不是偶然的，更不是奇怪的。〈李波小妹歌〉所描寫的那一女俠的形象，就真有其人。然而木蘭這一自始至終不失平民百姓本色的形象，又是人民百姓理想的化身，有著強烈的傳奇色彩和積極浪漫主義因素。她是產生於現實又美於現實的人物，是一個集中概括的、理想化的典型。

〈木蘭詩〉的語言是豐富多彩的。有樸素的口語，有精妙的律句，但它們在生動活潑，自然明快的基調上，取得了諧和，繁複和簡練達到了統一。這首詩的句式也變化多端，以五言為主，又不拘泥於五言的定格裡，根據表達內容的需要，時而用七言，時而用九言，或整或散，長短錯綜。有排句的反復詠嘆，有連鎖式的上下勾連，有問答，有重疊，有新奇幽默的比喻，也有巧妙的烘托、誇張。韻腳不斷轉換，旋律清新流暢。這些都大大地增強了詩的音樂和表現力。

〈木蘭詩〉是北歌的代表作品，從思想性到藝術性，它都標誌著北歌的最高成就，也標誌著我國雜言古詩的高度成熟。歷來研析〈木蘭詩〉的論著很多，今將其論點加以歸納，並加己意，越發顯出〈木蘭詩〉的特色。可與漢樂府民歌的〈孔雀東南飛〉並稱，成為我國詩歌史上的「雙璧」，一北一南，異曲同工，相互輝映，光芒四射，是我國民間創作的不朽詩篇。

〈敕勒歌〉最突出的藝術特點是，十分巧妙地表現出了在北方草原那典型的環境中所感受到的真實內容。詩人抓住了「敕勒川」上的高山、蒼天、穹廬、原野、豐草、牛羊等典型事物的特點，並加以準確的具體描繪，即景生情，寓情於景，將富有特色的典型景物和豪放的情懷融為一爐，以凝煉、通俗的語言唱出了雄渾、蒼壯的格調，活生生畫出了一幅美麗的草原風情畫。意境廣潤，莽莽無際，而又細致精巧；氣勢豪宕，情調壯美，而又樸實自然。具有永不衰減的藝術魅力。

〈隴頭歌辭〉三首，在藝術上也有其獨到之處。節奏短促，格調悲切，使邊塞那荒涼酷寒的環境，和征人的悲苦淒厲的心情，水乳交融，渾然一體。這種筆法，生動真切，地區色彩和感情色彩都非常濃烈，而且又使二者緊緊地交織到了一起，有著動人心弦的藝術力量。這些不朽的民歌，世代相傳，永不衰竭。

二、貢獻與影響

北朝民歌忠實地繼承了漢魏樂府「緣事而發」的現實主義傳統，真實地反映了北方社會生活面貌和各民族人民的精神面貌。李曰剛說：

> 北歌不僅風格與南歌相反，即題材範圍亦較廣泛，除戀歌外尚有戰歌、牧歌及反映人民窮困流離生活之雜歌謠。現實性與戰鬥性均甚強，有濃厚之漢樂府色彩，在文學史上應給予比南朝樂府更高之評價。❶

又云：

> 鼓角橫吹，雖云流傳二十三曲六十六首，數量遠不及南朝之清商曲，但內容卻特別豐富，反映北朝二百多年間之社會狀況與時代特徵，既全面且生動，不遜漢樂府。❷

---

❶ 李曰剛：前引書，頁一一七。

的確，北歌以其樸質剛健之風格，嶄然露頭角，非但不與習俗同流，亦且給予當時乃至後世詩歌以一種新力量新血液，殊屬難能可貴。

就詩的體裁言，北歌除〈木蘭詩〉以外，大都比較短小，並以五言四句一首者居多，也有四言四句為一首的。前者如〈琅琊王歌辭〉、〈折楊柳歌辭〉；後者如〈隴頭歌辭〉、〈地驅歌樂辭〉等。還有不少是雜言體的，長的如〈木蘭詩〉，有六十二句，三百三十餘字。短的如〈東平劉生歌〉，只有三句，由七言、三言、七言組成。〈隔谷歌〉、〈李波小妹歌〉、〈敕勒歌〉等，也是句無定字。〈隴上歌〉則是一首七言十二句的較長詩篇。此外，在北歌中，還有七言四句體和七言二句為一首的短詩。特別是七言四句體，是過去七言古詩的發展，北歌中七言詩的展現，可稱是北歌在詩體發展上的突出貢獻之一。

北歌不但篇幅有長有短，而且句式也多種多樣，變化是比較自由的。這種自由、多變的形式，比起前代的詩歌來，也是一個突破。

就表現手法言，北歌對唐代詩人亦有不少啟發。例如杜甫〈草堂詩〉：

> 舊犬喜我歸，低徊入衣裾；鄰舍喜我歸，沽酒攜葫蘆；大官喜我歸，遣騎問所須；城郭喜我歸，賓客隘村墟。

連用四個「喜」字造成排句，即是從〈木蘭詩〉「爺孃聞女來」等句脫化而出。此外，口語之運

---

❷ 李曰剛：前引書，頁一一八。

用，予後代詩人絕好之借鏡，李白、杜甫、白居易等大詩人皆善於提煉口語融化入詩。

在押韻方式方面，四言四句體和五言四句體，大多是第二和第四句相押。但也有的四、五言四句體第一句就入韻，和第二、四句相押。短詩一般不換韻。但〈木蘭詩〉、〈隴上歌〉、〈敕勒歌〉等，韻腳轉換較為自由。七言二句和七言四句體的詩，每句都押韻，這是和過去七言古詩每句用韻的特點相一致的。如曹丕的〈燕歌行〉，是現存較早的完整七言古詩，就是句句都押韻的。而這一特點，又直接影響了後來的七絕。

北歌以其獨特的藝術成就在當時及其以後都占有重要地位。北朝二百七十多年的寂寞詩壇，因為有了樂府民歌才帶來了活潑的生氣。這些民歌以其豪邁剛健的風格，反映了北方廣闊的社會生活面貌，上承漢樂府的「感於哀樂，緣事而發」的現實主義精神，對當時形式主義的詩風起了一定的沖擊作用，對唐朝詩歌的繁榮也起了一定的促進作用。就是在表現手法上，唐朝很多詩人也從北歌中受到啟發。

參考書目

甲、書籍

1. 丁福保（清）編：《全漢三國晉南北朝詩》，臺北世界書局。
2. 丁福保（清）編：《續歷代詩話》，臺北藝文印書館。
3. 干寶（晉）：《搜神記》，洪氏出版社，民國七十一年一月。
4. 王易：《樂府通論》，臺北廣文書局，民國五十九年二月。
5. 王運熙：《六朝樂府與民歌》，臺北新文豐出版社，民國七十一年初版。
6. 王運熙、楊明：《魏晉南北朝文學批評史》，上海古籍出版社，一九八九年六月一版。
7. 王忠林、邱燮友等合著：《中國文學史初稿》，石門圖書公司，民國六十七年十月。
8. 王先謙（清）：《釋名疏證補》，臺北臺灣商務印書館，民國五十七年六月。
9. 王汝弼：《樂府散論》，陝西人民出版社，一九八四年十一月。

10. 王光祈：《中國音樂史》，臺北中華書局，民國七十年臺七版。
11. 王瑤：《中古文學史論》，臺北長安出版社，民國七十一年再版。
12. 王志忱：《修辭學》，臺北世紀書局，民國七十年初版。
13. 王灼：《碧雞漫志》，景印文淵閣四庫全書，第一四九四冊。
14. 王壽南等編輯：《中國史學論文選集第三輯》，幼獅文化事業公司，民國六十八年八月出版。
15. 王獻忠：《中國民俗文化與現代文明》，中國書店，一九九一年十二月第一版。
16. 王萬芳（清）纂：《襄陽府志》，臺北成文出版社，民國六十五年。
17. 中村元等著、余萬居譯：《中國佛教發展史》，臺北天華出版公司，民國七十三年五月。
18. 中國社會科學院文學研究所編著：《中國文學史》，北京人民文學出版社，一九八五年。
19. 中華文化復興委員會國家文藝基金管理委員會主編：《中國文學講話》五，魏晉南北朝文學，臺北巨流圖書公司，民國七十四年六月一版。
20. 內蒙古大學漢語言文學系北方民族文學藝術與中華文化課題組：《北方民族文學與中華文化》，內蒙古社會科學雜誌社，一九八九年一月。
21. 仇兆鰲注：《杜詩詳註》，臺北文史哲出版社，民國六十二年四月。
22. 司馬光：《資治通鑑》，臺北世界書局，民國六十三年。

23. 司馬遷：《史記》，臺北藝文印書館，民國六十三年十月。
24. 令狐德棻：《周書》，臺北鼎文書局，民國七十九年。
25. 左克明（元）：《古樂府》（景印文淵閣），臺北臺灣商務印書館，民國七十五年三月。
26. 北京大學中國文學史教研室選注：《魏晉南北朝文學史參考資料》，中華書局，一九六一年十二月。
27. 艾治平：《古典詩詞藝術探幽》，臺北木鐸出版社，民國七十六年七月初版。
28. 朱自清：《中國歌謠》，臺北世界書局，民國七十四年十一月。
29. 朱光潛：《文藝心理學》，臺灣開明書店，民國八十二年二月版。
30. 朱光潛：《詩論》，臺北國文天地雜誌發行，民國七十九年。
31. 朱光潛：《談美》，臺南大夏出版社，民國八十年十二月。
32. 朱介凡：《中國歌謠論》，臺北中華書局，民國七十三年。
33. 朱熹集註：《詩經集註》，臺北群玉堂出版公司，民國八十年十月初版。
34. 朱建新：《樂府詩選》，臺北正中書局，民國八十年三月初版。
35. 江蘇省六朝史研究會編：《六朝史論集》，合肥黃山書社出版，一九九三年九月。
36. 江聰平：《樂府詩研究》，高雄復文書局，民國六十七年。
37. 吉聯抗輯譯：《魏晉南北朝音樂史料》，上海文藝出版社，一九八二年初版。

38. 杜士鐸：《北魏史》，山西高校聯合出版社，一九九二年八月一版。
39. 杜文瀾（清）：《古謠諺》上下，臺北世界書局，民國七十二年。
40. 杜佑：《通典》，臺北新興書局，民國五十三年。
41. 李曰剛：《中國詩歌流變史》，臺北文津出版社，民國七十六年二月。
42. 李昉（宋）等編：《太平御覽》，臺北新興書局，民國四十八年一月。
43. 李昉（宋）：《文苑英華》，景印文淵閣四庫全書，第一三三三～一三四二冊。
44. 李善注：《昭明文選》，臺北藝文印書館，民國四十八年四月。
45. 李延壽（唐）：《北史》，臺北鼎文書局，民國七十九年。
46. 李延壽（唐）：《南史》，臺北鼎文書局，民國七十九年。
47. 李劍農：《魏晉南北朝隋唐經濟史稿》，臺北華世出版社，民國七十年十二月。
48. 李開先著、路工輯校：《李開先集》，中華書局上海編輯所，一九五九年十二月。
49. 李純勝：《漢魏南北朝樂府》，臺北臺灣商務印書館，民國五十六年。
50. 李直方：《漢魏六朝詩論稿》，香港龍門書店，一九八九年。
51. 李啟明：《中國紡織史話》，臺北明文書局，民國七十一年初版。
52. 李百藥：《北齊書》，臺北鼎文書局，民國七十九年。
53. 李春祥主編：《樂府詩鑒賞辭典》，鄭州中州古籍出版社，一九九〇年三月第一版。

54. 李建中：《漢魏六朝文藝心理學》，太原北岳文藝出版社，一九九二年五月一版。
55. 李善馨發行：《詩學淺說》，臺北學海出版社，民國八十一年八月再版。
56. 沈約（梁）：《宋書》，臺北鼎文書局，民國七十九年。
57. 沈約（梁）：《齊書》，臺北鼎文書局，民國七十九年。
58. 沈德潛（清）：《古詩源》，臺北世界書局，民國六十四年版。
59. 沈德潛（清）：《唐詩別裁》，臺北臺灣商務印書館，民國六十七年版。
60. 沈德潛（清）：《清詩別裁》，臺北臺灣商務印書館，民國六十七年版。
61. 沈秋雄：《詩學十論》，文史哲出版社，民國八十二年三月初版。
62. 邱燮友：《品詩吟詩》，臺北東大圖書公司，民國七十八年六月。
63. 邱燮友：《中國歷代故事詩》，臺北三民書局，民國七十四年三月五版。
64. 邱燮友、周何、田博元等：《國學導讀》，臺北三民書局，民國八十二年。
65. 邱燮友、李鍌、王更生、鄭明娳、沈謙編著：《中國文學概論》，國立空中大學印行，民國七十七年元月。
66. 吳景旭（清）：《歷代詩話》，臺北世界書局，民國五十年十月。
67. 吳餘鎬：《古典詩入門》，臺南大孚書局，民國八十三年六月。
68. 吳先寧：《北朝文學研究》，臺北文津出版社，民國八十二年九月初版。

69. 何文煥（清）編：《歷代詩話》，臺北藝文印書館，民國六十三年。
70. 何沛雄編著：《賦話六種・賦品》，香港三聯書店，一九八二年版。
71. 余冠英：《漢魏六朝詩論叢》，上海中華書局，一九六二年二月。
72. 余冠英：《樂府詩選》，臺北華正書局，民國七十年初版。
73. 余冠英等撰：《先秦漢魏六朝詩鑒賞辭典》，西安三秦出版社，一九九〇年六月第一版。
74. 汪中：《樂府詩選註》，臺北學海出版社，民國六十八年初版。
75. 呂思勉：《兩晉南北朝史》，臺北開明書店，民國六十六年。
76. 周偉洲：《敕勒與柔然》，上海人民出版社，一九八三年一版。
77. 房玄齡（唐）：《晉書》，臺北鼎文書局，民國七十九年版。
78. 林旅芝：《鮮卑史》，香港波文書局，一九七三年六月再版。
79. 拉法格著、王子野譯：《思想起源論》，香港三聯書店，一九七八年。
80. 青木正兒：《中國文學概說》，重慶重慶出版社，一九八二年。
81. 柯慶明等：《文學評論》，臺北巨流圖書公司，民國六十九年。
82. 胡雲翼：《新著中國文學史》，臺北漢京文化公司，民國七十二年初版。
83. 胡紅波：《樂府相和歌與清商曲研究》，臺北天才出版社，民國六十八年。
84. 胡適：《白話文學史》，臺南東海出版社，民國六十五年八月。

85. 胡懷琛：《中國民歌研究》，香港百靈出版社，一九七六年。
86. 胡應麟：《詩藪》，臺北廣文書局，民國六十二年九月初版。
87. 胡震亨（明）：《唐音癸籤》，臺北木鐸出版社，民國七十一年初版。
88. 胡曉明：《中國詩學之精神》，江西人民出版社，一九九三年九月第一版。
89. 柳士鎮：《魏晉南北朝歷史語法》，南京大學出版社，一九九二年八月。
90. 范文瀾：《中國通史》，北京人民出版社，一九七八年六月。
91. 范蔚宗（宋）：《後漢書》，臺北鼎文書局，民國七十九年版。
92. 洪順隆：《樂府詩》，臺北林白出版社，民國六十九年初版。
93. 姚一葦：《藝術的奧秘》，臺北開明書局，民國五十七年。
94. 姚思廉：《梁書》，臺北鼎文書局，民國七十九年版。
95. 姚思廉：《陳書》，臺北鼎文書局，民國七十九年。
96. 前野直彬等著、洪順隆譯：《中國文學概論》，臺北成文出版社，民國六十九年初版。
97. 班固：《漢書》，臺北鼎文書局，民國七十九年。
98. 夏之放：《文學意象論》，汕頭大學出版社，一九九三年十二月。
99. 夏傳才：《詩經語言藝術》，臺北雲龍出版社，一九九〇年十月臺一版。
100. 逯欽立：《先秦漢魏晉南北朝詩》，臺北學海出版社，民國八十年二月再版。

101. 高平叔：《蔡元培年譜》，臺北中華書局，一九八〇年。
102. 高海夫，金性堯主編：《南北朝民歌》，臺北地球出版社，民國八十二年六月一版。
103. 高誘注（漢）：《淮南子注》，臺北世界書局，民國八十年三月。
104. 馬端臨（清）：《文獻通考》，上海商務印書館，民國二十五年三月。
105. 徐陵著、吳兆宜注：《玉臺新詠箋註》，臺北明文書局，民國七十七年七月。
106. 徐師曾（明）：《詩體明辨》，臺北廣文書局，民國六十一年四月。
107. 徐復觀：《中國文學論集》，臺北學生書局，民國七十一年增補五版。
108. 唐長孺：《魏晉南北朝史論叢續編》，臺北帛書出版社，民國七十四年版。
109. 郭紹虞：《中國文學批評史》，文史哲出版社，民國七十九年七月出版。
110. 郭茂倩（宋）：《樂府詩集》，臺北里仁書局，民國七十年三月出版。
111. 郭沫若：《中國史稿》，北京人民出版社，一九七六年。
112. 梁啟超：《中國韻文中所表現的情感》，臺北中華書局，民國六十五年臺三版。
113. 梁啟超：《中國之美文及其歷史》，臺北中華書局，民國六十九年臺三版。
114. 陳序經：《中國南北文化觀》，臺北牧童出版社，民國六十五年初版。
115. 陳沆：《詩比興箋》，臺北廣文書局，民國五十九年版。
116. 陳望道：《修辭學釋例》，臺北學生出版社，民國五十七年版。

117. 陳東原：《中國婦女生活史》，臺北臺灣商務印書館，民國七十五年十月。

118. 陳顧遠：《中國婚姻史》，臺北臺灣商務印書館，民國七十六年六月。

119. 陳義成：《漢魏六朝樂府研究》，嘉新水泥文化基金會，民國六十五年十月。

120. 陳夢雷編：《古今圖書集成》78冊，臺北鼎文書局，民國六十六年四月。

121. 張仁青：《魏晉南北朝文學思想史》，臺北文史哲出版社，民國六十七年版。

122. 張永鑫：《漢樂府研究》，江蘇江蘇古籍出版社，一九九二年六月第一版。

123. 張夢機：《古典詩的形式結構》，臺北尚友出版社，民國七十年十二月初版。

124. 張敦頤（宋）：《六朝事跡編類》，臺北廣文書局，民國五十九年十二月。

125. 張亮采：《中國風俗史》，臺北臺灣商務印書館，民國七十五年十月。

126. 張敬文：《中國詩歌史》，臺北正中書局，民國五十九年初版。

127. 張德順等共著：《口碑文學概說》，韓國，漢城，一潮閣，一九七一年初版。

128. 張松如主編：《中國詩歌史・魏晉南北朝》，長春吉林大學出版社，一九八九年十二月第一版。

129. 陶立璠：《民俗學概論》，北京中央民族學院出版社，一九八七年。

130. 曹道衡、沈玉成：《南北朝文學史》，北京人民文學出版社，一九九一年。

131. 曹文柱：《胡漢分治・南北朝卷》，上海三聯書店，一九九二年十月初版。

132. 盛子潮、朱水涌：《詩歌形態美學》，廈門廈門大學出版社，一九八七年十二月。
133. 陸侃如：《樂府古辭考》，臺北臺灣商務印書館，民國五十九年一月。
134. 陸侃如、馮沅君合著：《中國詩史》，臺北明倫出版社，民國五十八年初版。
135. 清聖祖御製：《全唐詩》，臺北宏業書局，民國六十六年。
136. 許之衡：《中國音樂小史》，臺北臺灣商務印書館，民國五十七年臺一版。
137. 黃炳寅：《中國音樂與文學史話集》，臺北國家出版社，民國七十一年初版。
138. 黃永武：《中國詩學》，臺北巨流圖書公司，民國六十六年四月。
139. 黃慶萱：《修辭學》，臺北三民書局，民國八十一年九月六版。
140. 游國恩：《中國文學史》，臺北五南書局，民國七十九年。
141. 勞幹：《魏晉南北朝史》，臺北文化大學出版部，民國六十九年八月。
142. 溫洪隆、涂光雍：《先秦兩漢魏晉南北朝文學攬勝》，湖北湖北教育出版社，一九八八年三月第一版。
143. 智匠（陳）：《古今樂錄》，玉函山房輯佚書。
144. 馮明之：《中國民間文學講話》，臺北源流出版社，民國七十一年初版。
145. 馮惟訥（明）編：《古詩紀一百五十卷》，日本京都，中文出版社，一九八三年版。
146. 傅樂成：《中國通史・魏晉南北朝史》，臺北眾文圖書公司，民國七十九年十一月。

147. 傅隸樸：《中國韻文通論》，臺北正中書局，民國七十一年初版。
148. 曾永義：《說俗文學》，臺北聯經出版社，民國六十九年初版。
149. 賈思勰著，石漢聲校釋：《齊民要術今釋》，北京科學出版社，一九五八年。
150. 湯用彤：《漢魏兩晉南北朝佛教史》，臺北中華書局，一九五五年。
151. 楊牧：《傳統的與現代的》，臺北志文出版社，民國六十八年。
152. 楊牧（王靖獻）著，謝謙譯：《鐘與鼓——詩經的套語及其創作方法》，成都四川人民出版社，一九九〇年。
153. 楊生枝：《樂府詩史》，青海人民出版社，一九八五年一月。
154. 楊宗時（清）修、崔淦等纂：《襄陽縣志》，臺北臺灣學生書局，民國五十八年四月。
155. 楊蔭瀏：《中國古代音樂史稿》，臺北丹青圖書公司。
156. 楊蔭深：《中國俗文學概論》，臺北世界書局，民國七十一年五版。
157. 楊衒之著、范祥雍校注：《洛陽伽藍記校注》，古典文學出版社，民國四十七年。
158. 葉慶炳：《中國文學史》，臺北學生書局，民國七十一年學一版。
159. 葉桂剛，王貴元主編：《樂府詩精品賞析》，北京北京廣播學院出版社，一九九二年十二月。
160. 趙景深：《民間文學叢談》，湖南人民出版社，一九八二年。

161. 趙東一：《文學研究方法》，韓國，漢城，知識產業社，一九八一年初版。
162. 趙東一：《敘事民謠研究》，韓國，大邱，啟明大學出版部，一九七九年增補版。
163. 摯虞（晉）：《文章流別論》，臺北藝文印書館，民國六十年。
164. 劉勰（梁）：《文心雕龍》，臺灣開明書店，民國五十九年八月。
165. 劉精誠：《兩晉南北朝史話》，北京中國青年出版社，一九九三年八月。
166. 劉義棠：《中國邊疆民族史》，臺北中華書局，民國八十一年四月三版。
167. 劉若愚著，杜國清譯：《中國詩學》，臺北幼獅文化公司，民國六十六年初版。
168. 劉昫（後晉）：《舊唐書》，臺北鼎文書局，民國七十九年。
169. 劉大槐（清）：《海峰文集卷一論文偶記》，烏石文庫藏原刊本。
170. 劉師培：《中國中古文學史》，臺北河洛出版社，民國六十九年臺一版。
171. 劉大杰：《中國文學發展史》，臺北華正書局，民國八十四年七月版。
172. 鄭樵（宋）：《通志》，上海商務印書館，民國二十四年九月。
173. 鄭振鐸：《中國俗文學史》，臺北臺灣商務印書館，民國七十五年十月。
174. 潘重規：《樂府詩粹箋》，臺北學海出版社，民國六十三年九月。
175. 潘國鍵：《北魏與蠕蠕關係研究》，臺北臺灣商務印書館，民國七十七年初版。
176. 蔣祖怡：《詩歌文學纂要》，臺北正中書局，民國六十九年。

177. 蔡英俊：《意象的流變》，臺北聯經出版社，民國七十一年初版。

178. 歐陽詢等奉敕編：《藝文類聚》，臺北文光出版社，民國六十三年。

179. 錢大昕：《十駕齋養新錄》，臺北華江出版社，民國六十二年。

180. 錢穆：《國史大綱》，臺北臺灣商務印書館，民國六十三年修訂一版。

181. 謝先量：《中國大文學史》，臺北中華書局，民國五十六年。

182. 澤田總清著，王鶴儀譯：《中國韻文史》，臺北臺灣商務印書館，民國六十七年臺三版。

183. 駱玉明，張宗原：《南北朝文學》，合肥安徽教育出版社，一九九一年八月第一版。

184. 鍾嶸（梁）：《詩品》，臺北廣文書局，民國七十九年十二月。

185. 鍾敬文：《歌謠論集》，上海文藝出版社，一九八九年。

186. 蕭滌非：《樂府詩詞論藪》，濟南齊魯書社，一九八五年。

187. 蕭滌非：《漢魏六朝樂府文學史》，臺北長安出版社，民國七十年二版。

188. 蕭子顯（梁）：《南齊書》，臺北鼎文書局，民國七十九年。

189. 顏之推（北齊）：《顏氏家訓》，臺北明文書局，民國七十三年一月。

190. 魏收（北齊）：《魏書》，臺北鼎文書局，民國七十九年。

191. 魏徵（唐）等撰：《隋書》，臺北鼎文書局，民國七十九年。

192. 鄺利安編著：《魏晉南北朝史研究論文書目引得》，臺灣中華書局，民國六十年初版。

193. 譚達先：《中國民間文學概論》，臺北木鐸出版社，民國七十一年初版。
194. 羅根澤：《樂府文學史》，臺北文史哲出版社，民國八十年一月。
195. 羅大岡譯：《拉法格文論集》，北京人民文學出版社，一九七九年版。
196. 羅宗濤等著：《中國詩歌研究》，臺北中央文物供應社，民國七十二年六月。
197. 顧頡剛：《史林雜識》初編，北京中華書局，一九七七年十一月。
198. 顧敦鍒：《南北兩大民歌校箋三卷》，臺北世界書局，民國五十一年。
199. 蘇雪林：《中國文學史》，臺中光啟出版社，民國五十九年初版。
200. 龔慕蘭：《樂府詩選注》，臺北廣文書局，民國七十二年九月。
201. 龔鵬程：《讀詩隅記》，臺北華正書局，民國七十六年八月再版。

乙、論文

1. 丁聲樹：〈早晚與何當〉，《中央研究院史語所集刊》，二十本下，民國六十年，頁六一～六六。
2. 毛漢光：〈北魏東魏北齊之核心集團與核心區〉，《中央研究院史語所集刊》，五十七本之二，民國七十五年，頁二四一～三二〇。

3. 方祖燊：〈宋齊樂府詩解題〉，《臺灣師大學報》，第十五期，民國五十九年六月，頁二〇五～至二四二。
4. 王夢鷗：〈魏晉南北朝文學之發展〉上、中、下，《中華文化復興月刊》，第十四卷七、八、九期，頁六～一一，九～一六，九～一四。
5. 王靖婷：〈吳歌西曲的內容、詞彙及表現手法之研究〉，東海大學中文研究所碩士論文，民國七十九年四月。
6. 王曾才：〈北朝時期的胡漢問題〉，臺大史研所碩士論文，民國五十一年。
7. 王覺源：〈東晉南北朝之民族文學〉，《國魂》，一六三卷，一九五八年，頁五四～五六。
8. 尹雪曼：〈民間文學與文士文學的結合〉，《新文藝》，第二七五期，民國六十八年二月，頁一五二～一五五。
9. 文舲：〈民歌與相和清曲的文學意境〉，《東海文藝季刊》，第二期，民國七十一年一月，頁二九～三二。
10. 田倩君：〈漢與六朝樂府產生時的社會形態〉，《大陸雜誌》，第十七卷九期，頁九～一四。
11. 邱燮友：〈吳歌西曲與梁鼓角橫吹曲的比較〉，《臺灣師範大學國文學報》，創刊號，民國六十一年，頁七九～八九。
12. 邱燮友：〈吳歌格與和送聲的文學價值〉，《書和人》，第二〇二期，民國六十一年十二月，頁一六〇九~一六一六。
13. 邱燮友：〈吳歌西曲產生原因及時代背景〉，《書和人》，第二〇九期，民國六十二年四月，頁一六六五~一六七二。
14. 邱燮友：〈詩歌意象的表現〉，《幼獅文藝》，四十七卷六期，民國六十七年六月，頁二八~四〇。
15. 吳宏一：〈沈德潛的格調說〉，《幼獅月刊》，四十四卷三期，民國六十五年九月，頁八七~九二。
16. 吳庚舜、侯爾瑞：〈關于〈敕勒歌〉的創作背景及其作者〉，《河北師院學報》，一九八一年，第一期，頁一二六~一三六。
17. 李景華：〈斛律金與〈敕勒歌〉〉，《中學語文教學》，一九八二年，第五期。
18. 李德芳：〈北朝民歌的社會風俗史研究〉，《北京師範大學學報（社會科學）》，一九八四年九月，頁五二~六二。
19. 李嘉言：〈南朝樂府民歌主要內容的分析〉，《（大陸）文學遺產增刊》，第一輯，一九五七年一月，頁九五~一〇一。
20. 李瑞騰：〈六朝詩學研究〉，文大中研所碩士論文，民國六十七年。
21. 李源澄：〈北朝南化考〉，《學原》第三卷，第一期，一九五〇年，頁七八~七九。

22. 汪中：〈論樂府詩——清商曲〉，《幼獅月刊》，民國六十五年九月，頁四九～五六。

23. 汪中：〈論北朝樂府〉，《新天地》，第五卷第十一期，一九六七年，頁八～九。

24. 汪容：〈魏晉六朝詩歌中之民族精神〉，《中日文化》，第一、二卷第六～七期，一九四二年。

25. 易水：〈漢魏六朝的軍樂——鼓吹和橫吹〉，《文物叢談》，一九八一年，第七期，頁八五～八九。

26. 周誠明：〈南北朝樂府詩研究〉，文化大學中研所碩士論文，民國六十年。

27. 周誠明：〈南北朝民間樂府詩解題〉，《臺中商專學報》，第四期，民國六十一年六月，頁一〇三～一四二。

28. 周誠明：〈南北朝樂府詩之產生及其評價〉，《臺中商專學報》，第五期，民國六十二年六月，頁一三一～一七一。

29. 周誠明：〈南北朝擬樂府詩作者述評〉，《臺中商專學報》，第九期，民國六十六年六月，頁七五～一〇四。

30. 周英雄：〈從兩首樂府古辭看民間歌詩〉，《中外文學》，第四卷第三期，民國六十四年八月，頁五二～七八。

31. 金銀雅：〈南北朝民間樂府之研究〉，政大中研所碩士論文，民國七十三年。

32. 林春分：〈論木蘭詩的主題思想〉，《開封師院學報》，一九七八年五月，頁九八～九九。
33. 林祖亮：〈南北朝與隋代民歌〉，《自由談》，第三〇卷七期，民國六十八年七月，頁三五～三九。
34. 柳羽：〈中國古代軍樂〉，《民族民間音樂》，第二期，一九八七年六月，頁九～一四。
35. 洪用斌：〈略談陰山敕勒歌〉，《草原》，第五期，一九七八年，頁三六～三八。
36. 柳涵：〈鄧縣畫像不磚墓的時代和研究〉，《考古》，第五期，一九五九年，頁二五五～二六一。
37. 胡紅波：〈論歌謠之雙關義〉，《成功大學學報（人文篇）》，第十二期，民國六十六年五月，頁一一三～一三五。
38. 孫同勛：〈北魏初期胡漢關係與崔浩之獄〉，《幼獅學誌》，第三卷第一期，一九六四年，頁一～一六。
39. 孫楷第：〈梁鼓角橫吹曲用北歌解〉，《輔仁學誌》，第十三卷一、二合期，頁三七八三～三七八八。
40. 徐鏡普：〈南北朝樂府詩研究〉，《東洋文化》，第十八期，一九七七年。
41. 陳守禮：〈論西北文學特質〉，《西北論衡》，第九卷第九期。
42. 陳孟成：〈關於吳歌西曲的和送聲〉，《東方雜誌》，十七卷六期，民國七十二年十二月，頁二八～三〇。

43. 陳進波：〈論北朝樂府民歌〉，《蘭州大學學報（社會科學版）》，一九八一年，第二期，頁七七～九〇。

44. 陳慧樺：〈套語詩理論與《鐘鼓集》〉，《中外文學》，第四卷第三期，民國六十四年八月，頁二〇八～二二二。

45. 陳慶隆：〈西北邊疆民族之社會組織〉，國科會論文，民國六十三年。

46. 崔炳揚、屈家惠：〈有關〈敕勒歌〉的幾個問題〉，《四川師院學報》，一九八三年，第一期，頁一〇二～一〇四。

47. 曹熙：〈木蘭詩新考〉，《齊齊哈爾師範學院學報》，一九八二年，第四期，頁三四～四〇。

48. 逯耀東：〈拓跋氏與中原士族婚姻關係〉，《新亞學報》，第七卷第一期，一九六五年二月，頁一三五～二一一。

49. 張長弓：〈論吳歌、西曲產生的社會基礎〉，《國文月刊》，第七十五期，民國三十八年一月，頁二四～二八。

50. 張明琰：〈南北朝文學交流考〉，輔大中研所碩士論文，民國六十三年。

51. 許世旭：〈六朝民間樂府研究〉，《韓國外國語大學論文集》，第六集，一九七三年。

52. 梁容若：〈南北朝的文化交流〉，《東海學報》，第四卷第一期，一九六二年，頁一九～三三。
53. 陽國亮：〈試論木蘭詩的主題思想〉，《廣西師範學院學報》，一九八二年，第四期，頁三〇～三三。
54. 黃盛雄：〈樂府小詩與五絕〉，《臺中師專學報》，第五期，民國六十四年六月，頁一三七～一六九。
55. 黃秀蘭：〈吳歌西曲淵源考〉，臺大中研所碩士論文，民國六十一年。
56. 曾永義：〈影響詩詞曲節奏的要素〉，《中外文學》，第四卷第八期，頁四～二九。
57. 楊成志：〈民俗學的起源、發展和動態〉，《民族研究》，一九八三年，第五期，頁五五～五九。
58. 楊堃：〈論民族學的幾個問題〉，《民族研究》，一九七九年，第二期，頁五〇～五六。
59. 榮樣：〈漫談敕勒歌〉，《內蒙古日報》，一九五七年四月十三日。
60. 廖蔚卿：〈南北朝樂舞考〉，《臺灣大學文史哲學報》，十九期，民國五十九年六月，頁一一一～一九四。
61. 劉先照：〈千古絕唱敕勒歌〉，《大陸文學評論》，一九八〇年，第六期，頁七九～八〇。
62. 謝康：〈詩與歌謠的會通及分合〉，《書和人》，第二一五期，民國六十二年七月，頁一七一三～一七二〇。

63. 蕭璠：〈東魏、北齊內部的胡漢問題及其背景〉，《食貨月刊復刊》，第六卷第八期，民國六十五年十一月，頁一三～三一。

64. 簡後聰：〈魏晉南北朝社會風尚〉，東海史研所碩士論文，民國六十三年。

附錄

北歌七十九首及其注釋

茲將《北歌》七十九首，依宋・郭茂倩《樂府詩集》編輯之順序，抄錄之，並加注釋，俾供參考。

一、梁鼓角橫吹曲

〈企喻歌辭〉

男兒欲作健，結伴不須多。鷂子❶經天飛，群雀兩向波。

放馬大澤中，草好馬著臕❷。牌子鐵裲襠❸，鉅鉾❹鸐尾條❺。

前行看後行，齊著鐵裲襠。前頭看後頭，齊著鐵鉅鉾。

男兒可憐蟲，出門懷死憂。尸喪狹谷中，白骨無人收。

〈琅琊王歌辭〉

新買五尺刀，懸著中梁柱。一日三摩娑❻，劇❼於十五女。

---

❶鷂子：猛禽類，形似鷹而小，專捕食小鳥。

❷臕：音ㄅㄧㄠ，同膘，馬肥。

❸牌子鐵裲襠：牌子，盾牌。鐵裲襠，鐵甲背心。

❹鉅鉾：音ㄏㄨˋ ㄇㄡˊ，頭盔之類。

❺鸐尾條：鸐，音ㄉㄧˊ，屬鶉雞類之長尾雉。鸐尾條，指插在頭盔上的雉尾羽毛。

琅琊復琅琊，琅琊大道王❽。陽春二三月，單衫繡裲襠。
東山看西水，水流盤石❾間。公死姥更嫁，孤兒甚可憐。
琅琊復琅琊，琅琊大道王。鹿鳴思長草，愁人思故鄉。
長安十二門，光門最妍雅。渭水從壟來，浮遊渭橋下。
琅琊復琅琊，女郎大道王。孟陽三四月，移鋪逐陰涼。
客行依主人，願得主人強。猛虎依深山，願得松柏長。
懀馬❿高纏鬃，遙知身是龍。誰能騎此馬，唯有廣平公⓫。

❻摩娑：用手撫摩。

❼劇：甚。

❽琅琊大道王：琅琊當指琅琊王。考《北齊書》及《北史》謂琅琊王名儼，北齊武成帝高湛第三子。此句當為讚美之詞，稱「琅琊是遵行大道的君王。」

❾盤石：即磐石。扁厚之大石。

❿懀馬：即快馬。懀，與快音同義通。

⓫廣平公：《北齊書》卷一四及《北史》卷五一有一廣平公，名盛，為「神武從叔祖」，亦即琅琊王之從高叔祖，於東魏孝靜帝天平三年卒，當為歌中所頌者，時代可定於五七一年頃。

〈鉅鹿公主歌辭〉

官家出遊雷大鼓，細乘犢車開後戶。

車前女子年十五，手彈琵琶玉節舞。

鉅鹿公主殷照女，皇帝陛下萬幾主。

〈紫騮馬歌辭〉

燒火燒野田，野鴨飛上天。童男娶寡婦，壯女笑殺人❶❷。

高高山頭樹，風吹葉落去。一去數千里，何當還故處。

十五從軍征，八十始得歸。道逢鄉里人，家中有阿❶❸誰？

遙看是君家，松柏冢纍纍。兔從狗竇入，雉從樑上飛。

中庭生旅穀❶❹，井上生旅葵。舂穀持作飯，採葵持作羹。

羹飯一時熟，不知飴阿誰？出門東向看，淚落沾我衣。

〈紫騮馬歌〉

獨柯不成樹，獨樹不成林。念郎錦裲襠，恒長不忘心。

⓬ 此數曲皆歌戰爭死喪之慼，童男娶寡婦，亦以戰爭男丁多死亡之故也。

⓭ 阿：「阿」字是詞頭，無義。

⓮ 旅穀：穀之不播種而生者。

〈黃淡思歌辭〉

歸歸黃淡思，逐郎還去來。歸歸黃淡百，逐郎何處索？

心中不能言，復作車輪旋。與郎相知時，但恐傍人聞。

江外何鬱拂，龍洲廣州出。象牙作帆檣，綠絲作幃繂⑮。

綠絲何葳蕤⑯，逐郎歸去來。

〈地驅歌樂辭〉

青青黃黃，雀石頹唐。槌殺野牛，押殺野羊。

驅羊入谷，自羊在前。老女不嫁，蹹地喚天。

側側力力⑰，念君無極。枕郎左臂，隨郎轉側。

摩捋⑱郎鬚，看郎顏色。郎不念女，不可與力⑲。

---

⑮ 幃繂：幃，音ㄨㄟˊ，囊袋為幃。繂，音ㄌㄩˋ，繩索也。

⑯ 葳蕤：草本花葉下垂的樣子。

⑰ 側側力力：歎息聲。

⑱ 摩捋：撫摩也。

⑲ 不可與力：與，猶以也。不可以力，言不可以力強勉之也。

〈地驅樂歌〉

月明光光星欲墮，欲來不來早語我。

〈雀勞利歌辭〉

雨雪霏霏⓴，雀勞利㉑。長嘴飽滿，短嘴飢。

〈慕容垂歌辭〉

慕容攀牆視，吳軍㉒無邊岸。我身分自當，枉殺牆外漢㉓。

慕容愁憤憤，燒香作佛會。願作牆裏燕，高飛出牆外。

慕容出牆望，吳軍無邊岸。咄我臣諸佐，此事可惋歎。

〈隴頭流水歌辭〉

隴頭㉔流水，流離西㉕下。念吾一身，飄然曠野。

⓴霏霏：落雪貌。

㉑勞利：可能是鳥雀喧叫的聲音。

㉒吳軍：指東晉軍。

㉓漢：指被迫在城外抵禦晉軍之漢人。

㉔隴頭：隴山的山頭，隴山在今陝西省隴縣西北。

㉕西：《樂府詩集》校疑當作「四」。

西上隴阪，羊腸九回。山高谷深，不覺腳酸。

手攀弱枝，足踰㉖弱泥。

〈隔谷歌〉

兄在城中弟在外，弓無弦，箭無括㉗。食糧乏盡若為㉘活？救我來！救我來！

兄為俘虜受困辱，骨露力疲食不足。弟為官吏馬食粟，何惜錢刀㉙來我贖。

〈淳于王歌〉

肅肅河中育，育熟須含黃。獨坐空房中，思我百媚郎。

百媚在城中，千媚在中央。但使心相念，高城何所妨。

〈東平劉生歌〉

東平劉生安東子，樹木稀，屋裡無人看阿誰？

〈捉搦㉚歌〉

㉖踰：通逾，逾越。

㉗括：箭的末端。

㉘若為：猶如何。

㉙錢刀：古幣作刀形，故稱「錢刀」。

㉚捉搦：搦，音ㄋㄨㄛˋ，捉搦是戲弄或戲謔。

粟穀難舂付㉛石臼，弊衣難護付巧婦。男兒千凶㉜飽人手㉝，老女不嫁只㉞生口㉟。
誰家女子能行步，反著裌禪㊱後裙露。天生男女共一處，願得兩個成翁嫗㊲。
華陰㊳山頭百丈井，下有流水徹骨冷。可憐㊴女子能照影，不見其餘見斜領㊵。
黃桑柘屐蒲子履㊶，中央有系㊷兩頭繫。小時憐母大憐婿，何不早嫁論家計。

㉛付：交付，交給。
㉜千凶：喻人凶勇強悍，力敵千人。
㉝飽人手：飽，足也。飽人手，喻足以對付強手。
㉞只：表疑問，怎麼。
㉟生口：口，指人。生口，喻生孩子。
㊱裌禪：裌，夾衣。禪，音ㄉㄢ，單衣。
㊲成翁嫗：成夫婦，含有白頭偕老的意思。
㊳華陰：縣名。在今陝西省華陰縣東南。
㊴可憐：可愛。
㊵斜領：斜衣領。
㊶黃桑柘屐蒲子履：黃桑，即柘（ㄓㄜˋ），常綠灌木，葉圓形有尖，可以餵蠶，可以染黃色。屐，木屐。履，鞋。蒲，水草名，可以編席織履。

〈折楊柳歌辭〉

上馬不捉鞭，反折楊柳枝。蹀座㊸吹長笛，愁殺行客兒。
腹中愁不樂，願作郎馬鞭。出入擐㊹郎臂，蹀座郎膝邊。
放馬兩泉澤，忘不著連羈。擔鞍逐馬走，何得見馬騎。
遙看孟津河㊺，楊柳鬱婆娑㊻。我是虜家兒，不解漢兒歌㊼。
健兒須快馬，快馬須健兒。跸跋㊽黃塵下，然後別雄雌㊾。

〈折楊柳枝歌〉

上馬不捉鞭，反拗楊柳枝。下馬吹長笛，愁殺行客兒。

㊷系：繫物的絲繩。
㊸蹀座：蹀，音ㄉㄧㄝˊ，行。座同坐。蹀座就是行走或坐止。
㊹擐：音ㄏㄨㄢˋ，貫穿。
㊺孟津河：謂孟津邊的黃河。孟津，黃河渡口名，在河南省孟縣南。
㊻鬱婆娑：鬱，樹木叢生。婆娑，盤旋舞蹈貌。
㊼我是虜家兒二句：虜家兒、漢兒，猶言胡人、漢人。據此知此曲乃胡語而譯成漢文者。
㊽跸跋：跸，用腳擊地。跸跋，馬蹄擊地的聲音。
㊾別雄雌：謂一決雌雄，猶勝負。

門前一株棗，歲歲不知老。阿婆不嫁女，那得孫兒抱。
敕敕何力力，女子臨窗織。不聞機杼聲，只聞女歎息。
問女何所思，問女何所憶。阿婆許嫁女，今年無消息。

〈幽州馬客吟歌辭〉

憎馬常苦瘦，剿兒常苦貧。黃禾起羸馬，有錢始作人。
熒熒50帳中燭，燭滅不久停。盛時不作樂，春花不重生。
南山自言高，只與北山齊。女兒自言好，故入郎君懷。
郎著紫袴褶51，女著綵裌裙。男女共燕遊，黃花生後園。
黃花鬱金色，綠蛇銜珠丹。辭謝牀上女，還我十指環。

〈慕容家自魯企由谷歌〉

郎在十重樓，女在九重閣。郎非黃鷂子，那得雲中雀。

〈隴頭歌辭〉

---

50 熒熒：熒，音ㄧㄥˊ。燈光微弱的樣子。

51 袴褶：胡服，實際上就是上褶下袴，又名袴褶。《釋名．釋衣服》說：「袴，跨也，兩股各跨別也；褶，襲也。覆上之言也。」此胡服完全是出於軍事上的需要，因為它衣身狹小合體，袖口、褲口也都比較狹小，乾淨俐落，不像漢族的衣裳那麼寬大，衣長曳地，行動不便。

隴頭流水，流離山下。念吾一身，飄然曠野。
朝發欣城52，暮宿隴頭。寒不能語，舌卷入喉。
隴頭流水，鳴聲幽咽。遙望秦川53，心肝斷絕。

〈高陽樂人歌〉

可憐54白鼻騧55，相將入酒家。無錢但共飲，畫地作交賒。
何處碟觴56來？兩頰色如火。自有桃花容，莫言人勸我。

〈木蘭詩〉

唧唧復唧唧57，木蘭當戶織。不聞機杼58聲，唯聞女歎息。問女何所思，問女何所憶，女亦無所思，女亦無所憶59。昨夜見軍帖60，可汗61大點兵。軍書十二卷，卷卷有爺名。阿

---

52 欣城：地名，未詳所在。
53 秦川：指關中，即隴山東至函谷關一帶地區。
54 可憐：可愛。
55 騧：音ㄍㄨㄚ。黑嘴的黃馬。
56 碟觴：碟，音ㄊㄚˋ。碟觴，飲酒。
57 唧唧：機杼聲。
58 杼：織布機上橫織之木為杼。

爺無大兒，木蘭無長兄。願為市㉒鞍馬，從此替爺征。東市買駿馬，西市買鞍韉㉓，南市買轡頭㉔，北市買長鞭。旦㉕辭爺孃去，暮宿黃河邊。不聞爺孃喚女聲，但聞黃河流水鳴濺濺。旦辭黃河去，暮至黑山㉖頭。不聞爺孃喚女聲，但聞燕山㉗胡騎鳴啾啾。萬里赴戎機㉘，關山度若飛。朔氣傳金柝㉙，寒光照鐵衣㉚，將軍百戰死，壯士十年歸。歸來見天

59 此前六句從〈折楊柳枝歌〉變化而來。

60 軍帖：徵兵的文書，即下文中的「軍書」。

61 可汗：音ㄎㄜˋ ㄏㄢˊ。漢以後對西域和北方民族君主的稱呼。

62 市：買。

63 韉：馬鞍下的墊子。西魏至唐初行府兵制，當時應徵從軍的人須自備鞍馬弓箭等物。

64 轡頭：馬絡頭。轡，駕馭馬的嚼子和韁繩。

65 旦：一作朝。

66 黑山：即今河北昌平之天壽山，也稱「殺虎山」。蒙古語為阿巴漢喀喇山。

67 燕山：指燕然山，也即今蒙古地方之杭愛山。

68 赴戎機：謂奔赴戰地參加軍事機要。

69 朔氣傳金柝：朔氣，謂北方寒冷之氣。金柝，是金屬梆子，打更巡夜時所用，即刁斗。《博物志》：「番兵謂刁斗曰金橫。」刁斗用銅作成，樣子像鍋，三腳有柄，容量約一斗，白天用來當鍋，晚間用來打更。

子，天子坐明堂⑰。策勳十二轉⑫，賞賜百千強。可汗問所欲，「木蘭不用尚書郎⑬，願馳千里足，送兒還故鄉。」爺孃聞女來，出郭相扶將⑭。阿姊聞妹來，當戶理紅妝。小弟聞姊來，磨刀霍霍⑮向豬羊。開我東閣門，坐我西間牀。脫我戰時袍，著我舊時裳。當窗理雲鬢⑯，挂（對）鏡帖花黃⑰。出門看火伴，火伴皆驚惶。「同行十二年，不知木蘭是女郎」。雄兔腳撲朔⑱，雌兔眼迷離⑲。雙兔傍地走，安能辨我是雄雌。

⑩鐵衣：即鐵甲戰袍。

⑪明堂：天子祭祀，朝諸侯，教學，選士的地方。

⑫策勳十二轉：策勳，謂策封功勳。軍功每加一等則官爵也隨升一等，每升一等謂一轉。唐武德七年定武騎尉到上柱國十二等為勳官，用來酬賞功臣。所以「策勳十二轉」應是唐制。有人藉此以懷疑此詩有經唐人加以竄改之處。不過詩中慣用「十二」，如「軍書十二卷」、「同行十二年」與此句等，恐怕都不能看實。只在言其多而已。

⑬尚書郎：官名，尚書機關中的侍郎。

⑭扶將：將也是扶之意。

⑮霍霍：急速貌。

⑯雲鬢：喻女子頭髮之柔美。

⑰帖花黃：帖，黏帖，塗抹。花黃，古時婦女的面飾。

二、雜曲歌辭

〈楊白花〉

陽春二三月，楊柳齊作花。春風一夜入閨闥[80]，楊花飄蕩落南家[81]。含情出戶腳無力，拾得楊花淚沾臆[82]。秋去春還雙燕子，願銜楊花入窠裏。

〈于闐採花〉

山川雖異所，草木尚同春。亦如溱洧地，自有採花人。

〈阿那瓌〉

聞有匈奴主，雜騎起塵埃。列觀長平坂，驅馬渭橋來。

---

78 撲朔：跳躍貌。
79 迷離：不明貌。
80 閨闥：女子所居。
81 南家：一作誰家。
82 臆：胸次。

三、雜歌謠辭

〈隴上歌〉

隴上壯士有陳安，軀幹雖小腹中寬，愛養將士同心肝。䯀驄父馬鐵鍛鞍，七尺大刀奮如湍，丈八蛇矛左右盤，十盪十決無當前。戰始三交失蛇矛，棄我䯀驄竄巖幽，為我外援而懸頭。西流之水東流河，一去不還奈子何。

〈北軍歌〉

不畏蕭娘與呂姥，但畏合肥有韋武。

〈咸陽王歌〉

可憐咸陽王，奈何作事誤？金床玉几不能眠，夜起踏霜露。洛水湛湛彌岸長，行人那得度？

〈鄭公歌〉

大鄭公，小鄭公，相去五十載，風教尚猶同。

〈裴公歌〉

肥鮮不食，丁庸不取。裴公貞惠，為世規矩。

〈長白山歌〉

長白山頭百戰場，十十五五把長槍。不畏官軍千萬眾，只怕榮公第六郎。

〈敕勒歌〉

敕勒川❽❸，陰山❽❹下。天似穹廬❽❺，籠蓋四野。天蒼蒼，野茫茫，風吹草低見牛羊。

〈苻堅時長安歌〉

一雌復一雄，雙飛入紫宮。

四、取材自《魏書》、《北史》

〈李波小妹歌〉

李波小妹字雍容，褰裙❽❻逐馬如卷蓬。左射右射必疊雙❽❼，婦女尚如此，男子安可逢！

---

❽❸ 敕勒川：就是敕勒族所居的敕勒草原，它在陰山腳下，背負陰山。

❽❹ 陰山：起於河套西北，綿亙於內蒙古自治區南境一帶，和內興安嶺相接。

❽❺ 穹廬：氈帳，今俗稱蒙古包。

❽❻ 褰裙：褰，音ㄑㄧㄢ。褰裙即撩起衣裙。

❽❼ 必疊雙：即都是一箭雙鵰。

滄海叢刊書目（二）

國學類

先秦諸子繫年	錢　　穆　著
朱子學提綱	錢　　穆　著
莊子纂箋	錢　　穆　著
論語新解	錢　　穆　著
周官之成書及其反映的文化與時代新考	金春峯　著
尚書學述（上）、（下）	李振興　著
周易縱橫談	黃慶萱　著
考證與反思 ——從《周官》到魯迅	陳勝長　著

哲學類

哲學十大問題	鄔昆如　著
哲學淺論	張　　康　譯
哲學智慧的尋求	何秀煌　著
哲學的智慧與歷史的聰明	何秀煌　著
文化、哲學與方法	何秀煌　著
人性・記號與文明 ——語言・邏輯與記號世界	何秀煌　著
邏輯與設基法	劉福增　著
知識・邏輯・科學哲學	林正弘　著
現代藝術哲學	孫　　旗　譯
現代美學及其他	趙天儀　著
中國現代化的哲學省思 ——「傳統」與「現代」理性的結合	成中英　著
不以規矩不能成方圓	劉君燦　著
恕道與大同	張起鈞　著
現代存在思想家	項退結　著
中國思想通俗講話	錢　　穆　著
中國哲學史話	吳怡、張起鈞　著
中國百位哲學家	黎建球　著
中國人的路	項退結　著

中國哲學之路	項退結 著
中國人性論	臺大哲學系主編
中國管理哲學	曾仕強 著
孔子學說探微	林義正 著
心學的現代詮釋	姜允明 著
中庸誠的哲學	吳　怡 著
中庸形上思想	高柏園 著
儒學的常與變	蔡仁厚 著
智慧的老子	張起鈞 著
老子的哲學	王邦雄 著
當代西方哲學與方法論	臺大哲學系主編
人性尊嚴的存在背景	項退結編訂
理解的命運	殷　鼎 著
馬克斯·謝勒三論	阿弗德·休慈原著、江日新 譯
懷海德哲學	楊士毅 著
海德格與胡塞爾現象學	張燦輝 著
洛克悟性哲學	蔡信安 著
伽利略·波柏·科學說明	林正弘 著
儒家與現代中國	韋政通 著
思想的貧困	韋政通 著
近代思想史散論	龔鵬程 著
魏晉清談	唐翼明 著
中國哲學的生命和方法	吳　怡 著
孟學的現代意義	王支洪 著
孟學思想史論（卷一）	黃俊傑 著
莊老通辨	錢　穆 著
墨家哲學	蔡仁厚 著
柏拉圖三論	程石泉 著
倫理學釋論	陳　特 著
儒道論述	吳　光 著
新一元論	呂佛庭 著

宗教類

佛教思想發展史論	楊惠南 著
佛教思想的傳承與發展——印順導師九秩華誕祝壽文集	釋恒清主編

佛經成立史	水野弘元著、劉欣如譯
圓滿生命的實現（布施波羅密）	陳 柏 達 著
薝蔔林・外集	陳 慧 劍 著
維摩詰經今譯	陳 慧 劍譯註
龍樹與中觀哲學	楊 惠 南 著
公案禪語	吳 怡 著
禪學講話	芝峰法師 譯
禪骨詩心集	巴 壺 天 著
中國禪宗史	關 世 謙 譯
魏晉南北朝時期的道教	湯 一 介 著
佛學論著	周 中 一 著
當代佛教思想展望	楊 惠 南 著
臺灣佛教文化的新動向	江 燦 騰 著
釋迦牟尼與原始佛教	于 凌 波 著
唯識學綱要	于 凌 波 著
從印度佛教到中國佛教	冉 雲 華 著
中印佛學泛論 ——傅偉勳教授六十大壽祝壽論文集	藍 吉 富主編
禪史與禪思	楊 惠 南 著

社會科學類

中華文化十二講	錢 穆 著
民族與文化	錢 穆 著
楚文化研究	文 崇 一 著
中國古文化	文 崇 一 著
社會、文化和知識分子	葉 啟 政 著
儒學傳統與文化創新	黃 俊 傑 著
歷史轉捩點上的反思	韋 政 通 著
中國人的價值觀	文 崇 一 著
奉天承運 ——古代中國的「國家」概念及其正當性基礎	王 健 文 著
紅樓夢與中國舊家庭	薩 孟 武 著
社會學與中國研究	蔡 文 輝 著
比較社會學	蔡 文 輝 著
我國社會的變遷與發展	朱 岑 樓主編
三十年來我國人文及社會科學之回顧與展望	賴 澤 涵主編

社會學的滋味	蕭新煌 著
臺灣的國家與社會	徐正光、蕭新煌主編
臺灣的社區權力結構	文崇一 著
臺灣居民的休閒生活	文崇一 著
臺灣的工業化與社會變遷	文崇一 著
臺灣社會的變遷與秩序（政治篇）、（社會文化篇）	文崇一 著
鄉村發展的理論與實際	蔡宏進 著
臺灣的社會發展	席汝楫 著
透視大陸	政治大學新聞研究所主編
寬容之路 ——政黨政治論集	謝延庚 著
憲法論衡	荊知仁 著
周禮的政治思想	周世輔、周文湘 著
儒家政論衍義	薩孟武 著
制度化的社會邏輯	葉啟政 著
臺灣社會的人文迷思	葉啟政 著
臺灣與美國的社會問題	蔡文輝、蕭新煌主編
自由憲政與民主轉型	周陽山 著
蘇東巨變與兩岸互動	周陽山 著
教育叢談	上官業佑 著
不疑不懼	王洪鈞 著
戰後臺灣的教育與思想	黃俊傑 著
太極拳的科學觀	馬承九編著
兩極化與分寸感 ——近代中國精英思潮的病態心理分析	劉笑敢 著
唐人書法與文化	王元軍 著
C 理論——易經管理哲學	成中英 著

史地類

國史新論	錢穆 著
秦漢史	錢穆 著
秦漢史論稿	邢義田 著
宋史論集	陳學霖 著
宋代科舉	賈志揚 著
中國人的故事	夏雨人 著
明朝酒文化	王春瑜 著

劉伯溫與哪吒城
——北京建城的傳說　　陳學霖　著
歷史圈外　　朱　桂　著
歷史的兩個境界　　杜維運　著
近代中國變局下的上海　　陳三井　著
當代佛門人物　　陳慧劍編著
弘一大師傳　　陳慧劍　著
杜魚庵學佛荒史　　陳慧劍　著
蘇曼殊大師新傳　　劉心皇　著
近代中國人物漫譚　　王覺源　著
近代中國人物漫譚續集　　王覺源　著
魯迅這個人　　劉心皇　著
沈從文傳　　凌　宇　著
三十年代作家論　　姜　穆　著
三十年代作家論續集　　姜　穆　著
當代臺灣作家論　　何　欣　著
史學圈裏四十年　　李雲漢　著
師友風義　　鄭彥棻　著
見賢集　　鄭彥棻　著
思齊集　　鄭彥棻　著
懷聖集　　鄭彥棻　著
憶夢錄　　呂佛庭　著
古傑英風
——歷史傳記文學集　　萬登學　著
走向世界的挫折
——郭嵩燾與道咸同光時代　　汪榮祖　著
周世輔回憶錄　　周世輔　著
三生有幸　　吳相湘　著
孤兒心影錄　　張國柱　著
我這半生　　毛振翔　著
我是依然苦鬬人　　毛振翔　著
八十憶雙親、師友雜憶（合刊）　　錢　穆　著
烏啼鳳鳴有餘聲　　陶百川　著

語文類

標點符號研究　　楊　遠編著

訓詁通論	吳孟復　著
翻譯偶語	黃文範　著
翻譯新語	黃文範　著
翻譯散論	張振玉　著
中文排列方式析論	司琦　著
杜詩品評	楊慧傑　著
詩中的李白	楊慧傑　著
寒山子研究	陳慧劍　著
司空圖新論	王潤華　著
詩情與幽境——唐代文人的園林生活	侯迺慧　著
歐陽修詩本義研究	裴普賢　著
品詩吟詩	邱燮友　著
談詩錄	方祖燊　著
情趣詩話	楊光治　著
歌鼓湘靈——楚詩詞藝術欣賞	李元洛　著
中國文學鑑賞舉隅	黃慶萱、許家鸞　著
中國文學縱橫論	黃維樑　著
漢賦史論	簡宗梧　著
古典今論	唐翼明　著
亭林詩考索	潘重規　著
浮士德研究	李辰冬　著
十八世紀英國文學——諷刺詩與小說	宋美瑋　著
蘇忍尼辛選集	劉安雲　譯
文學欣賞的靈魂	劉述先　著
小說創作論	羅盤　著
小說結構	方祖燊　著
借鏡與類比	何冠驥　著
情愛與文學	周伯乃　著
鏡花水月	陳國球　著
文學因緣	鄭樹森　著
解構批評論集	廖炳惠　著
細讀現代小說	張素貞　著
續讀現代小說	張素貞　著

現代詩學	蕭　蕭　著
詩美學	李元洛　著
詩人之燈 ——詩的欣賞與評論	羅　青　著
詩學析論	張春榮　著
修辭散步	張春榮　著
修辭行旅	張春榮　著
橫看成嶺側成峯	文曉村　著
大陸文藝新探	周玉山　著
大陸文藝論衡	周玉山　著
大陸當代文學掃描	葉穉英　著
走出傷痕 ——大陸新時期小說探論	張子樟　著
大陸新時期小說論	張　放　著
大陸新時期文學（1976－1989） ——理論與批評	唐翼明　著
兒童文學	葉詠琍　著
兒童成長與文學	葉詠琍　著
累廬聲氣集	姜超嶽　著
林下生涯	姜超嶽　著
青　春	葉蟬貞　著
牧場的情思	張媛媛　著
萍踪憶語	賴景瑚　著
現實的探索	陳銘磻　編
一縷新綠	柴　扉　著
金排附	鍾延豪　著
放　鷹	吳錦發　著
黃巢殺人八百萬	宋澤萊　著
泥土的香味	彭瑞金　著
燈下燈	蕭　蕭　著
陽關千唱	陳　煌　著
種　籽	向　陽　著
無緣廟	陳艷秋　著
鄉　事	林清玄　著
余忠雄的春天	鍾鐵民　著
吳煦斌小說集	吳煦斌　著

卡薩爾斯之琴	葉石濤 著
青囊夜燈	許振江 著
我永遠年輕	唐文標 著
思想起	陌上塵 著
心酸記	李　喬 著
孤獨園	林蒼鬱 著
離　訣	林蒼鬱 著
托塔少年	林文欽 編
北美情逅	卜貴美 著
日本歷史之旅	李希聖 著
孤寂中的廻響	洛　夫 著
火天使	趙衛民 著
無塵的鏡子	張　默 著
關心茶 ——中國哲學的心	吳　怡 著
放眼天下	陳新雄 著
生活健康	卜鍾元 著
文化的春天	王保雲 著
思光詩選	勞思光 著
靜思手札	黑　野 著
狡兔歲月	黃和英 著
老樹春深更著花	畢　璞 著
列寧格勒十日記	潘重規 著
文學與歷史 ——胡秋原選集第一卷	胡秋原 著
晚學齋文集	黃錦鋐 著
天山明月集	童　山 著
古代文學精華	郭　丹 著
山水的約定	葉維廉 著
明天的太陽	許文廷 著
在天願作比翼鳥 ——歷代文人愛情詩詞曲三百首	李元洛 輯注
千葉紅芙蓉 ——歷代民間愛情詩詞曲三百首	李元洛 輯注
鳴酬叢編	李飛鵬 編纂

秩序的探索
——當代文學論述的省察　周慶華　著
樹人存稿　馬哲儒　著

美術類

音樂與我	趙　琴　著
音樂隨筆	趙　琴　著
爐邊閒話	李抱忱　著
琴臺碎語	黃友棣　著
樂林蓽露	黃友棣　著
樂谷鳴泉	黃友棣　著
樂韻飄香	黃友棣　著
樂海無涯	黃友棣　著
弘一大師歌曲集	錢仁康編著
立體造型基本設計	張長傑　著
工藝材料	李鈞棫　著
裝飾工藝	張長傑　著
人體工學與安全	劉其偉　著
現代工藝概論	張長傑　著
藤竹工	張長傑　著
石膏工藝	李鈞棫　著
色彩基礎	何耀宗　著
當代藝術采風	王保雲　著
都市計劃概論	王紀鯤　著
建築設計方法	陳政雄　著
古典與象徵的界限 ——象徵主義畫家莫侯及其詩人寓意畫	李明明　著
民俗畫集	吳廷標　著